dtv

In diesem Buch geht es um Männergeschichten, die in dieser Offenheit wohl nur in Berlin vorstellbar sind. Es treten auf: Heinrich von Kleist, ein gewisser Prinz Heinrich, Gustaf Gründgens, Magnus Hirschfeld und viele Namenlose aus Vergangenheit und Gegenwart. Die Autorenschaft ist erlesen und für Literaturkenner größtenteils vertraut. Sie reicht von Joseph Breitbach, Alfred Döblin, Klaus Mann und Joseph Roth bis zu Charlotte von Mahlsdorf, Detlev Meyer, Napoleon Seyfahrth, Mario Wirz und Alexander Ziegler.
Erzählt wird von erster Liebe, idyllischer Zweisamkeit, biederer Verbürgerlichung, Korruption und käuflichem Sex. Und natürlich ist auch der Tod nicht wegzudenken aus diesem Reigen, der bald offenbar macht, daß das Leben der Schwulen mit dem der Heteros manches gemein hat.

Die Herausgeber *Hans Stempel* und *Martin Ripkens* wohnen in München. Seit vierzig Jahren leben und arbeiten sie zusammen. Sie waren Berater eines Medien-Konzerns, schrieben Kinder- und Jugendbücher, drehten Dokumentarfilme sowie den Spielfilm ›Eine Liebe wie andere auch‹. 1997 gaben sie die Lyrik-Anthologie ›Ach Kerl ich krieg dich nicht aus meinem Kopf‹ (dtv 20015) heraus.

# HYPERION AM BAHNHOF ZOO

## Hautnahe Männergeschichten

Herausgegeben
und mit einem Nachwort von
Hans Stempel und Martin Ripkens

Deutscher Taschenbuch Verlag

Von den Herausgebern
ist im Deutschen Taschenbuch Verlag erschienen:
Ach Kerl ich krieg dich nicht aus meinem Kopf (20015)

*Der lesefreudigen Elli,*
*die aber noch lieber*
*ins Kino geht.*

Originalausgabe
Juni 1998
Deutscher Taschenbuch Verlag GmbH & Co. KG,
München

Umschlagkonzept: Balk & Brumshagen
Umschlagbild: ›L'ami‹ von Hervé Guibert
(© GALERIE AGATHE GAILLARD, Paris)
Satz: KCS GmbH, Buchholz/Hamburg
Druck und Bindung: C. H. Beck'sche Buchdruckerei,
Nördlingen
Gedruckt auf säurefreiem, chlorfrei gebleichtem Papier
Printed in Germany · ISBN 3-423-12524-1

# Inhalt

## I. Guten Abend, Berlin

## II. Guten Morgen, Berlin

## III. Leb wohl, Berlin



## Anhang

# I

# Guten Abend, Berlin

John Henry Mackay

# Der Ahnungslose

*Eine Ankunft in Berlin*

Pünktlich zur festgesetzten Zeit lief der aus dem Norden des Reiches kommende Vier-Uhr-Nachmittagszug in die Halle des Stettiner Bahnhofs ein.

Die Reisenden entquollen ihm, drängten und stauten sich an den Sperren, verteilten sich – erwartet oder nicht erwartet – in dem weiten Raume, um endlich in dünnen Strömen von den verschiedenen Ausgängen aufgesogen zu werden und in dem Leben dort draußen unterzutauchen und zu verschwinden.

Die Halle lag wieder leer, wie eine halbe Stunde zuvor.

Nur in ihrer Mitte stand noch wie verloren ein Junge von etwa fünfzehn oder sechzehn Jahren und blickte unschlüssig um sich. Er trug einen grauen, schlechtsitzenden und zerknitterten Anzug, plumpe Stiefel, eine gelbe Sportmütze und in der Hand einen vielfach mit Bindfaden umschnürten Pappkarton.

Endlich schien er gefunden zu haben, was er suchte. Entschlossen ging er auf die Aufbewahrungsstelle für Handgepäck zu, gab sein Stück ab, wurde, als er gleich bezahlen wollte, prompt – denn er war jetzt in Berlin – angeschnarrt: »Erst beim Abholen!« und stand eine Minute später am Eingang des Bahnhofs, die große Stadt und ihr brausendes Leben vor sich.

Wieder zögernd und noch wartend. Denn was er hier sah, dies Fluten und Treiben der Menschen; dies Gewirr von Fuhrwerken aller Art; dies Lärmen und Toben, alles getaucht in den Dunst von Rauch und die Schwüle dieses Frühlings-Nachmittags, war ihm völlig neu und betäubte ihn.

Aber nicht allzu lange.

Wie vorhin raffte er sich auf, wandte sich instinktiv nach rechts und setzte entschlossen seinen Fuß auf das Pflaster Berlins, das von diesem Augenblick an für die Zeit des nächsten Jahres seine eigentliche Heimat werden sollte.

Er ließ sich drängen und stoßen, gelangte in eine Straße, die so lang war, daß sie nie ein Ende zu haben schien, bog in sie ein, blieb vor jedem vierten Laden stehen, ließ sich weiter treiben und schieben, um endlich, wie gebannt, vor der Auslage eines Herrenausstattungsgeschäftes stehenzubleiben. Dort lagen unter einer Unmenge anderer herrlicher Dinge auch Strohhüte. So einen, er fühlte es, mußte er haben. Aber welchen? – Den mit den dicken Rippen oder den mit dem bunten Bande? – Der Preis war bei beiden angeschrieben und der gleiche: drei Mark. Er konnte sich nicht entschließen. Beide gefielen ihm. Dann siegte der bunte.

So nahm er denn all den Mut zusammen, der ihm seit seiner Flucht von gestern noch geblieben, rollte seine gelbe Mütze in die Seitentasche seines Jacketts und wies dem jungen Verkäufer wortlos das Gewünschte. Der Hut wurde ihm aufgestülpt, paßte und wurde sein.

Glücklich wieder draußen, betrachtete er sich noch eine Zeitlang in dem Spiegelfenster des Ladens, fand sich schön und trottete befriedigt weiter.

Diese Straße nahm tatsächlich kein Ende. Er ging und ging; blieb stehen, ging weiter; kam an eine breite Brücke, an der gebaut wurde; sah ein schwarzes Wasser unter ihr, eine mächtige Bahnhofshalle sich über die Straße spannen; sah diese enger und enger werden, um sich dann ganz plötzlich nach rechts und links in eine ganz breite und freie, mit Bäumen in der Mitte und hohen Häusern zu beiden Seiten, zu weiten – er war unter den Linden.

Es war noch früh am Tage, kaum sechs, und noch ganz hell. Die breite Straße war in ihrer Mitte und besonders an ihrer Südseite belebt und alle Bänke zwischen den Bäumen an diesem herrlichen Frühlingsnachmittag von Menschen besetzt.

Der Junge fand noch einen Platz auf der äußersten Ecke einer der Bänke. Er war nun müde von der langen Bahnfahrt, dem Weg durch die fremden Straßen bis hierher, von all dem Neuen und Ungewohnten.

Zwischen den Droschken durch, die dicht vor ihm auf dem Fahrdamm hielten, sah er in das unaufhörliche Fluten der Automobile, die sich hier stauten, wenn die Durchfahrt in die Friedrichstraße für einen Augenblick gesperrt war. Sie hielten und zogen wieder an, glitten dahin und verschwanden; und ihre Hupen tönten grausig. Omnibusse, schwer mit Menschen beladen, hielten und schwankten weiter um die Ecke, ungeheuren Tieren ähnlich, die sich ihren Weg durch das Gewimmel von Kleinzeug bahnten. Motor- und Fahrräder aber flitzten nur so durch das Gewoge und der Junge staunte und starrte und konnte sich nicht genug wundern, daß sie und die Menschen, die so sorglos zwischen allen durch über den Damm gingen, nicht zermalmt wurden unter diesen dicken Rädern von Eisen und Gummi.

Als er sich satt gesehen, blickte er auf. Ein mächtiges, gelbes Haus lag ihm gerade gegenüber. Als seine Augen an ihm niederglitten, las er über seinem Eingang – dem Eingang zu einer hohen Halle, wie es schien – auf einem Halbbogen in schwarzen Buchstaben das Wort: PASSAGE.

Passage! – Das Wort hatte er schon einmal gehört, und kein anderer als Max, Max Friederichsen, konnte es ihm genannt haben (an jenem Nachmittag). Der hatte immerzu von der Friedrichstraße und der Passage gesprochen und dabei so merkwürdig gelächelt …

Er beugte sich vor, um besser sehen zu können. Ja, es war offenbar der Eingang zu einer anderen Straße. Menschen strömten in Massen hinein und wieder heraus und standen dort umher.

Er wollte doch einmal sehen, wohin man kam, wenn man da hineinging.

Er erhob sich, mußte warten, bis der Verkehr die Überschreitung des Fahrdamms gestattete und betrat nun die Halle. Denn eine Halle war es, wie er nun sah, sehr hoch und über ihr ein Dach von Glas. An ihren beiden Seiten lagen Verkaufsläden.

Mit ihrer Besichtigung begann er zunächst wieder. Die ersten interessierten ihn nicht. Schokolade und Zigarren gab es auch anderswo. Dann aber, gleich rechts, wo die Menschen sich zu Knäueln ballten, tat sich ihm eine unerhörte Pracht auf: da standen und hingen hinter hohen Scheiben wunderbare Bilder, deren Farbenglanz das Auge blendete: Bilder von schönen Frauen und stolzen Männern in kostbaren Gewändern und bunten Uniformen, von süßen Kindern und holden Mädchen. Und: ganz im Hintergrunde erhob sich – er hatte sich durchgedrängt, um alles sehen zu können – magisch beleuchtet, ganz in Weiß und über Menschenmaß hinaus, die hehre Gestalt eines Weibes mit blondem Haar, einer Krone auf dem Haupte, Schild und Schwert in den Händen, und blickte siegreich in die Ferne. Er wußte nicht, was sie vorstellen sollte. Aber das wußte er, daß es das Schönste war von allem, was er heute und überhaupt jemals gesehen und er konnte sich gar nicht trennen von dem bezaubernden Anblick.

Endlich riß er sich doch los und ging weiter. Nach dem, was er eben gesehen, vermochten ihn die Läden nicht mehr so zu reizen.

Nur vor einem mit seltsamen Geräten und kleinen Maschinen, Drähten und Spiralen und fremden und unverständlichen Namen auf den Preiszetteln stand er wieder lange, ohne zu begreifen, was diese Apparate bedeuteten.

Was drückten und drängten aber die Menschen hier so? – Das war ja noch schlimmer, als in der Straße vorhin. Und was wollte denn der Kerl nur von ihm, der nun schon die ganze Zeit neben ihm stand und immer vor sich hin zu sprechen schien? – Immer wieder, wenn er abrückte, stellte er sich wieder neben ihn und stieß ihn, absichtlich oder unabsichtlich, mit dem Ellbogen an, ihn dabei von der Seite anschielend. Ein ekelhafter Kerl mit hohlen Augen und vorstehenden Backenknochen.

Der Junge verließ das Schaufenster mit den unverständlichen Dingen und ging auf die andere Seite hinüber. Da war ein Kasten mit Zaubergeräten: Würfelbechern, geheimnisvollen Kartenspielen, einem Totenschädel – solchen Dingern, mit denen einmal auf dem Dorfe ein herumziehender Magier und Gaukler sie ergötzt hatte. Daran mußte er denken, als er sie hier vor sich sah.

Aber gestoßen wurde er auch hier. Da stand wieder einer dicht neben ihm. Nicht der von eben, sondern ein Großer, Dicker, der zwar nichts sagte, aber ihn vertraulich anlächelte. Was wollte der nun wieder von ihm? – Es wurde ihm ganz unheimlich zumute.

Wieder ging er weiter, nun in der Mitte der hastenden, treibenden Menschenflut. Die Halle machte einen Knick und weitete sich oben zu einer hohen Kuppel: ein Café mit einem Vorbau lag hier. Musik drang heraus. Er blieb stehen, um zuzuhören.

Und wieder war ihm, als stünde jemand neben oder hinter ihm und schaue ihn an. Er wagte schon gar nicht mehr, aufzusehen, aus Angst, wieder diesen Blicken zu begegnen. – Was wollten nur alle diese Menschen von ihm – es konnte ihn doch keiner kennen! – Wurde er schon verfolgt? – Aber das war ja nicht möglich. Wer sollte wohl wissen, daß er hier war!

In diesem Gefühl von Unbehaglichkeit und Angst dachte er jetzt nur noch daran, so schnell wie möglich aus diesem Durchgang herauszukommen und strebte dem anderen Ausgang zu, der sich ihm schon zeigte. Aber so schnell kam er nicht vorwärts in dem Gewühl.

Endlich war er erreicht und die Straßen öffneten sich wieder vor ihm. Er stand still, nahm seinen neuen Hut ab und trocknete sich mit seinem schmutzigen Taschentuch die Stirn. Hier war er nun wohl sicher.

Aber nein: wie er aufsah, fühlte er wieder einen Blick auf seinem Gericht, den Blick eines noch jungen Menschen, der dicht vor ihm stand und ihn ansah, nicht böse, nicht zudringlich, auch nicht lächelnd oder fragend, aber so unverhohlen-erregt, so, als wolle er ihn im nächsten Augenblick ansprechen, daß ihn von neuem die Angst ergriff und er, Hut und Tuch noch in der Hand, zu laufen anfing. Er lief über die Straße, zwischen den Autos durch, auf den Eingang der gegenüberliegenden Untergrundbahn zu, an diesem vorbei wieder über den Damm, die Straße drüben hinunter, weiter und weiter, ohne auf- oder sich umzusehen, als würde er verfolgt; lief durch eine Nebenstraße und immer noch so weiter, bis er endlich auf einem großen Platz landete, vor einem hohen Gebäude und neben einer niedrigen, freistehenden Kirche.

Da machte er endlich halt und sah sich um. Aber niemand schien ihm zu folgen. Bänke standen herum. Aber er setzte sich nicht. Er ging weiter und weiter, immer neue Straßen hinunter, bis er sich in einer ganz stillen und fast menschenleeren befand. Wieder sah er sich um. Nein, kein Mensch ging ihm nach. Er war ganz allein hier.

## Alfred Döblin

# Berlin is doch keen Dorf nich!

*Franz Biberkopf wird genötigt, über die Schwulen nachzudenken*

»Und dann haben wir hier die Frauenliebe und die Freundschaft, und die quatschen nicht, die kämpfen. Jawoll, für Menschenrechte.« »Wo fehlts denen denn?« »Paragraph 175, wenn dus noch nicht weißt.« Ist heute grade ein Vortrag in der Landsberger Straße, Alexanderpalais, da könnte Franz was hören über das Unrecht, das einer Million Menschen täglich in Deutschland geschieht. Die Haare könnten einem zu Berge stehen. Einen Stoß alter Zeitschriften schob der Mann ihm noch unter den Arm. Franz seufzte, sah auf den Pack in seinem Arm; ja, er wird wohl kommen. Was soll ich eigentlich da, geh ich da wirklich hin, ob das ein Geschäft mit sonen Zeitschriften ist. Die schwulen Buben; das packt er mir nu auf, das soll ich nach Hause tragen und lesen. Leid können einem ja die Jungs tun, aber eigentlich gehn sie mir nichts an.

Er zog in einem großen Schlamassel ab, die Sache kam ihm so wenig koscher vor, daß er Lina kein Wort sagte und sie abends versetzte. Der alte Zeitungshändler stopfte ihn in den kleinen Saal, wo fast lauter Männer beisammen saßen, meist sehr junge, und ein paar Frauen, aber auch als Pärchen. Franz sagte eine Stunde lang kein Wort, hinter seinem Hut griente er viel. Nach 10 Uhr konnte er nicht mehr an sich halten, er mußte sich drücken, die Sache und die Leutchen waren zu komisch, so viel Schwule auf einem Haufen und er mitten drin, er mußte rasch raus und lachte bis zum Alexanderplatz. Zuletzt hörte er drin noch den Referenten sprechen von Chemnitz, wo es eine Polizeiverordnung gäbe vom November 27. Da dürfen die Gleichgeschlechtigen nicht auf die Straße gehen und nicht in die Bedürfnisanstalten, und wenn sie erwischt werden, kostet es sie 30 Mark. Franz suchte Lina, aber die war mit ihrer Wirtin ausgegangen. Er legte sich schlafen. Im Traum lachte und schimpfte er viel, er schlug sich mit einem blödsinnigen Kutscher herum, der ihn immer um den Rolandbrunnen an der Siegesallee im Kreise herumfuhr. Der Verkehrsschupo war auch schon hinter dem Wagen her. Da sprang Franz schließlich aus dem Wagen raus, und nun fuhr das Auto wie ein Verrückter um den Brunnen und ihn im Kreis herum, und das ging und ging und hörte nicht auf, und Franz stand immer mit dem Schupo, und sie berieten: was machen wir bloß mit dem, der ist verrückt.

Vormittags darauf erwartet er Lina in der Kneipe, wie immer, die Zeitschriften hat er bei sich. Er will ihr sagen, was sone Jungs doch zu leiden haben, Chemnitz und der Paragraph mit den 30 Mark, dabei geht ihn das gar nichts an, und sie sollen man ihre Paragraphen mit sich abmachen, da könnte ja auch Meck kommen und er soll für die Viehhändler was tun. Nee, er will Frieden, sie sollen ihm gestohlen bleiben.

Lina sieht gleich, daß er schlecht geschlafen hat. Dann schiebt er ihr zaghaft die Zeitschriften vor, die Bilder obenauf. Lina faßt sich vor Schreck an den Mund. Da fängt er wieder vom Geist an. Sucht die Bierlache von gestern auf dem Tisch, aber es ist keine da. Sie rückt von ihm ab: ob mit ihm vielleicht so was ist, von der Art, wie hier in den Zeitungen steht. Sie begreift nicht, bisher war er doch nicht so. Er murkst herum, zieht mit dem trocknen Finger Linien auf dem weißen Holz, da nimmt sie den ganzen Zeitungspack vom Tisch, schmeißt ihn runter auf die Bank, steht erst wie eine Mänade da, sie fixieren sich, er von unten rauf wie ein kleiner Junge, da dampft sie ab. Und er sitzt mit seine Zeitungen da, kann über die Schwulen nachdenken.

## Ernst Haffner

# Der Westen leuchtet

*Zwei Kellerkinder verlaufen sich im Paradies*

Ludwig und Willi tippeln durch die Menschen- und Lichtfluten der Tauentzienstraße. Ihnen ist, als seien sie in einer fremden Stadt. Berlin. Das war für sie die »Münze« und der Schlesische Bahnhof. Nie war ihnen der Einfall gekommen, einmal in den Berliner Westen zu gehen. Die grauen Straßen mit ihren ersten und zweiten und noch mehr Hinterhöfen, das war ihre Heimat. Hier sind sie, ja wirklich, hier sind sie in der Fremde. In einer reichen, heiteren Fremde, wie es den Anschein hat. Die Menschen haben alle funkelnagelneue Kleider an, als sei heute ein hoher Feiertag und nicht irgendein Mittwoch. Die Läden gleichen Palästen, in denen seine Majestät, der Kunde, gelangweilt nach irgendeiner kostbaren Kleinigkeit sucht. Und die Frauen. Die Damen. Jede, aber auch jede ist so reich gekleidet, riecht so gut, ist so schön. Selbst die kleinen Hunde, die die Damen an ihren Pelz drücken oder neben sich trotten haben, sind mit bunten schönen Decken bekleidet, haben glitzernde Halsbänder. Und ein Hund, ein Hündchen, winziges weißes Wollbündelchen, trug richtige kleine Lackstiefelchen an seinen vier Pfoten. »Hast gesehn, Willi?«

Eine reiche, schöne Fremde. Was wollen schließlich die paar Bettler bedeuten? Die gehören doch gar nicht in diese Gegend. Die sind doch auch aus dem anderen Berlin, aus irgendeinem muffigen Keller oder dem Quergebäude irgendeines dreckigen Hofes gekommen, um hier zu betteln. Das andere Berlin … Hier gibt es sicher keine Herbergen wie die der schlesischen Olga. Und Jungens wie sie sieht man hier auch fast gar nicht. Und wenn, dann gehen sie hier auf den Strich. Manche sind ganz neu angezogen, wenn man hinter ihnen geht, sieht man, daß die Schuhe noch nicht besohlt sind, sauber und lederneu glänzt es zwischen Absatz und Sohle. Die Hosen sind weit und haben eine scharfe Bügelfalte. Und riechen tun die Jungs ... nach Pomade und Parfüm. Die verdienen vielleicht ein Geld ...

Das sind Willis und Ludwigs Gedanken bei ihrem Einzug in das andere, das westliche Berlin. Ihre Heimat, Alex und Schlesischer Bahnhof, wollen sie vorläufig meiden, damit sie nicht den Blutsbrüdern in die Finger laufen. Willi ist seit vier Jahren nicht im Westen gewesen. Und Ludwig hat die Tauentzienstraße nie gesehen. Bis zum Bülowbogen nur war er gelegentlich gekommen. Sie stehen auf dem Kurfürstendamm, Ecke Joachimsthaler Straße und betrachten die Wunder; lassen die endlosen Autoreihen vorübersausen, beobachten das Feuerwerk der sich wie toll gebärdenden Lichtreklamen und lassen sich geduldig stoßen und beiseiteschieben. Gegenüber dem Bahnhof Zoo, in einer Stehbierhalle, essen sie eine Bockwurst und trinken ein Glas Bier dazu. Dann schlendern sie weiter. Planlos, kreuz und quer, bis sie plötzlich wieder am Bahnhof Zoo sind. Unter der Rendezvousuhr bleiben sie stehen. »Was machen wir, Ludwig? Ist gleich zwölf Uhr.«

Zwei ältere Herren in Pelzen beobachten Willi und Ludwig, reden miteinander und gehen auf die beiden zu. »'n Abend, Jungens.« Willi und Ludwig schrecken zusammen. Polizei!? Nee, doch nicht, die riechen ja nach Parfüm. »Noch keinen Anschluß gefunden, ihr beiden Hübschen?« Willi und Ludwig sehen sich an: die denken, wir gehen hier auf den Strich. »Wollt ihr nicht mitkommen, einen Schnaps trinken?« fragt einer der Herren unentwegt weiter. »Mitkommen, wohin denn?« antwortet Ludwig endlich mit einer Gegenfrage. »Gott, wohin, wo es nett ist ...« »In die ›Silhouette‹«, fällt der andere ein. »Kennen wir nicht, das Lokal«, tut auch Willi den Mund auf. »Also wollt ihr, wir werden euch schon hinführen?« »Also gut, einen Schnaps können wir ja trinken, nich Willi?« »Na gut.«

In der Geisbergstraße. Die beiden Jungen werden in eine Tür geschoben. Als sie den Windschutz auseinanderraffen, prallen sie zurück und wollen kehrtmachen. »Was habt ihr denn, Jungs?« Ludwig murmelt etwas von Arbeitszeug, schlecht angezogen ... so ein feines Lokal ... »Ach, Unsinn!« Dann sind sie im Lokal und werden von einem Smoking in Empfang genommen. »Bitte hier, die Garderobe.« Die Herren ziehen ihre Pelze aus und stehen gleichfalls im Smoking da. Ludwig wird vom Empfangsherrn der Mantel ausgezogen und betrachtet verlegen sein abgetragenes Jackett und die zerknautschte Sporthose. Willi braucht kein Mantel ausgezogen zu werden. Seine Windjacke trägt ein anderer, und sein Anzug bekam damals unter dem D-Zug Köln-Berlin den Rest. Schamrot wird Willi und hält sich die Hand vor den nackten Hals. Aber weder die Herren Kavaliere, noch der Empfangsherr, noch die nicht minder eleganten Gäste nehmen Anstoß an der Kleidung der Jungen. Im Gegenteil, oft recht freundliche Blicke treffen Ludwig und Willi.

Jeder der beiden Smokings hakt sich bei einem Jungen ein und führt ihn in eine der kleinen Logen. Während die Eleganten mit der Auswahl des Getränkes beschäftigt sind, betrachten die Jungens ihre Umgebung. Klein, intim ist die »Silhouette«, alles flammt in einem aufreizenden Rot. Vorn eine Bar und Tische, hinten, links und rechts, Loge neben Loge. Rot glüht die Wandbespannung, rot die weichen Teppiche, rotrot die seidenen Schirme der Beleuchtungskörper. Eine schwüle Atmosphäre, noch bewußt unterstrichen durch die Musik. Herren in eleganten Sakkos oder Smokings; Damen in Abendkleidern, dekolletiert die Arme und halben Brüste. Eine überhitzte Atmosphäre pervertierter Erotik. Frauenaugen kranken nach Mädchenblicken, Männer erhitzen sich an männlichem Fleisch. Kein lautes Wort, kein freies Lachen. Wie Explosivstoff liegt es in der Luft.

Willi und Ludwig in ihrer derben Jungenshaftigkeit haben einiges Aufsehen erregt. Begierden, müde der gebadeten und siebenmal gesalbten Körper, flackern nach der weniger sauberen, aber derberen Kost der Proletarierjungen. Der Kellner, der Herr Kellner, so vornehm er ist, hat einen scharf duftenden Schnaps in irisierenden Schwenkschalen serviert. Zigaretten bringt er. Zehn Pfennig, lesen die Jungen auf der Banderole.

Der Schnaps fließt wie feuriges Öl durch die Kehle. Der zweite und dritte beseitigen Hemmungen. Willi und Ludwig duzen sich mit den Smokings und erzählen Streiche aus ihrer Fürsorgezeit.

Vor einigen Stunden dachten Ludwig und Willi, als sie die eleganten Strichjungen auf der Tauentzienstraße sahen: die gehen mit den Herren in ein feines Hotel und klettern in weiße Betten … Um drei Uhr morgens. Vor einem Privathotel in einer Seitenstraße des Kurfürstendamms halten zwei Taxis. Die beiden Smokings und die beiden Jungen, betrunken und apathisch, gehen in das Hotel. Ludwig und Willis erste Nacht im Berliner Westen. Der Weg von Berlin N und O nach Berlin W pflegt sehr häufig über das Bettlaken eines Privathotels zu führen.

WILHELM SPEYER

# Schlaf gut

*Karl und Adolf träumen vom schönen Boxer Helmuth*

Wie sie aus dem Sportpalast traten, waren sie beide so betrübt, die Freunde, Karl und Adolf. Ihr Liebling, der braune Knabe mit den schmalen Hüften und mit der breiten Brust, die in Berg und Tal gestuft war wie eine mitteldeutsche Landschaft, – ihr schöner David war ihnen im Boxkampf von dem grinsenden Riesen niedergelegt worden. Die biblische Geschichte, die sie in ihrer Volksschule gelernt hatten, war eine falsche Verheißung gewesen.

Sie gingen mit ihren schweren melancholischen Arbeiterschritten durch die Menge, die rings um sie herum aus dem Berliner Gymnasium strömte. Über ihnen brandete ein rötliches Licht gegen den leicht herniedertropfenden Nebel an. Sie gingen schweigend und ohne Seufzer, die Wimpernreihen ihrer Augen eng zueinander hingesenkt. Sie hatten kein besonderes Ziel jetzt. Sie waren wie Tiere, die sich fröstelnd in die leeren Felder schleichen, ohne Lebens- noch Todeswillen.

Sie waren Metallarbeiter, gute vierzigjährige Männer, unverheiratete, die ihren guten Lohn hatten. Nach der Arbeit wuschen sie sich die Hände und das Gesicht und sie riefen sich dann ein paar knappe Worte zu: »Na, – heute ins Kino?« Oder: »Schlafen, was? – Gar nichts unternehmen!« Oder: »Zu Wilhelm – und dann aufs Sechs-Tage-Rennen!« Mehr war ihnen nicht vonnöten, wenn sie sich den Abend bestimmten. Bei der Arbeit mieden sie sich. »Arbeiten sollst du mich allein lassen«, dachte ein jeder. Sie sahen sich niemals so recht an, sie führten auch keine große Unterhaltung miteinander, sie sagten beim Abschied – denn sie wohnten in verschiedenen Quartieren – nicht: »Gute Nacht, Karl«, oder »Lebe wohl,

Adolf«, sondern: »Na denn.« Und wenn sie sich im Morgengrauen vor dem Fabriktor trafen, so hatten sie keinen Gruß mehr füreinander. Aber der eine konnte nach Feierabend nicht auf der Straße gehen oder auf dem Verdeck des Omnibusses fahren, wenn er nicht die hart gekantete Schulter des andern neben sich wußte.

Sie gingen die Potsdamer Straße hinauf bis zur Brücke. In ihren Ohren donnerten noch die Zahlen, die der Mann im Hemd gerufen hatte: »Acht! Neun! Zehn!« Ihr Hirtenknabe lag stirnvoran am Boden, mit einem pflichtgetreuen Zucken der schönen Glieder bei »Acht«. »Neun« war ein zweites Ermatten, eine jammervolle Bitte um Vergebung an all die Freunde in der Arena: Seht her, ich bring' es nicht! »Zehn« dröhnte dumpf und matt wie der letzte Schlag eines Herzens.

Sie hatten kein Wort zueinander gesprochen, die beiden Freunde. Kein Ausruf war aus ihrem Mund gekommen. Wenn sie sich selten ansahen, jetzt verfluchten sie ihre Augen, daß es gute Augen waren. Fast waren sie gegeneinander erbittert, – nicht gegen den gelockten Knaben dort zwischen den Stricken, die sein Glück in dieser Stunde erdrosselt hatten, – erbittert in ihrer gemeinsam enttäuschten Liebe.

Sie standen ein wenig entfernt von der Brücke nahe Blumeshof, vor dem Geländer des Kanals, der einen rosafarbenen Nebel in seiner Tiefe spiegelte, eine höhnisch sanfte Farbe für zwei so grausame Lebensmächte, wie es Nebel und Wasser sind. Sie ließen sich da von einem weiß-roten Winde durchwehen wie von einem großen Leid.

»Siehst du, so geht das, wenn man sich etwas wünscht«, begann Adolf zu sprechen.

Hierauf wußte der andere nichts zu sagen.

»Karl! Wie wir Bengels auf der Schule waren, da hatte auf der Radrennbahn unser Willy von England her die Weltmeisterschaft inne. Zwischen all den Stiefeln lagen wir in Halensee mit den Bäuchen auf dem Zement und sangen das Radfahrlied und warteten, ob Willy nicht bald seinen Start antritt in seinem Regenmantel über dem Sweater, rechts und links seine schönen Weiber. Wer hat denn da gesiegt, Karl? Die fetten Waden aus Holland oder Belgien, – nicht unser Willy mit seinen langen feinen Flossen! Dem taten die schönen großen Damen mit den fuchsroten Haaren nicht gut. Mensch, wie er mit seinen grauen Augen vom Sattel ins Publikum sieht und er kaut seinen Tabak, und der andere vor ihm macht seine Ehrenrunde, da war unser Herz wohl still den ganzen Tag, was? So war das.«

»So war das«, bestätigte der Freund. »Wie war es denn auf dem Flugplatz? Max steigt auf und fliegt – o Mensch! – wie ein Falke! Da stürzt er ab und ist hin. Wie war es denn beim letzten Sechstagerennen? Wem haben wir denn da den Sieg gewünscht? Und wer mußte aufgeben? Wie war es denn beim Ringkampf im Zirkus Krone?«

»Wie war es denn bei Carpentier und Dempsey? Wie war es denn bei Breitensträter und Samson? Siehst du nun, wie das Unglück uns verfolgt?«

»Wie wir Bengels waren«, begann jetzt Karl zu erzählen, »da waren bunte Bilderbogen in den Schaufenstern ausgestellt. Es kämpfte der Chinese gegen den Japaner, und der Zopf flog hinter dem Bajonett her. Aber der Herr Japaner hatte keinen Zopf mehr, und das ärgerte uns, daß er so à la Mode sein wollte, – siehst du, Adolf, da haben wir dem Chinesen den Daumen gehalten. Aber wer hat gesiegt?«

»Wie war es denn mit den Buren, Karl? Weißt du noch, wie wir aus der Fabrik auskneifen wollten und nach Südafrika helfen? Aber wer hat gesiegt?«

»Und weil die Russen Menschen wie wir waren und die Japanesen doch nicht so verschieden von uns geblieben waren, daß es schön für uns gewesen wäre, – da haben wir auf unsere russischen Arbeitskollegen in Moskau und Petersburg gesetzt. Aber wer hat gesiegt?«

»Na und *draußen*? Wir wollten ja wohl, daß die unsern siegten, was? Dafür haben wir beide ja allerhand gewirkt, wie? Aber wer –?« Er vollendete seinen Satz gar nicht mehr.

»Wie war es denn, als Jablonski in der Fabrik von der Martha seinen Stich bekam und wir Martha, das Mädchen, in unsern Schutz genommen haben, weil wir wußten, daß die

Martha unschuldig war und eine gequälte Kreatur, die nicht mehr aus und ein wußte? Aber wer bekam fünf Jahre?«

»Wer ist gestorben von Wilhelms und Sophiens Kindern, als die große Grippe kam? Gustav, der Schuft, der heute Tag um Tag den Grünen eine Nuß zu knacken gibt. Oder unser schönes Hänseken mit den sanften Augen, der wie ein Lämmchen gesprungen kam, wenn wir Bonbons in der Rocktasche hatten?«

»Jawohl. Es sind in unsern Tagen böse Sterne für das Rechte.«

Sie standen da auf ihren kurzen, festen Beinen, Schulter an Schulter, die runden Köpfe über ihren rechteckigen Oberkörpern, und sie sagten sich jedes Mißgeschick ihrer Gunst auf, das ihnen seit ihrer Kindheit widerfahren war. Sie wurden nicht müde, auf das Wasser zu starren und neue Beispiele anzuführen. Aber als keinem von ihnen noch etwas einfiel, sagte Adolf zum Schluß:

»Und heute haben sie Helmuth niedergeboxt.«

Da, wie der geliebte und geehrte Name erklang, verstummten sie beide, denn ihr Schmerz war so groß geworden, daß sie die Lippen nicht mehr zu ihren Anklagen zu krümmen vermochten.

Aber da sie *Männer* waren, gelernte und gereifte Arbeiter, sportliebende Burschen, die da wußten, was Kopf, Leib und Beine wert sein können, so dachten sie angesichts dieses heuchlerisch rosafarbenen Wassers nicht an Selbstmord, sondern sie taten an diesem Abend, was sie nie zuvor in ihrem Leben getan hatten, es sei denn ein einziges Mal an einem Abend in Frankreich nach einer Arras-Schlacht: sie faßten sich an den Händen. Und so, die Daumen fest um die Handflächen gespannt, gingen sie heute nach Haus, und vor der Haustür des einen trennten sie sich mit diesen Worten: »Gute Nacht, mein Adolf. Schlaf gut.« Und: »Gute Nacht, mein Karl. Auch du.«

ERNST VON SALOMON

# Kadettenanstalt Lichterfelde

*Der kleine Tillich verdreht seinen Kameraden den Kopf*

Auf Stube sechs war ein Quintanersack gekommen, Emil Tillich, der kleinste Sack der Kompanie, aber mit geraden, gewandten Gliedern und frischen Augen. »Ein netter Hase«, sagte Glöcklen, und ich ärgerte mich darüber. Es war das erstemal, daß ich mich über so eine Bemerkung ärgerte, und ich sagte zu Glöcklen: »Mensch, daß du immer gleich so was denken mußt!« Aber ich hatte unrecht, denn Glöcklen dachte gar nicht immer gleich so was, hier sprach er nur der allgemeinen Ansicht nach, der Sack Tillich war sehr beliebt.

Der lange Goslar war sein Stubenältester, und Goslar war dafür bekannt, daß er es liebte, die Säcke sehr zu schinden. Mit Tillich schien er eine Ausnahme machen zu wollen. »Ich habe da einen Sack …«, sagte er, »komm mal her, Sack!« sagte er und griff ihn an die Schulter, »schicker Sack, was?« Und Tillich stand unter seiner Hand und ließ sich ruhig rundherum drehen, aber seine Augen sahen dunkel und unbeteiligt von einem zum andern. »Der Goslar, dies Schwein«, sagte Glöcklen, »ausgerechnet auf dem seine Stube muß der Sack kommen …«

Ich freute mich, daß ich die Turnabteilung der Säcke bekam, ich war nun schon Obertertianer und zweiter Stubenältester auf Stube fünf – seitdem Kolp Kompaniechef war, hatte sich der Vorkriegsdienstbetrieb wieder in seiner alten Schärfe eingestellt, und das Gefühl, für die Säcke »Halbgott« zu sein, ließ die traurige Feststellung, daß der Kadettennachwuchs immer kümmerlicher wurde, dem Körper und dem Geiste nach, wenigstens erträglicher erscheinen.

»Schleif mir meinen Sack nicht so sehr«, sagte Goslar, »das will ich schon von mir aus besorgen«, und ich bemerkte, »ich verbäte mir sein Dreinquatschen in dienstlichen Angelegenheiten.« Der kleine Tillich stand am linken Flügel der Abteilung und ich hatte es also leicht, beim Reck oder Barren, sobald ich bemerkte, daß ihm die Übung schwer fiele, abzubrechen, weil die Zeit nicht langte. Ich machte das manchmal recht deutlich, damit Tillich die Absicht merke, aber weder aus seinem Gesicht noch aus seinem Wesen war zu erkennen, was ihn dabei bewegte. So kam ich dazu, ihn ein wenig zu bimsen, wie wir es nannten, anfangs eigentlich nur, um ihn aus seiner aufreizenden Passivität zu wecken. Dann aber bimste ich ihn, weil es begann, mir Spaß zu machen, und der Sack war keineswegs passiv, manchmal lief ein Zittern durch seine Glieder, wenn er am Reck hing, wenn er am Barren zum fünfundzwanzigsten Male die Schwungstemme machte, wenn er beim Seilklettern oder an der Kletterstange plötzlich heruntterglitt – und er merkte wohl, daß ich ihn dabei beobachtete. Einmal, beim Doppelbeinheben, hatte er die Übung schon dreimal gemacht, und ich sah wohl, daß er am Ende seiner Kräfte war, aber ich sagte ermunternd, »na, noch einmal!« und ließ ihn zappeln, und als es gar nicht ging, half ich ihm etwas nach, so, wie mir seinerzeit der Unteroffizier Glöcklen nachgeholfen hatte, und gar mancher noch später, ich schlug ihm mit der flachen Hand fest auf den Oberarm, »na, los doch!« und legte den Unterarm unter seine Beine, nur um sie zu halten, damit er aus der Anstrengung nicht zurückfalle, »na, noch ein bißchen«, und Tillich hatte die Zähne zusammengebissen, ganz deutlich sah ich es an seinen Backenmuskeln, und über sein bräunliches Gesicht ging es bleich, nicht rot, wie ich es vermutet hatte, und wie es bei den anderen der Fall war, derbknochigen Landjunkern, und plötzlich sah ich, daß eine feine bläuliche Ader an seiner Schläfe hervortrat, ich sah das Blut pulsieren in dieser Ader, und ich ließ die Hand sinken und den Unterarm und sagte: »Ab!« Aber nun ging Tillich nicht ab, er sah mich ganz kurz an und nun wurde er doch rot, und mit einer einzigen, mächtigen Anstrengung hob er tatsächlich die Beine kerzengerade bis an die Reckstange, die Fußspitzen gestreckt und auswärts und ließ sie wieder sinken, zog die Arme ein wenig an und ging vorschriftsmäßig ab, mit einer leichten, eleganten Kniebeuge und stand und sein ganzer Körper zitterte, aber er stand, bis ich befahl »Wegtreten« und er trat weg, an seinen Platz, und ich hatte das Gefühl, als würde er mich ansehen, aber ich wagte nicht, ihn anzusehen.

Beim Schwimmen trug Goslar Sorge, daß sein Sack zu ihm an die Leine kam – er verzichtete sogar auf das Schauspringen, in dem er sonst brillierte – er drängte sich wirklich etwas zu ostentativ zu dem sonst nicht gerade begehrten Posten als Schwimmlehrer. »Erlaube mal, wieso?« fragte ich ihn und versuchte, ihm die Leine aus der Hand zu nehmen. »Das ist, bitte sehr, mein Sack«, sagte Goslar und zerrte an der Leine, und der kleine Tillich stand zwischen uns, den Schwimmgürtel um die Brust, und glänzend feucht, und sah von einem zum andern. »Warum ist der Sack noch nicht im Wasser?« fragte Oberleutnant Planer, im Vorbeigehen, stutzte, kehrte um und kam wieder auf uns zu. Oberleutnant Planer sah von einem zum anderen und sagte: »Gefreiter Schmidt, übernehmen Sie den Sack, die beiden anderen zum Schauspringen, los, los, los ...«

Ich spürte, daß ich diesmal ausnehmend gut sprang, das Springen machte mir Freude, in der Ecke, dicht beim Nichtschwimmerbassin puddelte der kleine Tillich im Wasser, an der Leine, und sah mit seinen glänzenden Augen zu mir hin. Ich fuhr nach dem Sprung ganz dicht an ihm vorbei, gestreckten Körpers, und verweilte etwas in seiner Nähe, indem ich mich auf den Rücken warf oder langsam und unnütz kraulte, bevor ich an die Stange ging. »Keine Faxen!« rief mir Oberleutnant Planer zu, und mir schien, daß Goslar grinste.

Beim Abduschen stand ich plötzlich neben dem Sack und wandte mich ihm zu. Er seifte sich behende ein und ich beobachtete ihn. »Was hast du denn da für Flecken?« fragte ich ihn und wies auf einige kleine blaue Tupfen an seinem Oberarm. Der Sack hielt im Abseifen inne und sah mich an, aber er sagte nichts. »Hör mal«, sagte ich erregt, »du mußt mir das sagen, hörst du? Schlägt dich der Goslar etwa? Wie, triezt er dich? Na, nu red schon, Sack, du brauchst nicht Angst haben, daß das Petzen ist, wenn du mir das sagst, er triezt dich, was?« Aber Tillich schüttelte nur den Kopf. »Na, und was ist das da? Wer hat dir die Flecken da gemacht?« Nun wurde der kleine Tillich rot unter seinem glatten Seifenschaum und sah mich an und drehte sich ein bißchen und sagte leise: »Ich glaube, das ist vom letzten Turnen.« Ich wurde rot und sah geradeaus und sagte: »Na, das hat doch sicher nicht sehr weh getan?« und Tillich sagte: »Nein, das hat eigentlich nicht weh getan.«

Einmal sagte Schmidt – wir standen beide beim Frühappell vor der Front der Abteilung und sahen zu, wie Goslar die Büchermappen seiner Stube kontrollierte – Schmidt sagte halblaut zu Goslar: »Goslar, deinem Hasen kannst du getrost auch ein bißchen genauer nachsehen.« Goslar brummte etwas und fummelte in des kleinen Tillich Büchermappe herum. Kaum war die Abteilung abgerückt, ging ich aber an Schmidt heran und sagte. »Was heißt das, Goslars Hase, willst du etwa behaupten ...?« Schmidt fuhr ein bißchen zurück, dann grinste er und sagte: »Na, entschuldige man, ich wußte natürlich nicht, daß der Tillich dein Schuß ist.«

Aber wenn auch der kleine Tillich nicht mein Schuß war, so war mir doch der Gedanke unerträglich, er könnte des langen Goslar Hase sein. Immer, wenn ich die beiden zusammen sah, beschlich mich ein unangenehmes Gefühl, jenes, das ich immer verspürte, wenn ich Goslars kalte, feuchte, knochige Finger berührte. Ich begann, den Goslar mit wachestem Bewußtsein zu betrachten und fand, daß er einen langen, mageren Ziegenhals hatte und rotentzündete Augen und ein ekelhaft einschmeichlerisches, ranschmeißerisches Wesen nach oben hin, und daß er dort, wo er Macht hatte, aber brutal und kleinlich war. Und ich fürchtete sehr für den kleinen Tillich, ich fürchtete die Gefahr um ihn, und ich hatte sicherlich kein anderes Mittel, sie abzuwenden, als eben ihn zu meinem Schuß zu haben.

Das aber schien mir unendlich schwer zu erreichen. Zwar beschloß ich, ihn geradezu zu fragen, doch verschob ich es immer wieder, ich war einfach wehrlos vor der sicheren, unbefangenen Zurückhaltung, die er mir gegenüber zeigte, so daß ich jeden Anlaß zu einem ernsteren, freundlicheren Gespräch ebenso versäumte, wie jede Gelegenheit, seinen Arm zu nehmen, meinen Arm um seine Schulter zu legen, obwohl ich mit einer Art von betäubendem Schmerz sehen mußte, daß Goslar keineswegs sich von einer ähnlichen Scheu abhalten ließ, dies mit kalter Selbstverständlichkeit zu tun. Nach jedem Zusammensein mit dem Kleinen freilich schimpfte ich mich idiotisch und tölpelig und zweifelte, ob Tillich jemals mir das gleiche Maß von Zuneigung entgegenbringen könnte, das mich für ihn erfüllte, und schon begann ich, wenigstens in angenehm erregenden Träumen einen Ersatz zu suchen, mit der sanften Gewißheit im Hintergrund, im unverbindlichen Spiel der Phantasie allen Komplikationen gewachsen zu sein.

Schließlich war es doch der Kleine selbst, der den Anstoß gab, bei einem Spaziergang in der Freizeit auf der Turnwiese hing er sich einfach bei mir ein. Zuerst erschrak ich, einmal, weil er dies mit so sachlicher Bewegung tat, daß ich einen Augenblick geneigt war, zu vermuten, er dächte sich gar nichts dabei, und dann, weil dies auf einem Wege geschah, dem schmalen Pflasterstreifen rund um den Platz, der einem geheiligten Gebrauche gemäß für die Obertertianer reserviert war, so daß es nun weithin offenbar wurde, daß Tillich mein Schuß sei. Er mußte dies wissen, und ich drückte nach einer kleinen, von Schreck und Freude erfüllten Pause seinen Arm in meinen, zog ihn etwas aus der Nähe meiner Kameraden und fragte ihn geradezu: »Hör, ist es wahr, daß du Goslars Hase bist?«

»Was ist das, Hase?« fragte er.

»Ich meine, hast du ihn gern?«

»Oh, er ist sehr nett zu mir.«

»Ich meine«, sagte ich sehr verlegen, »hat er dich – hat er dich mal geküßt?«

»Nein«, sagte er sofort, »nein, und ich mag das auch nicht.«

Da beteuerte ich ihm, daß ich das auch gar nicht möge, ich verstieg mich sogar zu der Behauptung, daß ich dies ganze Getue höchst widerlich fände, und in seiner eifrigen Zustimmung stieg der Grad meiner Beglückung unbegreiflicherweise so hoch, daß ich drauf und dran war, in eindringlichem Gespräch das Bild einer echten und edlen Freundschaft in

Tönen zu malen, die mir bis dahin noch nie zu Gebote gestanden hatten, und die ich nun mit unheimlich leichtem Griff aus den Tiefen meines Gemütes holen konnte, erstaunt, sie dort in so reicher Fülle sozusagen ausgestreut vorzufinden.

Wir gingen nun immer mitsammen, und die Kameraden respektieren dies. Er war mein Schuß, er stand unter dem Hoheitszeichen meiner Freundschaft, und wer ihm etwas zuleide tat, hatte mich angegriffen. Es war selbstverständlich, daß es keine Geheimnisse zwischen uns gab, als die, welche uns eine zarte Scham zu enthüllen verbot. Freilich mußte mir mein Schuß meine Knöpfe putzen, meine Sachen instand halten, in der großen Pause die größte Schrippe rauslegen, das war in langer Tradition gefestigte Schußpflicht, aber dafür war ich immer zur Stelle – und es genügte eigentlich das allgemeine Wissen um unsere »Schußwirtschaft«, um die Gelegenheit dazu recht selten zu machen – wenn auf den harten und beschwerlichen Wegen des Kadettenlebens gar zu große Steine vor seine Füße gewälzt wurden. Wir trugen in der Tat Freud und Leid gemeinsam, nicht nur gingen wir immer zusammen, auf den Kompaniehöfen, während der Pause, abends vor dem Zapfenstreich auf den langen Korridoren, Arm in Arm und in tiefe Gespräche versunken, die an Stelle von Worten auch das Schweigen vertrugen, es verstand sich von selbst, daß, wenn er oder ich bestraft wurde, der andere immer die Strafe mittrug, daß wir nur gemeinsam auf Urlaub gingen, und wenn einer Urlaubsentziehung hatte, blieb der andere ebenfalls zu Hause, wenn der eine Mittagbrotkarieren bekam, packte der andere, was sich auch Eßbares einpacken ließ, ins Sacktuch, es dem darbenden Freunde darzubringen. Selbst die bitteren Stunden der Trennung dachten wir uns zu versüßen, und es gingen kleine Briefchen hin und her, kleine Zettelchen lagen unvermutet in der Büchermappe, im Cäsar oder im Horaz, drei, vier Worte schnell hingekritzelt, Worte ohne Sinn, und nicht immer gar zu albern, hoffe ich, und wie oft kam es vor, daß wir uns beim Wiedersehen – und das Wiedersehen kam von Pause zu Pause – wiederum Briefchen zusteckten und austauschten, die wir schnell und verstohlen im hohlen Handteller lasen, während wir nebeneinander hergingen, und die wir auch schriftlich beantworteten, einfach, weil wir nicht sagen konnten, was geschrieben sich so wundersam ausnahm. Und es konnte natürlich auch nicht fehlen, daß wir über dies und jenes in einen kleinen Streit gerieten, daß wir uns manchmal bitterböse trennten, kochenden Herzens und gefurchter Stirne in der Mathematikstunde saßen, voll Zorn und Liebe, und daß wir in der nächsten Pause dann wieder einander nahten, erst in leichter Verlegenheit, dann im brausenden Vollgefühl, daß es nichts auf der Welt gab, was uns jemals trennen könnte.

Nur Goslar fand unser Benehmen einfach lächerlich. Goslar hatte ein besonderes Wort dafür gefunden, er nannte uns »banal«. Es war dies Wort ein Wurm, der vorzüglich an meinem Herzen nagte. In der Tat lag die Befürchtung nahe, daß die himmelblauen Gefühle nicht ganz das Maß von Leidenschaft erreichten, welches in solchem Falle einem Kadetten-Obertertianer angemessen erschien. Aber dem Wunsch, im Überschwang des Glückes etwa die Welt aus den Angeln zu heben, hielt die Furcht die Waage, durch eine unziemliche Bewegung, durch ein störendes Wort einen Sprung in das kostbare Gefäß unserer Freundschaft zu verursachen. Und ganz abgesehen von allem diesem: was in drei Teufels Namen auch hätten wir nun schon machen können, mein Schuß und ich? Es stand natürlich noch die Möglichkeit offen, uns etwa gelegentlich einen Kuß zu geben, aber hier schon schob sich zwischen Wunsch und Handlung als Mauer die Gewißheit, daß ich vor Schreck, Scham und Verzweiflung für alle Zeiten untauglich sein werde, noch irgend jemandem gerade in die Augen zu sehen, wenn beim Versuche dieser im Grunde doch wohl etwas lächerlichen Manipulation der kleine Tillich jene unnachahmliche Kopfbewegung vollführen würde, welche er anzuwenden beliebte, wo ihm Dinge entgegenkamen, die ihm ein bißchen widerlich waren.

Hingegen Goslar schien in keiner Weise unter Hemmungen dieser Art zu leiden. Ich fand sein Betragen einfach roh und gemein, »proletig«, wie wir in solchen Fällen zu sagen pflegten. Er blieb Tillich gegenüber von einer lärmenden Lustigkeit, kniff ihm beim Exerzieren derbe in den Popo, ging während der Arbeitsstunde niemals an seinem Stuhl vorbei, ohne ihm eine liebevolle Kopfnuß zu verabreichen und befleißigte sich einer Redeweise, die um einen Grad zu kraftvoll war, um natürlich zu sein. Der Kleine konnte nichts dagegen machen, da schließlich alle diese Dinge ersichtlich gut gemeint waren, er sagte mir, daß sie ihn störten, aber er sagte mir nicht, daß sie ihm nicht angenehm seien. Anfangs drängte ich ihn, er möge mir immer alles erzählen, und wenn er es tat, empörte ich mich des längeren über dies Benehmen und konnte nicht umhin, auch meinem kleinen Schuß Vorhaltungen zu machen, etwa, er müsse doch durch sein Verhalten manches herausgefordert haben, worauf Tillich, oder Tilli, wie ich ihn nannte, nicht ohne daß er mich bat, dies nicht zu tun, einigermaßen verstimmt schwieg. Ich versprach ihm dann, nicht wieder so Häßliches zu vermuten, da es sich aber bald herausstellte, daß ich dies Versprechen zu halten nicht imstande war, vermied er es überhaupt, auf diese Dinge zu sprechen zu kommen, und wenn mich dies schon mit Unruhe erfüllte, was sollte ich erst verspüren, als ich glaubte, Grund zu der Annahme zu haben, der Kleine müsse mit dem langen Goslar darüber gesprochen haben, denn dieser konnte sich plötzlich nicht genug darin tun, seine unangebrachten und rüpelhaften Liebkosungen mit sprechenden Seitenblicken auf mich zu vollziehen, wenn ich irgendwann auch nur Zeuge davon war. Natürlich konnte ich nicht dagegen einschreiten, solange dies alles sozusagen vor versammelter Mannschaft geschah, die Obertertia hätte einen solchen Angriff auf ihre Autorität niemals geduldet, aber als ich ihn einmal allein erwischte, verbat ich mir in einer Form, auf die ich mir viel zugute tat, sein Benehmen. »Ich möchte dich ersuchen«, sagte ich, »etwas mehr contenance zu wahren!« worauf er mich hysterisches Frauenzimmer nannte, den errötenden Tillich in den Arm petzte und höhnisch grinsend aus der Stube ging. In meinem Ärger ließ ich mich leider dazu hinreißen, dem Kleinen etwas zu machen, was er in deren Verlauf eine Szene nannte, und wir schieden zum ersten Male seit Beginn unserer Freundschaft in einer ernsthaften Verstimmung, die auf meiner Seite sich nicht gerade besserte, als ich kurz nachher den langen Goslar und den kleinen Tillich gemeinsam und eifrig redend über den Kompaniehof spazierengehen sah.

Es war Glöcklen, der mich in meiner schwarzen Ahnung bestärkte. Er sah mich kopfschüttelnd von der Seite an und meinte, ich solle den Sack nur sausen lassen, und knüpfte daran die mysteriöse Bemerkung, was ein rechter Hase sei, laufe vor jedem Schuß davon. Glöcklen tat noch ein übriges und behauptete, der Kleine und Goslar hätten es während der ganzen Zeit miteinander getrieben – was getrieben? – na so … – das täte der Kleine nicht – die ganze Stube wisse es – dann lügt die Stube! – sogar immer, sobald ich mich vom Kleinen getrennt hätte, seien die beiden zusammengewesen – Beweise!!! – wetten daß?

Noch vor kurzem hätte ich mich vor solch einer Wette entrüstet abgewandt, aber nun drängte mich Glöcklen und ich gab nach. Er wollte mir Bescheid sagen, und ich ging düsterer Gedanken voll zu Bett. Je länger ich nun freilich alles überlegte, desto mehr verdächtige Dinge fielen mir ein, und als mir andern Tages Glöcklen auf dem Pfad hinter dem Kasinogarten wirklich den verräterischen Tillich und den langen Goslar sanft umschlungen zeigte, hatte ich in meinem Herzen bereits die Möglichkeit erwogen, zu der Lust der farbigen Träume und knabenhaften Übungen zurückzukehren, die mir eine reichere Ahnung vermittelten, als jeder Versuch mit der kargen Wirklichkeit, und wenn mir nun etwas den Busen versengte und die Kehle dörrte, so war es einzig der Durst nach Rache.

»Mensch«, sagte ich zu Glöcklen, »jetzt einen Eimer Wasser!« und Glöcklen meinte: »Siehste, jetzt biste wieder normal.« Ich fühlte mich in der Tat wieder völlig normal, und machte mit Glöcklen, nachdenklich die Sommersprossen auf seinem Nasenbogen betrachtend, den Kriegsplan aus.

Zwar wollte mich noch manchmal eine Art von Edelmut übermannen, wenn ich an den Kleinen dachte, doch Glöcklen sagte: »Nur nicht weich werden!« und ich sah ein, daß ich es mir direkt schuldig war, kühl, hart und schurkig zu bleiben. Ich bekam es sogar fertig, mit Tillich weiter zu gehen, ohne mir etwas merken zu lassen, weiter mit ihm zu sprechen, ihn mit halber Stimme über seine Kümmerchen zu trösten, doch vermochte ich es nicht über mich zu gewinnen, ihn auch nur auf die harmloseste Manier zu berühren, wobei ich mir nicht ganz klar war, ob ich dies nicht konnte, weil es sein müßte, als faßte ich eine Natter an, oder weil die Rührung mich, alles überschwemmend, zwänge, alles zu vergessen und zu verzeihen.

Trotzdem klopfte mir das Herz gewaltig, als Glöcklen, der mit einem Eifer bei der Sache war, der an die besten Zeiten des Exzentrik-Clubs erinnerte, das schändliche Paar gestellt hatte. Schleunigst begab ich mich auf meinen Posten, hinter die Lokustür, wo ich eine riesige Pütz Wasser schon bereitgestellt fand. Es war während der Arbeitsstunde, und Goslar wie er hatten der Vorschrift gemäß um die Erlaubnis gebeten, auf den Korridor zu gehen, um dort irgend etwas laut zu repetieren. So kamen sie nun auch näher, ich hörte ihre langsamen Schritte, ich hörte Geflüster und halbe Worte, die plötzlich von einigen mit starker Stimme gesprochenen Vokabeln abgelöst wurden, Vokabeln, aus dem Rachen der Heimlichkeit und der Hinterlist ausgeworfen und nun hilflos klagend und eilend durch den langen, hallenden Gang, als suchten sie Heimat und Vaterland, bis die Stimmen wieder erstarben zum Geflüster – nun mußten die beiden vor der Türe sein, so stieß ich denn aus meinem Lokus vor und hob die Pütz und klatschte sie mit mächtigem Schwupp über das so zärtlich aneinandergelehnte Paar, daß es auseinanderflitzte, prustete und krisch, indes die Pütz mit Donnerknall zu Boden rollte. Sogleich öffnete sich die Tür von Stube fünf, und Glöcklen an der Spitze, standen sie da, Kopf an Kopf und wieherten los – Goslar, die Situation erfassend, wie es eines Obertertianers würdig war, brüllte die Stube mit Donnerstimme an, bis Schmidt erschien, Gefreiter Schmidt, im Bilde und im Plan, und mit ernstem Wort den Goslar auf seine Stube schickte. Goslar ging, und ich wußte aus seinem Blick, welch einen Feind ich mir da geschaffen hatte, doch triumphierend wandte ich mich dem kleinen Tillich zu. Der war dem Goslar nachgeeilt, nun aber drehte er sich plötzlich um und schoß auf mich zu. Bis dicht zu mir heran sprang er, noch rann das Wasser ihm von der Stirn über das bleiche, bebende Gesicht, und er hob beide Hände gegen mich und schüttelte sie und schrie: »Du bist gemein, oh, wie bist du so gemein!«

## Joseph Roth

# Hoheit lassen bitten

*Ein Radikalopportunist dient sich einem schwulen Prinzen an*

Manchmal überfiel ihn sein eigener Stolz wie eine fremde Gewalt, und er fürchtete seine Wünsche, die ihn gefangenhielten. Aber sooft er durch die Straßen ging, hörte er Millionen fremder Stimmen, flimmerten Millionen Buntheiten vor seinen Augen, die Schätze der Welt klangen und leuchteten. Musik wehte aus offenen Fenstern, süßer Duft von schreitenden Frauen, Stolz und Gewalt von sicheren Männern. Sooft er durch das Brandenburger Tor ging, träumte er den alten verlorenen Traum vom siegreichen Einzug auf schneeweißem Roß, als berittener Hauptmann an der Spitze seiner Kompanie, von Tausenden Frauen beachtet, vielleicht von manchen geküßt, von Fahnen umflattert und Jubel umbraust. Diesen Traum hatte er in sich getragen und liebevoll genährt vom ersten Augenblick seines freiwilligen Eintritts in die Kaserne, durch die Entbehrungen und Lebensnöte des Krieges. Die schmerzende Beschimpfung des Wachtmeisters auf der Exerzierwiese hatte dieser Traum gelindert, den Hunger auf tagelangem Marsch, das brennende Weh in den Knien, den Arrest in dunkler Zelle, das betäubende, qualvolle Weiß der verschneiten Wachtpostennacht, den stechenden Frost in den Zehen.

Der Traum drängte zum Ausbruch wie eine Krankheit, die lange unsichtbar in Gelenken, Nerven, Muskeln lebt und alle Blutgefäße des Körpers erfüllt, der man nicht entrinnen kann, es sei denn, man entrinne sich selbst. Und zufolge jener unbekannten Gewalt, welche Theodor schon oft geholfen hatte und die ihn lehrte, daß der Erfüllung jeder qualvollen Sehnsucht im letzten Moment eine günstige äußere Bedingung auf halbem

Wege entgegenkommt, ereignete es sich, daß er den Doktor Trebitsch im Hause Efrussis kennenlernte.

In der ersten Viertelstunde ihrer Bekanntschaft sprach der Doktor Trebitsch unermüdlich, und sein blonder, langer, in sanften, dunkelnden, an den Rändern gelichteten Strähnen herabfließender Bart bewegte sich vor den Augen Theodors in regelmäßigem Auf und Ab und störte die Aufmerksamkeit des Zuhörers. Leise plätscherten die Worte des Blondbärtigen, eines und das andere blieb eine Weile in Theodor haften und verwehte wieder. Noch nie war er einem Vollbart so nahe gewesen. Plötzlich stöberte ihn der Klang eines Namens aus seiner betäubten Zerstreutheit auf. Es war der Name des Prinzen Heinrich. Und mit dem Instinkt eines Mannes, der zufällig einem Prunkstück aus seiner verschütteten Vergangenheit begegnet und es mit rettend hastiger Gebärde an die Brust reißt, rief Theodor: »Ich war Leutnant im Regiment Seiner Hoheit, des Prinzen Heinrich!«

»Der Prinz wird sich sehr freuen«, sagte Doktor Trebitsch, und seine Stimme war nicht mehr fern, sondern ganz, ganz nahe.

Der Stolz füllte, wie etwas Körperliches, Theodors Brustkorb, und sein gestärktes Hemd wölbte sich.

Sie fuhren im Auto ins Kasino. Und Theodor saß im Wagen, nicht wie vor einer Woche, als er mit Frau Efrussi fuhr. Nicht mehr fühlte er, gedrückt und dünn, die Ecke zwischen Seitenwand und Rückenpolster. Er breitete sich aus. Sein Körper fühlte durch Paletot, Rock, Weste die sanfte, kühle Nachgiebigkeit des Leders. Die Füße lehnte er gegen den vorderen Sitz. Die Zigarre erfüllte das Coupé mit dem satten Duft einer überflüssigen Behaglichkeit. Theodor öffnete das Fenster und fühlte die schnelle, schießende kalte Märzluft mit der Wollust eines innerlich Durchwärmten.

Man trank Schnaps und Bier, und der Abend im Kasino erinnerte an eine Kaiser-Geburtstagsfeier. Graf Straubwitz von den Kürassieren hielt eine Rede. Man brach in ein dreifaches Hurra aus. Jemand erzählte Anekdoten aus dem Kriege. Theodor war Gast an der Seite des Prinzen. Nicht einen Moment verlor er Seine Hoheit aus den Augen. Er ignorierte seinen Nachbarn zur anderen Seite. Es galt, allezeit auf eine Frage des Prinzen vorbereitet und zur Stelle zu sein. Nicht für die Dauer eines Augenblicks vergaß Theodor, daß er jetzt endlich die Gelegenheit ergreifen konnte, Teile seines Traums zu verwirklichen. War er noch der kleine, unbekannte Hauslehrer eines jüdischen Knaben? Kannte ihn der Prinz nicht? Kannten ihn nicht alle Herren, die hier um den Tisch saßen? Und obwohl der ungewohnte Alkohol allmählich Theodors Sinn für die augenblicklichen kleinen Wirklichkeiten einschläferte, blieb doch eine große helle Heiterkeit zurück, und die Sicherheit kehrte ihm so oft wieder, als er sie brauchte, um dem Prinzen eine Serviette, ein Glas, Feuer für die Zigarette zu reichen.

Als ihn der Prinz aufforderte, von jener Schlacht bei Stojanowics zu erzählen, die das Regiment so löblich mitgemacht hatte, begann Theodor aufs Geratewohl, etwas lauter, als er gewöhnlich zu sprechen pflegte. Es ging eine Weile ganz gut, bis er bemerkte, daß er die Erzählung angefangen hatte, ohne sich den Schluß zurechtgelegt zu haben. Er hielt ein, und es erschütterte ihn die große, lauschende Stille. Er wußte noch, daß seine letzten Worte: »Hauptmann von der Heidt« gewesen waren. »Dieser Hauptmann also«, fuhr Theodor fort, aber das Ende des Satzes fand er nicht mehr. »Er lebe hoch! Hurra!« fiel der Doktor Trebitsch ein, und man feierte den Hauptmann von der Heidt.

Dann stellte es sich heraus, daß Theodor und der Prinz denselben Weg nach Hause hatten, und sie saßen zusammen im Auto. Theodor redete unterwegs. Frau Efrussi fiel ihm ein, und er erzählte von ihr dem Prinzen. Ihre großen grünen Augen sah er. Ihre Schultern. Er streifte ihr die Kleider ab, sie stand vor ihm in der Unterwäsche. Sie trug violette Unterhöschen. Er erzählte alles dem Prinzen, was er sah, tat, erlebte. »Ich streife ihr das Hemd ab«, sagte Theodor, »Hoheit müssen wissen, sie hat braune Brustwarzen ... ich beiße in ihre harte Brust!«

»Sie sind ein famoser Junge«, sagte der Prinz.

Er wiederholte diesen Satz auch später noch, als sie im Zimmer saßen und einen schwarzen Kaffee tranken und noch einen Likör. So nahe saßen sie beieinander, ihre Schenkel berührten sich, und der Prinz hielt Theodors Hand und drückte sie. Und auf einmal war Theodor nackt und der Prinz Heinrich ebenfalls. Der Prinz hat eine dichtbehaarte Brust und sehr dünne Beine. Seine Zehen sind ein bißchen verkrümmt. Theodor hat den Kopf gesenkt, und obwohl es ihm peinlich ist, muß er die Zehen betrachten. Er denkt, es wäre schon bei weitem besser, dem Prinzen ins Angesicht zu sehen. Das Angesicht, denkt er, ist der einzige bekleidete Körperteil des Prinzen. Der Prinz drückt aus einem Gummiballon einen kühlen, feinen Staubregen in die Luft.

Theodor sieht zum erstenmal seine ganze Nacktheit in einem großen Wandspiegel. Er kann feststellen, daß er eine weiße, rosa angehauchte Haut besitzt, rundlich geformte Beine, ein wenig gewölbte Brüste und leuchtende Brustwarzen wie zwei dunkelrote winzige Kuppeln.

Theodor liegt auf dem warmen, weichen Eisbärfell, und neben ihm atmet schwer und laut der Prinz Heinrich. Der Prinz beißt in Theodors Fleisch. Die Bartreste des Prinzen kratzen, seine gekräuselten Brust- und Beinhaare kitzeln Theodor.

Er erwachte in einem halbdunklen Zimmer, und sein erster Blick traf ein großes Ölporträt des Prinzen an der Wand. In einer erschreckenden Wachheit sah er alle Ereignisse der vergangenen Nacht. Er kämpfte gegen sie vergeblich. Er versuchte sie auszulöschen. Sie waren überhaupt nie gewesen. Er begann an allerlei entfernte Dinge zu denken. Er konjugierte ein griechisches Verbum. Aber seine letzten Erlebnisse überfielen ihn, eine Schar zudringlicher Fliegen. Er stieg langsam die Stiege hinunter und nahm den Gruß eines alten, ehrfürchtigen Dieners entgegen. Schon meldete das helle Geklingel der Straßenbahn die Nähe der Welt.

Oh, die Nähe dieser reichen Welt, deren Millionen Schätze klangen und flimmerten. Die Straße erlebte er, den Gang der Frauen, Musik in den wiegenden Hüften, die stolze Gewißheit sicher schreitender Männer und seine eigene kleine Dürftigkeit in der Mitte.

Geringer als er je gewesen, verließ er das Haus. Immer schon war es so gewesen, daß er zurückweichen mußte, getroffen, wenn er sich erhaben gewähnt, verlassen und auf Wegen, die hinunterführten, sooft er Höhen entgegengestrebt war. Er wollte nicht zurück, er wollte hierbleiben. Und er blieb vor dem alten, ehrfürchtigen Diener stehen und fragte nach dem Prinzen.

Prinz Heinrich hielt die Füße in der gefüllten Schüssel unter dem Tisch, während er Frühstück aß. »Gu'n Morjen, Theo!« sagte der Prinz und ließ Theodor stehen.

Ganz nahe an den Tisch trat Theodor und sah den Prinzen an.

Der Prinz brach ein Ei nach dem anderen auf und schüttete die Dotter in ein Glas.

»Setz dich!« sagte er endlich. Und als hätte er sich jetzt erst erinnert: »Schon gegessen?«, und er schob Theodor Eier, Butter und Brot zu.

Die Nahrung kräftigte Theodor. Er aß schweigsam, eine gute, wohltätige, klare Ruhe kehrte in ihm ein.

Und plötzlich, als hätte sich die Zunge von jeder Abhängigkeit befreit, huschte seine hurtige Frage über den Tisch: ob der Prinz einen Sekretär brauche.

Prinz Heinrich nickte, längst hatte er die Frage erwartet. Er schreibt etwas auf seine Visitenkarte: »Trebitsch«, sagt der Prinz, nichts mehr. Und als Theodor aufsteht: »Gu'n Morjen!«

Und Theodor verläßt das Haus und geht durch den märzfrischen Tiergarten und saugt die Bläue des Himmels ein und das erste Zwitschern der Vögel und weiß, daß er bergaufwärts geht, obwohl die Straße eben ist. Und er weiß, daß man durch Abgründe muß und daß man vergessen soll. Ablegen will er hindernde Erinnerungen an die Ereignisse der vergangenen Nacht. Sie ist verschlungen von der strahlenden Bläue des Morgens.

Klaus Mann

# Konjunktur für Talmi

*Ein Traumtänzer tingelt durch die Nacht*

Aber wie groß war die Stadt erst bei Nacht, dann steigerte sie sich gleichsam selbst zu einem flammenden Riesentraum, der plötzlich, durch den hohen, unbarmherzigen Willen eines Gottes, Blut und leidensfähige Wirklichkeit werden mußte. Wie über die Maßen groß war die Stadt, wenn sie abends den ausschweifenden Prunk ihrer Lichtreklamen, all ihrer kreisenden, auf und ab flammenden Beleuchtungen wie zu einem großen Feste entzündete, wenn sie also, sachlich und berauscht in einem, wie ein in Leidenschaft brennendes Tier zu Gottes Füßen lag.

Dann ging Andreas wohl, nachdem er in der »Pfütze« gesungen hatte, blaß über seinem hellen Kamelhaarmantel, durch all die Straßen, und Paulchen und Fräulein Franziska waren bei ihm.

Sie sprachen wenig, die drei. Franziska, den trübroten Hut tief in der Stirne, sah mit schwarz zusammengekniffenen Augen düster geradeaus oder manchmal mit einem schweren und doch flüchtigen Seitenblick zu Andreas hinüber. Paulchen trippelte bleich in seinen hellgelben Halbschuhen, ein lilaseidenes Taschentuch in der Brusttasche des damenhaften Mantels, den sorgsam bemalten Mund ängstlich zusammengezogen. – Andreas war zwischen ihnen, ohne Hut meist und mit verschleierten Augen.

Gelbgrau und langgestreckt glitten die Autos an ihnen vorbei, in eiligen Zügen. Zwischen dem Schwarz der Nacht und dem wütenden Gelb der Lichtreklamen stolzierten die alten Kokotten, mißgestimmt Geschäftliches miteinander beredend, ganz verdorrt und bunt wie die Mumien in ihrem schäbigen

Pelzwerk und den abscheulich roten Stiefeletten. Aber die heiseren Stimmen der Zeitungsausschreier, die schmerzlich kippten und sich überschlugen, klangen, als wollten Irre und Weise, in geheimnisvoll knarrenden Zauberformeln jammernd und groß anklagend die Legende dieser Stadt erzählen.

Am allermeisten liebte es Andreas, wenn Franziska an solchen Abenden gedämpft in Vorschlag brachte, eines der »einschlägigen« Lokale aufzusuchen.

In der Nähe der Hauptstraßen, wenn auch natürlich in dezenter Abgelegenheit, waren diejenigen zu suchen, die sich immerhin auf ihre Eleganz noch etwas zugute taten, wo neckisch übertriebene Fröhlichkeit zu herrschen hatte und die Jungen in koketter Tracht Luftschlangen durch die Räume warfen. Mit damenhaftem Charme hieß der Wirt sie willkommen, weißlich-fett und stark parfümiert. Die jungen Herren stießen hohe Jubeltöne aus, wenn so alte Bekannte wie Andreas, Paul und Franziska das Lokal betraten, sie machten kleine, schleudernde Bewegungen mit der Hand, als würfen sie den lieben Gästen Blumen oder Seidenbällchen entgegen, sie riefen: »Du Sonnenschein! Ach, seht doch, die drei charmanten Schwestern!« – und schüttelten sich tänzerisch auf den hohen, unbequemen Barstühlen, die sie zum Kauern benutzten. Aber bald kamen sie zu den dreien an den Tisch, die sie als wohlgesinnt kannten, scherzten erst ein wenig, trieben viel Unfug mit einer seidenen Schleppe, die sie, als große Damen, die sie nun einmal waren, zu tragen vorgaben, nippten wohl auch vom Weine, den man ihnen kredenzte. Doch dann wurden ihre Augen plötzlich ernst, ihr sorglich bemaltes Gesicht verfiel zusehends unter der Schminkschicht, sie setzten sich, mit ganz ungezierten Bewegungen jetzt, und begannen von Geld zu sprechen.

Die Unterhaltung wurde bald sachlich und konzentriert. Paulchen, im Grunde ganz ihresgleichen, wollte über ihre Einkünfte genau Bescheid wissen, mußte erfahren, wieviel der, wieviel jener gegeben hatte. Mit ganz kleinen, schüchternen Stimmen gaben sie Auskunft. Sie hatten so sanfte Gesichter, wenn man sie nur genauer ansah, sanfte Gesichter mit glanzlosen Augen darin. Andreas sah sie genauer an. Er fand, daß sie alle ein bißchen an Paulchen erinnerten. Sie hatten alle denselben Blick und auch den wehen Zug um den Mund erkannte er wieder. Bei jedem hatte ein anderes Schicksal ihn eingegraben. Es ging ihnen allen nicht gar zu gut.

Während Fräulein Franziska, mütterlich zwischen einer Knabengruppe sitzend, sachlich errechnete, wieviel Geld man ungefähr dem oder jenem, der es besonders nötig hatte, geben könnte, ließ Paulchen sich, den Kopf aufgestützt, leichte Erregung in den Augen, mit seinen früheren Kollegen in Klatschgeschichten ein. »Dir sag' ich's«, tuschelte er und zog verzweifelnd die Augenbrauen hoch, »dieser Herr Dorfbaum – nein, dieser fette Herr Dorfbaum!! – –« Aber plötzlich, beinahe vergnügt abreißend, schlug er seinem Gegenüber herzlich auf die Schulter. »Ach, weißt du«, sagte er – und noch nie hatte Andreas ihn so herzlich, so frohgemut lachen sehen – »wir sind ja zwei arme Irre!« Und der Junge, dem er dies Geständnis zugelacht hatte, freute sich mit. Sie lachten alle, auch von der Bar her und vom Tanzbassin, wo sie einander schief umschlungen hielten und künstlich nach der Musik schritten. Sie hoben ihre Sektkelche und die Limonadengläser, sie tranken sich gegenseitig durch das ganze Lokal zu, alle lachend mit den künstlich hergerichteten Mienen, haltlos, sonderbar wie in einem tiefen Einverständnis. – Paulchen zwischen ihnen mit dem Milchhautgesicht wurde als erster wieder ernst. Das Gelächter riß ab, sie saßen wieder mit angstvollen Augen da und sprachen von ihrer Not.

Von diesen Lokalen liebte Andreas das »Paradiesgärtlein« am meisten, es war im ersten Stock eines eleganten Hauses gelegen, man stieg eine rot ausgeschlagene Treppe hinauf und wurde oben mit besonders neckischem Jubel empfangen. Hier war »Rosenblättchen« zu finden, alternd schon, aber tannenschlank. Wenngleich er um Mund und Wange schon ein wenig zu welken begann, er tänzelte um so biegsamer und trug seinen rotbraun gefärbten Lockenkopf immer charmant wie eine Operettendiva. Er hielt Andreas sein parfümiertes Tüchlein unter die Nase, er jubelte: »Husch, husch – du Auserwählter!«

und stieß drohend nach ihm mit ringgeschmücktem Finger. – Aber in einer Ecke saß der kleine Boris, sanft und benommen vom Gifte, das er dauernd nahm, das zarte Gesicht müde aufgestützt, die Augen rührend verdunkelt von innen heraus. Zu ihm setzte sich dann Andreas, während Paulchen mit Rosenblättchen tanzen mußte, und sprach leise mit ihm. Boris richtete die wie erblindeten Augen – und es schien doch, als könnten sie gar nichts mehr sehen – auf diesen seinen einzigen Freund, der immer wieder kam und fragte, wie es ihm ginge –, und er sagte: »Danke, es geht mir ganz gut – meine Wirtin will mir kündigen – danke, daß Sie danach fragen – –« Aber wie rührend war das flüchtige und schmerzliche Lächeln, mit dem er das Geld in Empfang nahm, das Andreas ihm gab. – Inzwischen war dann der kleine brünette Herr im Smoking drüben im Tanzbassin erschienen, übertrieben jubelnder Beifall begrüßte ihn, er stemmte den Arm anmutsvoll in die Hüfte und sang sein Liedchen. »Willst du einen Freier haben, mußt du auf Tauentzien traben – –« Und die Strichjungen traten den Takt dazu mit den Lackschuhen. – Aber Boris, allein an seinem Tischchen, nahm, halb der Wand zugewendet, eilig eine jener kleinen weißen Prisen, die so appetitlich wirkten wie Schnupftabak, die kühl in der Nase waren wie Pfefferminz – und am Ende so seltsame Folgen zeitigten.

Wenn die Nacht dann weiter vorgeschritten war, wenn es 2 Uhr wurde oder 3 Uhr, fuhren sie hinaus in die unwirtlicheren Gegenden der Stadt, zum Fluß hinunter, wo die Gaslaternen trüber flammten. Vorm »Sankt-Margaretenkeller« ließen sie halten und auch hier wurden sie herzlich begrüßt. Aber die Herzlichkeit war hier dumpfer, weniger sprudelnd, lang nicht so hüpfend wie drüben im Westen. Der Raum, zu dem man ein paar Stufen hinuntersteigen mußte, war niedrig und die Luft so dicht, daß es fast schwer fiel, sie einzuatmen. Der Wirt mit hängendem weißen Schnauzbart ging schwerhörig und gedrungen hin und her, strich den Burschen mürrisch-liebevoll über das Haar, wenn sie ihm wohlgefielen, schlug nach ihnen, wenn sie ihn ärgerten.

Das Piano jammerte etwas Schwerverständliches, aber Paulchen tanzte schon in der Mitte des Raumes mit dem Neger, der den großen Wollkopf, ganz hingegeben der Bewegung, barbarisch-schwärmerisch zurücklegte und seinem schmalen Partner das große Gesicht mit dem blutrot aufgeworfenen Mund hinhielt, als sei es zum Kusse. Während Andreas Wichtiges mit einem wild aussehenden Matrosen zu verhandeln hatte, der, eine Pfeife im Mund, blondes Haar in der unreinen Stirne, ihm plattdeutsch ausführlich etwas klarzumachen suchte, saß Fräulein Franziska ganz allein an der Wand, reglos wie eine Maske.

Die Transvestiten begannen Streit. Sie erhoben sich, – lange Burschen in Damentracht – zornig an ihren Tischen, rauh und grölend klangen ihre Stimmen unter den schwarzseidenen Hüten. Der Wirt mit dem Schnauzbart mischte sich tatkräftig hinein, er schlug einer der Damen sogar direkt ins Gesicht, so daß sie in ihr großes, blaugewürfeltes Tuch bluten mußte. – Der Neger verschwand herausfordernd auf der Toilette. Zu Fräulein Franziska hatte sich ein halbwüchsiger Junge gesetzt, sein verwüstetes Kindergesicht war ganz ungewaschen, aber er hielt Fräulein Franziska gleichfalls für einen Mann in Frauenkleidung und fragte, das Gesicht abgewandt, plötzlich mit einem letzten Rest von Scham, ob der Herr für heute abend schon besetzt wäre. Ein anderer, ganz allein an seinem Holztisch, war vor seinem Biere eingeschlafen. Laut schnarchte er, den Kopf auf die Arme gelegt.

Die Luft war so dick, daß es fast schwerfiel, sie einzuatmen. Aber Andreas saß ganz still an der Bar, wo des Schnauzbärtigen verfallene Gattin Schnaps feilbot, – saß still und atmete sie. Drüben, halb im Hintergrund des Raumes, lag Paulchen, den Mund ängstlich zusammengezogen, schon halb in den Armen des gierigen Negers. Die Transvestiten schickten sich an, pikiert mit Handtäschchen und Regenschirm hantierend, den Raum zu verlassen. Sie drohten alle zusammen dem Wirt mit Anzeige und eilten selbander zur Tür. Fräulein Franziska suchte in ihrem Portemonnaie, ob sie nicht auch für den Fünfzehnjährigen, der sie für einen »Freier« gehalten hatte, ein wenig Kleingeld noch finde. Ernst und ausführlich suchte sie nach, und das schmutzige Kind verfolgte angstvoll jede ihrer Bewegungen.

Andreas fiel plötzlich ein, daß der kleine Boris nun immer noch im »Paradiesgärtlein« sitze, zart und benommen – und wartete, bis einer ihn mitnähme. Dieser Gedanke bestürmte plötzlich sein Herz so sehr, daß er dachte, es müsse auf der Stelle zerspringen. Er setzte sich zu Franziska und streichelte dem Fünfzehnjährigen das ganz verwüstete Haar. »Wie heißt du?« sagte er, über ihn gebeugt und fühlte plötzlich, wie Fräulein Franziska ihren ernsten, starr fragenden Blick auf ihn heftete. Der Junge sagte: »Hans« – und mehr nicht. Aber Franziska fügte hinzu, als sei das eine Erläuterung: »Er hat nämlich überhaupt keine Wohnung –« und sie ließ ihren schwarzen Blick nicht los von Andreas, der seine dunkle Rede doch nicht verstand. Er strich diesem Kind nur das Haar glatt und seines Herzens Gedanken gingen verschleiert und leise. »Ich habe einmal geträumt«, sann er im Streicheln, »daß die Weihe der großen Unschuld über mich kommen werde, auch auf dem Wege, den ich nun eingeschlagen habe. Jetzt weiß ich schon beinahe, wie das zugehen wird.« –

Oben wurde die Tür noch einmal aufgemacht. Ein rasierter Schauspieler im Pelz kam, um sich für die Nacht noch etwas zu suchen. Die Geräusche der Straße klangen von ferne herein. Da waren die heiseren Stimmen der Zeitungsausschreier noch immer zu hören, ganz weit weg. Immer noch erzählten sie die Legende dieser Stadt, – in Zauberformeln, die niemand verstand – weit weg – bis ans Ende der Welt.

Walter Schönstedt

# Die Ware Liebe

*Ein Arbeitsloser verdingt sich als Stricher*

Auch bei Max war der Hunger stärker als der Ekel. Als er im Mai 1932 auf den Strich ging, gab es in Berlin 10 000 gezählte Strichjungens.

Sein Blick wurde düster. Das dunkelblonde glatte Haar stand zu seinem blassen Gesicht noch stärker im Kontrast. Seine Augen saßen tief, in ihnen lag müde Trübseligkeit.

Jeden Morgen gegen 10 Uhr verließ er mit Franz das Haus. Im Menschengewühl der Friedrichspassage lernte er seinen ersten Kavalier kennen. Franz hatte ihn vor ein paar Minuten verlassen und den Mann, der wie ein Provinzler aussah, auf Max aufmerksam gemacht. Sie verhandelten kurz und fuhren dann mit einer Straßenbahn in ein kleines Hotel im Charitéviertel. Unterwegs war der Kavalier freundlich, während Max gedrückt neben ihm saß. Ein Zimmer, wie es Max in der Marienstraße gesehen hatte. Der gleiche Geruch, geblümte Tapete. Mit geilen Blicken strich der Mann um Max und betastete seinen Rücken. Er krampfte die Finger nervös und wollüstig um die Schenkel des Prostituierten Max Altdorf. Seine spitze, rote Zunge bewegte sich zwischen den Lippen. Hilflos ließ Max alles geschehen. Er hörte hastige, zärtliche Worte.

Bis sich später der Wille regte. Er wollte sagen, der Mann solle ihn doch zufrieden lassen. Das sei doch alles so gemein und ... er wäre nur aus Hunger – nur aus Hunger. Er solle ihm nichts übelnehmen, aber er könne doch nicht ... Der Mann streckte sich. Er ließ Max los, machte plötzlich ein gleichgültiges Gesicht und gab ihm drei Mark. Das nächste Mal sollte er mehr bekommen, wenn er sich nicht so steif anstellen würde.

Schlaff und mit einem würgenden Gefühl in der Brust lief Max zu Franz zurück, der in der Nähe der Passage auf ihn wartete.

»Na, wie war es? Hast du ihn richtig hochgenommen?« – erkundigte er sich.

Max antwortete nicht. Noch fühlte er an seinem Körper das zärtliche Betasten und konnte den Geruch des Mannes nicht loswerden. Ein Dunst von Pomade und Schweiß.

Franz jetzt einfach stehenlassen und davonlaufen, überlegte er. Aber wohin? Wohin?

Er gab die Hälfte vom Verdienst an Franz ab. Der war erstaunt. Falten zogen sich über seiner Stirn zusammen, die in der Mitte, nach der Nasenwurzel zu, einknickten.

»Was? Wieviel hast du verdient? – Mach man keine Flausen und rück raus, das ist doch nicht alles!«

»Ich hab nur drei Mark. Er sagte, das nächste Mal wolle er mir mehr geben.«

»Einen Taler? Mensch, du bist ja verrückt. Den hättest du richtig hochbringen müssen. Was denkst du wohl, was der dann springen läßt. Wenn du so weitermachst, kommst du auf keinen grünen Zweig. Das war doch einer von Utahalb. Der kommt bloß deswegen nach Berlin. Auf seinem Kaff findet er so ein billiges Vergnügen nicht. Mensch, bist du ein dämliches Ding.«

Er zog Max ärgerlich am Ärmel und sah sich plötzlich ängstlich um.

»Komm weg hier. Da sitzen sie schon wieder um uns rum. Alles solche Krabben. – Aber die sind gerissener als du.«

Vor den Schaufenstern und am Eingang der Passage standen fünf, sechs junge Burschen und starrten Franz böse an. Tiefliegende Augen in blassen hohlen Gesichtern. Ihre Kleider waren abgerissen. Dem einen war der Jackenärmel zu lang und hing bis an die Fingeransätze. Ein anderer trug einen leichten Mantel, der sich unten zusammenrollte und an den Taschen ausgerissen war.

Franz schien hier eine besondere Rolle zu spielen. Einem kleinen erbärmlichen Burschen gab er einen Puff und flüsterte ärgerlich: »Jetzt verschwinde hier, du. Mit uns beiden ist nichts mehr, verstehst du!«

Der Bursche schimpfte, hilflos die Arme vorstreckend: »Sieh mal an. Damals hast du mir das Geld abgelotst und jetzt laust du den da ab. Jetzt, wo ick nich mehr so ville verdiene, kannst du mir nicht mehr besehen. So ein richtiger Zuhälter!«

»Halt's Maul! Du weißt doch Bescheid.«

Franz machte eine Bewegung mit dem Kopf nach hinten, dann schob er Max schnell vor sich her und zog mit ihm ab.

Gegen Abend belehrte er Max mit einer auffälligen Eindringlichkeit in der Stimme: »Wir haben keine feste Taxe, das ist nun mal so. Der Verdienst hängt ganz von dir selber ab. Reizen mußt du, reizen. Wie beim Skatspiel. Menschenskind, mit deine Figur! Mit deine Visage! Du bist doch der geborene Pupe. Deine Pelle ist auch noch einigermaßen. Hast du die Jungens an der Passage gesehen? An die geht keiner so leicht ran. Die Stubben denken immer, sie werden ihre Padde los. Dabei sind die Jungens viel zu doof dazu. Die meisten sind aus der Fürsorge getürmt. Dem Kleinen hab ich eine Weile durchgeholfen und jetzt riskiert er ne große Lippe.«

Franz schwieg eine Weile und sah sich einigemal scheu um. Dann musterte er herumstehende Männer.

Sie standen unauffällig an einer Haltestelle am Potsdamer Bahnhof. Nach einer Pause begann Franz wieder: »So, nun paß mal auf. Ich habe vorhin jemand angerufen. Das ist ein feiner Kerl. Ein Redakteur von irgend so eine Geflügelzeitung. Das ist ein alter Bekannter von mir. Stell dir da ja nich dämlich an! Der nimmt dir nämlich mit nach seine Bude. Erst geht er mit dir fressen. – Siehst du, wie ich zu dir bin! Wie ein Vater zu seine Kinder. Aber ein Fünfer springt da ab für mich. Um 12 Uhr kommst du wieder zurück. Ich warte hier. Und dann gehen wir von hier nach Hause. Aber verplapper dir nich. Bei dem bist du verarmter Student und heißt: Bodo Fehrenbach! Das zieht nämlich. – Mach nich so eine dämliche Fresse! So, nun geh rüber, ich werde ihn schon nachschicken.«

Beängstigt und in Gedanken versunken ging Max los. Er lief schnell, befürchtete, daß er auffallen könnte. Gerade hier an dieser Stelle. Und dann: Was wohl die Jungens sagen würden? ... Oder Rosa. Kommen hier zufällig vorbei und würden ihn sehen. Hier, am Potsdamer Platz, auf dem Strich. Kennt doch jeder ...

Ein älterer, mindestens 50jähriger Mann war an ihn herangetreten. Spazierstock und Aktenmappe unter dem Arm. Er sah Max groß an, schob den gewaltigen Körper dicht an ihn heran und kniff ihn in den Arm. Sein Kinn glänzte speckig und wippte amüsiert auf und ab.

»Na, du bist doch der kleine Bodo, nicht wahr?« fragte er mit weibischer Stimme.

Angst beherrschte Max und Sekunden später Wut. Er sah den Herrn mit zusammengekniffenen Augen an: Himmel, war das ein alter Knacker! Der wiegt ja seine zwei Zentner. – Er wollte nein sagen. Einfach: Nein, der bin ich nicht, – und dann weitergehen. Aber dann kam der Selbsterhaltungstrieb. Max duckte sich. Sekundenlang preßte er den Mund zusammen und schwieg. Langsam und traurig nickte er dann mit dem Kopf.

»Ja, ich bin Bodo Fehrenbach«, sagte er und versuchte zu lächeln. Er staunte selbst darüber, wie er das herausbrachte.

In einem Restaurant mit südländischem Namen bestellte der Redakteur zwei Portionen Kalbsschnitzel. Max aß hastig. Erst später, als er nur noch ein paar Kartoffeln vor sich hatte, ließ er sich Zeit. Hier war es gemütlich, wäre bloß der ekelhafte Kerl nicht gewesen ...

Ein Geiger ging an den Tischen vorbei, eine schluchzende Melodie spielend. Ein Kellner beobachtete Max.

Der Redakteur räusperte sich unwillig. »Wollen gehen ...«

In seiner Wohnung fiel er brutal über Max her. Mit zynischer Offenheit entblößte er sich und fauchte heiser: »Sei nicht so faul! Du hast doch Arme. Drück doch mal, du – du – drück doch mal! Zu was bist du denn hier? Langweiliger ...« Max stöhnte. Er ließ sich hin und her rollen. Der Redakteur spuckte aus und fluchte: »Äh, du mußt noch viel lernen. Hier hast du zehn Mark. Biste janich wert. Aber weil es dir doch so dreckig geht ...«

Max duckte sich und stand mit geballten Fäusten vor ihm. Dann schrie er: »Ich schlage Ihnen eins in die Fresse! Sie Schwein! Erst quälen Sie einen, dann spucken Sie aus und packen Geld hin, als wäre nichts gewesen!«

Er rannte hinaus und schlug die Tür hinter sich zu. Von drinnen kicherte der Redakteur hinter ihm her: »Auf Wiedersehen, Herr Studente!«

Die feuchte Luft auf der Straße brachte Max wieder zu Besinnung. Er blieb stehen und atmete auf. Bleich, mit müden Knien, drückte er sich in einen Hausflur. Eine Dame, die einen gelben Pelz um den Hals trug, fragte ihn: »Ist Ihnen schlecht, wollen Sie einen Schluck Wasser?«

Max hatte das gleiche Gefühl, die gleiche Traurigkeit und das nervöse Zittern, wie an Abenden, wenn ihn Rosa allein gelassen hatte. Er sah an den Wänden empor, zu dem dunklen Himmel und den einsamen Sternen. Dann hob er die Hand, winkte ab und sagte mit einem Anflug von Trotz: »Nein, ich will kein Wasser.« Beleidigt ging die Frau weiter. Noch lange spürte er den süßlichen Parfümgeruch. Als er später ruhiger wurde, überlegte er sich die Sache: Eigentlich hat ihn doch der Redakteur, trotzdem er so roh und brutal zu ihm war, weniger gekränkt und angeekelt, als sein erster Kavalier mit dem lüsternen Betasten und geilen Flüstern.

Schwarz und sanft lag die Nacht über der Stadt. Max ließ sich vom Menschenstrom durch die Straßen schieben. Schon vor 12 Uhr war er auf dem Potsdamer Platz.

Wie damals in der Friedrichstraße, zogen geschminkte Frauen an ihm vorbei. Ihn sprachen sie nicht an. Ihn, den armseligen Jungen vom anderen Strich. Manchmal schob eine los, am Arm irgendeines Kerls. Dann sah er ihr lange nach und überlegte: Komisch, der eine liebt so, der andere so …

## Joseph Breitbach

# Der Schuß im Tiergarten

*Saubermänner greifen durch*

In der Nacht vom Samstag auf Sonntag wurde, zugleich mit einigen anderen Strichjungen, der elternlose, achtzehnjährige Ernst Drewer im Tiergarten verhaftet. Die Polizei behielt ihn bis morgens in Gewahrsam. Dann mußten sie ihn entlassen. Es lag nichts gegen ihn vor. Die Beamten kannten ihn seit langem. Er war jetzt das vierzigste Mal festgenommen und entlassen worden. Drewer machte sich nicht mehr viel daraus. Er hatte eine leichte Ader, wie er es auch nicht allzu schwer nahm, daß er dreihundert Tage des Jahres ohne Arbeit herumlief. Meistens war der Lohn sowieso zu gering, nur auf seiner letzten Arbeitsstelle wäre er gerne geblieben. Da hatte er ganz gut verdient. Aber Pech muß der Mensch haben. Pech muß auch der Ernst Drewer haben. Zwanzig Mann hoch arbeiteten sie auf der Baustelle, ausgerechnet ihm muß ein Gerüstbalken die linke Hand zerquetschen. Wenn es wenigstens etwas Schlimmeres gewesen wäre, dann hätte er sich ein paar gute Wochen im Krankenhaus machen können.

Ernst Drewer hatte nun nichts anderes mehr zu tun, als einmal in der Woche eine winzige Unterstützung abzuholen. Von dieser Rente könnte nicht einmal der größte Rechenkünstler leben, wie erst sollte es Ernst Drewer anstellen, mit so wenig Geld so viel freie Zeit totzuschlagen. Er ging also wieder regelmäßig in den Tiergarten spazieren, abends, um die Zeit, wenn merkwürdige Herren dort auf und ab promenieren und die Jungens um Feuer ansprechen oder sonstwie ein Gespräch einleiten. Er ging auf den Strich, was immer noch besser und weniger aufregend ist als Diebstahl und Einbruch. Lästig sind nur die Polizeistreifen, die dann und wann plötzlich auftauchen und die Jungens ohne Ansehen der Person auf die Wache bringen. Gestern hatten sie ihn, obwohl er den Beamten gut bekannt war, zum vierzigsten Mal verhaftet, und eben verläßt er zum vierzigsten Mal in bescheinigter Unschuld das Polizeigebäude. Er hat nichts auf dem Kerbholz. Er hat nichts gestohlen, keinen Einbruch verübt, er hat niemanden betrogen, keinen Kavalier erpreßt, alles ist in Ordnung, und wenn er jetzt etwas mehr Geld in der Tasche hätte, würde er sich ein feines Frühstück leisten! Aber es langt nur für ein paar Schrippen, und die sind heute am Sonntag trocken.

Wie lang und wie langweilig ist dieser Sonntagmorgen! Die Straßen sind leer, nirgendwo passiert etwas, die wenigen Zigaretten hat er verraucht. Seine Schlafstelle kann er nicht aufsuchen: er hat der Wirtin am Samstag die Miete nicht bezahlt. Hoffentlich gelingt es heute abend, etwas Geld aufzutreiben. Er verbringt den Tag im Wartesaal eines Bahnhofs. Es ist das reinste Fegefeuer: Ununterbrochen strömen die Reisenden an das Büfett: »Ein Helles«, »Eine Wurst mit Kartoffelsalat«, »Ein Schinkenbrot«, »Zehn à Sechs«, »Zwei Zigarren«, »Eine Tafel Schokolade«, »Einen Kognak«!! Das muß er sich anhören.

Drewer bettelt nicht. Er bettelt ganz einfach nicht, er bittet nicht einmal die dicke Bäuerin an dem Tisch gegenüber, ihm eines von ihren belegten Broten abzugeben. Dabei schaut sie ihn so gutmütig und mütterlich an, wie ihm seine Wirtin niemals einen Blick gönnen würde.

Von den Kollegen ist auch keiner zu erblicken. Er könnte ja in den Kneipen nachsehen, aber jetzt sitzt er einmal fest und sieht der Bäuerin zu, wie sie kaut und schmatzt, sieht Hunderte ein- und ausgehen, erkennt Dutzende von Zigarettenmarken, die in seiner Nachbarschaft geraucht werden, hört das fortwährende Geklapper aus der Spülküche hinter dem Büfett und die Züge auf den Bahnsteigen ein- und auslaufen, bis es dunkel wird. Jetzt macht er sich auf den Weg. Er muß Geld herbeischaffen. Die Wirtin weist ihn von der Tür, wenn er heute nichts mitbringt …

Es sind nur ein paar Schritte bis zum Tiergarten. Er biegt

sofort in einen der gewohnten Seitenpfade ein. Nach einer halben Stunde hat er den ersten Kavalier gefunden. Es ist ein Unbekannter. Im allgemeinen hält er auf Stammkundschaft. Heute wird nicht lange gefragt. Der Herr scheint Geld zu haben. Am Hauptweg hält er ein Taxi an: »Fahren Sie bitte langsam«, erklärt er dem Chauffeur ... und sie fahren langsam durch den Tiergarten.

Nach einer Stunde kommt Drewer zu Fuß an seinen Platz zurück. Jetzt fehlen ihm nur noch zwei Mark für die Miete. Bei dem Herrn hatte er sich allerdings verrechnet. Er hatte mit dem Preis heruntergehen müssen. Zum Glück herrscht großer Betrieb. Die Kollegen sind alle auch schon zum zweiten Mal da ... Bald spricht ihn ein Herr an. Er lädt Drewer sogar in eine Wirtschaft ein.

Gegen Mitternacht zieht ein junger Mann torkelnd und singend zu dem Treffpunkt im Tiergarten. Drewer hat zuviel getrunken, er klimpert mit dem Geld in der Tasche und belästigt die Passanten mit ausgelassenen Redensarten. Er ist in bester Stimmung. Jetzt wird er mit den Kollegen noch ein Glas Bier ausgeben. Der zweite Herr war ein Kavalier vom Scheitel bis zur Sohle. Das muß man ihm lassen.

»Nicht wahr, Fräulein«, ruft er einem Mädchen, das mit einem jungen Mann vorüberkommt, zu, »alles, was recht ist, Kavalier bleibt Kavalier, zehn Mark.«

In demselben Augenblick erhält er einen Faustschlag ins Gesicht. Ehe er zur Besinnung kommt, einen zweiten, indes das Mädchen nach der Polizei schreit. – Drewer liegt noch am Boden, als die Beamten kommen. Sie helfen ihm nicht auf die Beine, sie knüppeln ihn in das Polizeiauto hinein. Dann fesseln sie ihm mit Bindfaden die Hände.

Drewer ist auf einmal vollkommen nüchtern. Er unterbricht den Beamten, der die Namen des Pärchens feststellen will, mit lauten Zurufen. Man glaubt ihm nicht. »Wir werden Ihnen Mißverständnis geben«, droht der Polizist, »Sie haben der Dame doch zehn Mark angeboten, wenn sie mit Ihnen ginge.« Er läßt Drewer nicht zu Wort kommen und schwingt sich zu ihm auf das Auto. Drewer kennt die Richtung, die der Wagen einschlägt. Nein, heute geht er nicht mit. Er hat die letzte Nacht dort verbracht. Er weiß auch, wie man ihm dort den Mund stopfen wird, nichts wird man ihm glauben, aber ein paar Wochen werden sie ihm aufbrummen. Und er hat seine Miete so schön beisammen! Bis jetzt hat er den Beamten, wenn sie ihn mitnahmen, nie Schwierigkeiten gemacht: sie kennen ihn auch alle. Deswegen wohl hat man ihm keine Handschellen angelegt, sondern mit einem dünnen Bindfaden der Form genügt. Den Faden könnte er sicher durchbeißen, wenn der Begleitbeamte sich noch ein Stück Weges länger so wenig um ihn kümmert und in seinem Notizbuch offenbar etwas sucht.

Drewer ist der Dümmste nicht. »Herr Wachtmeister, putzen Sie mir bitte die Nase«, fängt er an, »in der linken Tasche ist das Taschentuch.«

»Wisch sie dir doch am Ärmel ab.« Der Beamte hebt nicht einmal den Kopf von seinem Notizbuch.

Drewer schwitzt vor Aufregung, während er sich die Nase wischt und den Bindfaden durchbeißt. Dann spielt sich alles blitzschnell ab.

Drewer gibt dem Beamten einen Stoß, springt ab und rennt in den Tiergarten zurück. Eine halbe Minute nach ihm springt der Wachtmeister aus dem noch fahrenden Wagen, jagt ihm nach, er ist schneller und kräftiger als der unterernährte und durch Ausschweifungen geschwächte Drewer, holt ihn ein, packt ihn und wirft ihn unter sich. Die beiden wälzen sich in einem ungleichen Kampf auf dem Boden. Drewer versucht hochzukommen, wird aber wieder niedergeboxt. Passanten laufen hinzu, betrachten diesen beinahe erheiternden Kampf, ohne einzugreifen. Es kann sich ja nicht um etwas allzu Ernsthaftes handeln, sonst hätte der Beamte um Hilfe gepfiffen oder gerufen, – da ertönt plötzlich ein Knall, ein zweiter, der Polizist hat den Drewer ins Herz geschossen. Mit so viel Geld in der Tasche hat er sterben müssen.

Der Polizeibericht, den die Zeitungen in der Nacht und am anderen Tag in großer Aufmachung brachten, besagte, daß es einer Polizeistreife gelungen sei, des lange gesuchten Schwerverbrechers Ernst Drewer im Tiergarten habhaft zu werden. Es sei ein Kampf auf Leben und Tod gewesen, und Drewer habe bei seinem tätlichen Widerstand gegen die Beamten den Tod gefunden.

Dies geschah am 13. Januar 1929 in Berlin.

1930

## Christopher Isherwood

# Gruppenbild mit Magnus

*Der Autor von ›Leb wohl, Berlin‹ besucht Hirschfelds Institut*

Am 29. November brach Christopher zu seinem dritten Deutschlandbesuch innerhalb dieses Jahres auf. Nur daß er sich diesmal auf keinen Zeitraum festlegte. Vielleicht würde er sogar einwandern. Als der deutsche Zollbeamte ihn nach dem Zweck seiner Reise fragte, hätte er ehrlich antworten können: »Heimatsuche. Ich will nachschauen, ob sie hier ist.«

Am Morgen nach seiner Ankunft stattete er Francis, seinem einzigen englischsprechenden Bekannten in Berlin, einen Besuch ab. Francis wohnte in einer Straße namens In den Zelten, und man hatte von dort Aussicht über den Tiergarten. Während die mächtige Haustür hinter ihm zufiel, lief Christopher mit der für ihn typischen Hast in den zweiten oder dritten Stock hinauf – ich weiß nicht mehr, welcher es war – und klingelte.

Die Wohnungstür flog auf, und Francis erschien: zerzaust, außer sich vor Wut und eine Hand in die Falten seines karmesinroten seidenen Morgenrocks verkrallt. Sofort zeterte er auf deutsch los. Christopher verstand diese Sprache jetzt besser; er wußte, daß man ihn aufforderte, sich nie wieder hier blicken zu lassen, sonst würde Francis die Polizei rufen, und damit wurde ihm die Tür ins Gesicht geknallt. Starr vor Verblüffung stand Christopher da und glotzte sie an. Dann rief er: »Francis, ich bin's, Christopher!«

Die Tür ging wieder auf. »Mein Gott, wie schrecklich von mir!« rief Francis. »Bitte tausendmal um Vergebung! Ich war sicher, Sie müßten der Junge sein, der heute nacht mit mir nach Hause gekommen ist und geglaubt hat, bloß, weil ich betrunken war, könnte er meine ganze Wohnung plündern. Ich habe ihn dabei ertappt und rausgeschmissen ... Sie sehen ihm nicht mal ähnlich ... Aber trotzdem kennen wir uns doch, nicht wahr?«

»Ich bin im Sommer hier gewesen und habe nach jemandem gesucht. Sie waren so freundlich, mich durch die Bars zu führen. Genau gesagt, komme ich gerade erst aus England ...«

»Wollen Sie denn nicht eintreten? Ich fürchte, diese Wohnung ist ein schreckliches Chaos. Zu dieser unchristlichen Uhrzeit, wenn die hier saubermachen wollen, liege ich immer noch im Bett. Sind Sie zum erstenmal in Berlin?«

»Nein, eigentlich – wie schon gesagt, war ich im Sommer bereits hier.«

»Vergebung, mein Liebster! Vor dem Mittagessen bin ich einfach nicht ansprechbar. Sie möchten wohl nicht zufällig hier Mittag essen? Oder sind Sie damit überfordert?«

Francis' freundliche Herausforderung bestand in einem Mittagessen mit dem Personal und einigen der Patienten von Dr. Magnus Hirschfelds Institut für Sexualwissenschaft, das im Nachbargebäude untergebracht war. Francis lebte bei einer Schwester von Dr. Hirschfeld, die zwei Zimmer ihrer Wohnung an ihn vermietet hatte, und wie der Zufall so spielt, hatte sie gerade ein drittes Zimmer frei, für das sie weniger verlangte, weil es klein und dunkel war. Nach Aufhebung der Tischgesellschaft hatte Christopher bereits beschlossen, dort einzuziehen.

Das Gebäude, in dem sich nun Hirschfelds Institut befand, hatte um die Jahrhundertwende dem berühmten Violinvirtuosen Joseph Joachim gehört, und die Räume, die der Öffentlichkeit zugänglich waren, verströmten ein Flair, das Christopher irgendwie an Joachims großes Idol Brahms erinnerte. Ihre Einrichtung war klassisch – schwere, mit Drechslerarbeiten verzierte Möbel –, der Marmor echt, der Faltenwurf der Vorhänge feierlich, die Kupferstiche ernst. Das Mittagessen ging förmlich, mit wohlwollend lächelnden Gesichtern und unter Vorsitz einer liebenswürdigen Dame mit silbernem Haar vonstatten, der lebendige Beweis dafür, daß man den Sex in diesem

Heiligtum ernstnahm. Und wie auch nicht? Über dem Eingang des Instituts befand sich auf Latein die Inschrift: DER LIEBE UND DEM KUMMER GEWEIHT.

Dr. Hirschfeld aß selten mit. Er ließ sich durch Karl Giese vertreten, seinen Sekretär und langjährigen Lebensgefährten. Die übrige Tischgesellschaft bestand aus den Institutsärzten und den Patienten oder Gästen – wie immer man es bezeichnen will –, die ihre jeweiligen Probleme ganz nach Temperament hinter Schweigen oder höflichem Geplauder verbargen. Ich erinnere mich noch, mit welchem Schock Christopher bemerkte, daß einer der scheinbar weiblichen Gäste ein Mann war. Christopher hatte sich Transvestiten immer als kreischende, bewußt unnatürliche Geschöpfe vorgestellt. Aber dieser hier wirkte auf eine stille Art so natürlich wie ein Tier, und seine Maskerade wurde von allen anderen als selbstverständlich genommen. Da hatte Christopher geglaubt, er wäre ein Gegner der bürgerlichen Verhaltensmaßregeln und würde sie höhnisch belächeln. Aber diese Hirschfeld'sche Art von Verhaltensnormen beunruhigte ihn. Er war eben ein verkappter Puritaner, und in dieser Anfangszeit fand er das Mittagessen im Institut immer ein bißchen unheimlich.

Als Karl Giese und Francis ihn durch das Institutsmuseum führten, kicherte er nervös. Da gab es Peitschen, Ketten und Folterwerkzeuge, die für praktizierende Schmerzliebhaber bestimmt waren; hochhackige, reich verzierte Stiefel für die Fetischisten; spitzenbesetzte Damenunterwäsche, die wildmännliche Preußenoffiziere unter ihrer Uniform getragen hatten. Da gab es die unteren Hälften von Hosenbeinen, die mit Gummibändern zwischen Knie und Knöchel gehalten wurden. Mit nichts als einem Mantel und ein Paar Schuhen bekleidet, konnte man dann durch die Straßen gehen, voll angezogen erscheinen und blitzschnell wie eine Kamera den Verschluß öffnen, sobald der richtige Betrachter erschien.

Da gab es Phantasiebilder, die Hirschfelds Patienten gezeichnet oder gemalt hatten; Szenen vom Hof eines priapeischen Königs, der sich mit seinem eigenen Phallus als Zepter auf einem Thron fläzte und den grotesken Paarungen seiner

Höflinge zusah; merkwürdige Schlafzimmerszenen, bei denen die Gesichter der Kopulierenden nur Angst, Qual und Schrecken zeigten. Da gab es eine Fotogalerie, deren Motive von den Geschlechtsorganen mehr oder minder zwitterhafter Wesen bis zu berühmten Homosexuellenpaaren reichten: Wilde mit Alfred Douglas, Whitman mit Peter Doyle, Ludwig von Bayern mit Kainz und Edward Carpenter mit George Merrill.

Wenn Christopher kicherte, dann vor Verlegenheit. Hier konfrontierte man ihn endlich mit seinen Artgenossen. Bis jetzt hatte er so getan, als gäbe es sie gar nicht und als wäre Homosexualität etwas Privates, das er und seine Freunde für ihr Leben entdeckt hatten. Und natürlich hatte er schon immer gewußt, daß das nicht stimmte. Jetzt aber war er gezwungen, seine Verwandtschaft mit diesen Typen, die fast wie aus einer Abnormitätenschau wirkten, und mit ihren ekelhaften Praktiken einzugestehen. Das paßte ihm nicht. Seine erste Reaktion bestand in Vorwürfen gegen das Institut. Wie kann man dieses Zeug nur so *ernst* nehmen? fragte er sich.

Und dann kam eines Nachmittags André Gide zu Besuch. Hirschfeld persönlich führte ihn durch die Räumlichkeiten, und lebende Exponate wurden mit solchen Bemerkungen wie »Zwischenstadium. Dritte Kategorie« vorgestellt. Eins davon war ein junger Mann, der verschämt lächelnd sein Hemd öffnete, um einen formvollendeten Busen zu enthüllen. Mit einem Minimum an höflichem Kommentar sah Gide ihn sich an und befingerte dabei nachdenklich sein Kinn. Er war ganz als Der Große Französische Romancier ausstaffiert, bis hin zum obligatorischen Cape, und mußte die Vorstellung, die Hirschfeld ihm da gab, für hoffnungslos plump und unfranzösisch halten. Christophers Gallophobie flammte auf. Dieser arrogante französische Kulturschnösel! Und mit einemmal liebte er Hirschfeld, den schrulligen, ehrwürdigen alten Professor mit seinem Seehundsschnauzer, den spähenden Äuglein hinter seiner dicken Brille und diesen plumpen deutsch-jüdischen Stiefeln – den er noch vor einer Sekunde selbst von oben herab betrachtet hatte! Aber sie saßen alle drei im selben Boot, ob es Christopher nun paßte oder nicht. Und später würde er noch lernen, beide Männer zu ehren, als heroische Anführer seines Stammes.

Bei der Gründung seines Instituts, im Jahre 1919, war Hirschfeld knapp über fünfzig gewesen und in ganz Westeuropa als *der* Fachmann für Homosexualität berühmt-berüchtigt. Abertausend Angehörige des »Dritten Geschlechts«, wie er es nannte, sahen zu ihm als ihrem Vorkämpfer empor, weil er sich quasi seit Erreichung seiner Volljährigkeit für eine Revision des Paragraphen 175 starkmachte. (Lesbische Handlungen fielen nicht unter diesen Paragraphen – ein Indiz für eine generelle Frauenverachtung, die von den Gesetzgebern vieler anderer Länder geteilt wird.)

In jungen Jahren war Hirschfeld ein gemäßigter Sozialist gewesen. Heute zog es ihn zu den Kommunisten, denn die Sowjetregierung hatte bei ihrer Machtübernahme im Jahre 1917 erklärt, daß alle Formen freiwilligen Geschlechtsverkehrs zwischen Einzelpersonen Privatsache seien und außerhalb der Zuständigkeit des Gesetzes lägen. Und natürlich vertrat die Deutsche Kommunistische Partei denselben Standpunkt. Die erstarkende Nazipartei dagegen verkündete, sie werde die Homosexualität ausrotten, denn: »Deutschland muß mannhaft sein, um zu überleben.« Hitler erklärte Homosexuelle, Linke und Juden zu Verrätern, die Deutschlands Widerstandsmoral unterhöhlt und die militärische Niederlage von 1918 herbeigeführt hätten.

Hirschfeld war ein Vertreter aller drei Gruppen. 1920 war er während einer Vorlesung in München von nazistisch beeinflußten Zuhörern verprügelt worden, bezeichnenderweise aber im Jahr darauf zurückgekehrt, um sich erneut verprügeln zu lassen; diesmal erlitt er einen Schädelbruch und wurde liegengelassen, weil man ihn für tot hielt. Das Jahr 1922 erlebte ihn jedoch immer noch quicklebendig und kampfeslustig. Man lud ihn sogar ein, in einer Rede vor Mitgliedern des Deutschen Reichstags die Klagen des Dritten Geschlechts vorzutragen. Seine ehrenvolle, wenngleich unsichere Position bestand nun einmal darin, daß er von offizieller Seite heute mit Respekt behandelt, morgen mit dem Tode bedroht wurde, daß die Presse ihn abwechselnd rühmte und verspottete und daß diejenigen, die ihm halfen, später ihre Nerven verlieren und ihn verraten würden.

Das Institut befaßte sich keineswegs ausschließlich mit Homosexualität. Es untersuchte das Erbgut heiratswilliger Paare, um sie entsprechend zu beraten. Es bot psychiatrische Behandlung von Impotenz und anderen seelischen Problemen. Es hatte eine Klinik, die sich mit den verschiedenartigsten Fällen, einschließlich Geschlechtskrankheiten, auseinandersetzte. Und es erforschte die Sexualität in jeglicher Erscheinungsform.

Das Bestehen des Instituts erlaubte Hirschfeld, sich weit nachhaltiger gegen den Paragraphen 175 einzusetzen als zuvor. Es war die sichtbare Garantie für seine wissenschaftliche Seriosität, die den Schüchternen und Konservativen Vertrauen schenkte. Es war eine Weiterbildungsstätte für die Allgemeinheit, deren Gesetzgeber und die Polizei. Sie alle konnte Hirschfeld in sein Sexualmuseum einladen und auf seiner Rundführung eine Kette von Reaktionen in ihnen auslösen, von fassungslosem Abscheu bis zu der Einsicht, daß eine Strafrechtsreform notwendig sei. Die juristische Abteilung des Instituts beriet Männer, denen Sexualdelikte zur Last gelegt wurden, und vertrat sie vor Gericht. Hirschfeld hatte sogar das Recht erhalten, ihnen Asyl zu geben, bis ihr Fall verhandelt wurde, und manche von denen, die Christopher beim Mittagessen sah, gehörten in diese Kategorie.

(Ich erinnere mich noch deutlich, wie Christopher einmal aus einem Raum des Instituts hinuntersah und zwei Männer, allem Anschein nach Zivildetektive, beobachtete, die unter den Bäumen am Rande des Parks lauerten. Sie hoffen, daß eins ihrer Opfer sich aus Hirschfelds Zufluchtsstätte herauslocken läßt, um frische Luft zu schnappen, dachte er. Und dann schlägt nach den geltenden Spielregeln die Polizei zu und steckt es ins Gefängnis.)

1929, als Christopher in das Institut kam, schienen Hirschfeld und seine Verbündeten kurz vor einem Sieg zu stehen. Der Reichstagsausschuß hatte zu Anfang dieses Jahres einen Entwurf für eine Strafrechtsreform verabschiedet, derzufolge freiwillige geschlechtliche Handlungen zwischen erwachsenen Männern kein Verbrechen mehr sein sollten. Nur die Kommunisten sicherten diesem Antrag eine knappe Mehrheit. Er wurde dem Reichstag vorgelegt, und alles deutete darauf hin, daß er in Kraft treten würde, da kam im Oktober der New Yorker Börsenkrach. In ganz Europa trat eine Periode der Panik und Unentschlossenheit ein, die jeglicher Neuerung abträglich war, und der Reichstag verschob die Debatte über den Gesetzesantrag auf unbestimmte Zeit.

Christophers Zimmer lag wie die zwei von Francis gleich hinter der Wohnungstür. Man selbst und seine Besucher konnten also jederzeit kommen oder gehen, ohne ein einziges Mal der Vermieterin zu begegnen; bestimmt nahm sie aus Takt einen Hinterausgang. Sie lebte irgendwo weitab im rückwärtigen Teil der Wohnung, auf einer Lichtung innerhalb eines Schwarzwalds von Möbelstücken. Falls ihr hin und wieder Beischlafgeräusche ans Ohr drangen, dann beschwerte sie sich nie. Vielleicht war sie im Prinzip sogar damit einverstanden – schließlich war sie ja Hirschfelds leibliche Schwester.

Francis' Zimmer bot Aussicht über den Park. Das von Christopher, dunkel und preiswert wie es war, ging auf einen Innenhof, in dessen eine Wand Hirschfeld in gotischer Schrift einen Goethe-Vers hatte prägen lassen:

Seele des Menschen,
Wie gleichst du dem Wasser!
Schicksal des Menschen,
Wie gleichst du dem Wind!

Noch nie im Leben hatte Christopher ein Zimmer mit Aussicht auf ein Gedicht gehabt, und in seinem derzeitigen Gemütszustand war sie ihm viel lieber als die Aussicht von Francis. Genau, wie sich das Aussehen von Bäumen mit dem

Licht verändert, ließen auch Christophers Stimmungswechsel das Gedicht in unterschiedlichem Licht erscheinen: einmal fröhlich, einmal zynisch, einmal tragisch. Doch unabhängig von seiner Gemütslage rief es ihm eines ins Gedächtnis: Du bist in Deutschland. Die nichtssagenden Hinterhofmauern, die neutralen Wasserpfützen auf dessen Boden, das Fleckchen internationalen Himmels darüber – all das wurde von diesen Worten durch und durch deutsch gemacht.

## Magnus Hirschfeld

# Feste Verhältnisse

*Es gibt nicht nur die Liebe im Vorübergehn*

»Feste Verhältnisse« homosexueller Männer und Frauen, oft von sehr langer Dauer, sind in Berlin etwas ganz außerordentlich Häufiges.

Man muß an vielen Beispielen wahrgenommen haben, mit welcher Innigkeit in solchen Bündnissen häufig der eine an dem anderen hängt, wie sie für einander sorgen und sich nacheinander sehnen, wie sich der Liebende in die ihm oft so fern liegenden Interessen des Freundes hineinversetzt, der Gelehrte in die des Arbeiters, der Künstler in die des Unteroffiziers, man muß gesehen haben, welche seelischen und körperlichen Qualen diese Menschen nicht selten infolge Eifersucht erleiden, um allmählich inne zu werden, daß kein »Fall widernatürlicher Unzucht« vorliegt, sondern ein Teil jener großen Empfindung, die nach der Ansicht vieler dem Menschendasein erst Wert und Weihe gibt.

Ich behandelte einst eine adelige Dame, die seit einer Reihe von Jahren mit einer Freundin zusammenlebte, an einem schweren Nervenleiden. Weder vorher noch nachher habe ich in meiner Krankenpraxis ein so liebevolles Aufgehen eines Gesunden in einen Kranken gesehen, wie in diesem Fall, weder unter Ehegatten, noch selbst bei Müttern, die sich um ihre Kinder bangten. Die gesunde Freundin war keine angenehme Mitbürgerin, sie hatte viel Rücksichtsloses und Eigenwilliges, wer aber diese wahrhaft ergreifende Liebe und Sorgfalt sah, dieses unablässige Bemühen bei Tage und bei Nacht, hielt ihr um dieses starken und schönen Gefühls willen vieles zugute. Sie war mit ihrer Freundin tatsächlich wie verwachsen; berührte man ein schmerzhaftes Glied der Kranken, so zuckte sie reflektorisch zusammen, jedes Unbehagen der Leidenden spiegelte sich in ihrem Gesicht wider, mangelhafter Schlaf und schlechter Appetit übertrugen sich auf die gesunde Freundin. Der Fall war übrigens auch dadurch bemerkenswert, daß auch das Personal der Patientin, sowohl die Krankenschwester, wie das Dienstmädchen, einwandfrei urnisch waren.

Unweit diesem Paare lebte ein anderes. Er war Referendar, sein etwa 18jähriger Freund Damenschneider. Dieser war so feminin, daß ich dem Referendar einmal bemerkte, so gut wie in dieses Neunzehntel-Weib hätte er sich doch auch in ein ganzes Weib verlieben können. Unter anderem war seine Stimme so weiblich, daß, wenn er telephonisch nach mir verlangte, was im Interesse seines Freundes einige Male vorkam, mein Sekretär stets meldete: »Eine Dame wünscht Sie zu sprechen.« Beide lebten in großer Harmonie, tags ging jeder seinem Berufe nach, der eine auf das Gericht, der andere in die Schneiderwerkstatt. Als der Referendar Berlin verließ, nahm er den Freund mit sich. Dieser hatte zuvor seinen Vater, einen biederen Berliner Handwerker, um eine aufklärende Unterredung gebeten, bei der, wie er mir schamhaft erzählte, das Zimmer verdunkelt werden mußte. Der Vater war gar nicht verwundert, er habe schon längst ähnliches vermutet, und erklärte sich mit allem einverstanden.

Der kleine Damenschneider hatte einen Arbeitskollegen, der nicht minder mädchenhaft war wie er selbst. Ihr Beruf ist mehr wie irgendein anderer in Berlin von urnischen Elementen durchsetzt. Dieser Kollege verliebte sich in den Bruder des Referendars, einen Ingenieur, der kurz vorher wegen unglücklicher Liebe zu einem Studenten einen ernsthaften Selbstmordversuch unternommen hatte. Als er schwer verletzt im Krankenhaus lag, hatten sich die beiden gleich veranlagten Brüder, die bis dahin nichts voneinander wußten, zu erkennen gegeben. Allmählich entwickelte sich nun zwischen dem Ingenieur und dem anderen Damenschneider ein zweites Liebesbündnis, und es entbehrte nicht einer gewissen Drolligkeit, wenn die beiden schön und stark gewachsenen Brüder mit ihren Schneiderlein Willi und Hans – nicht viel anders wie andere mit ihren Putzmacherinnen – am Sonntag den Grunewald durchstreiften.

Daß sich die Eltern mit der urnischen Natur, ja sogar mit dem homosexuellen Leben ihrer Kinder abfinden, ist in Berlin durchaus nichts Seltenes.

Vor kurzem wohnte ich auf einem Berliner Vorortkirchhof der Beerdigung eines alten Arztes bei. Am offenen Grabe standen der einzige Sohn des Verstorbenen, zur Rechten die bejahrte Mutter, an der anderen Seite der zwanzigjährige Freund, alle drei in tiefster Trauer. Als der Vater, bereits über 70 Jahre alt, vom Uranismus seines Sohnes hörte, war er der Verzweiflung nahe, er suchte mehrere Irrenärzte auf, die ihm mancherlei raten, aber nicht helfen konnten. Dann vertiefte er sich selbst in die Literatur über den Gegenstand und erkannte mehr und mehr, daß sein Sohn, den er über alles liebte, von Geburt an homosexuell gewesen war. Bei seiner Niederlassung hatte er nichts dagegen, daß er den Freund zu sich nahm, ja die guten Eltern übertrugen ihre volle Liebe auf den jungen Mann, der aus einfachstem Stande hervorgegangen war. Beide hatten aufeinander sichtlich einen guten Einfluß; während sie einzeln nur schwer imstande gewesen wären, vorwärtszukommen, gelang es ihnen zu zweit vortrefflich, indem das Wissen und die Liebenswürdigkeit des einen in der Energie und Sparsamkeit des anderen ihre Ergänzung fanden.

Auf dem Sterbelager nahm der alte Doktor von seiner Frau und seinen »beiden Jungen« Abschied, und der Anblick dieser drei Menschenkinder, wie sie unter den Klängen des Mendelssohnschen Liedes: »Es ist bestimmt in Gottes Rat« ihre Tränen und Trauer vereinigten, griff ungleich tiefer in die Seele, als die Rede des jungen Pfarrers, der in schrillem Tonfall die Taten des ihm gänzlich unbekannten Toten pries.

Nicht vereinzelt kommt es in Berlin vor, daß urnische Junggesellen sich bei den Familien ihrer Freunde einmieten und dort wie Angehörige des Hauses angesehen werden. Es gibt Mütter, selbst wissende, die oft in überschwenglicher Weise das Glück preisen, daß ihr Sohn einen so großartigen

Freund, ihre Tochter eine so ausgezeichnete Freundin gefunden; diese Freundschaft sei ihnen viel lieber, als wenn sich ihr Sohn mit Mädchen herumtreibe, ihre Tochter sich von Männern den Hof machen ließe. Verstieg sich doch einmal eine Mutter, die mich wegen eines geschlechtlich infizierten Sohnes aufsuchte, zu dem merkwürdigen Ausspruch: »Ich wünschte, mein zweiter Sohn wäre auch homosexuell.« Manchmal liebt der Freund den Sohn des Hauses und wird von der Tochter geliebt, wie überhaupt zwischen den verschiedenen normalsexuellen und homosexuellen Personen desselben Kreises hie und da ganz besondere Verwicklungen vorkommen. Für den Psychologen und Schriftsteller, welcher das urnische Moment in den Beziehungen der Menschen untereinander zu erkennen weiß, erweitern sich dadurch die der Beachtung und Darstellung würdigen Konflikte in ungeahnter Weise.

Ich kannte in Berlin einen Uranier, der die Schwester eines Jünglings heiratete, nur um mit dem Bruder oft und unauffällig zusammensein zu können. Die Ehe, welche in Wirklichkeit keine war, ging nach einigen Jahren auseinander, nachdem der normalsexuelle Bruder seinen Schwager – nicht etwa im Bösen, sondern im Guten – um sein ganzes beträchtliches Vermögen gebracht hatte.

Ein anderer Homosexueller liebte einen Mann, welcher mit einem Mädchen ein inniges Liebesverhältnis anknüpfte. Der Urning war auf das Mädchen sehr eifersüchtig, und auch diese war auf den Freund, der ihren Geliebten so viel in Anspruch nahm, nicht gut zu sprechen. Der Mann aber hielt auch dem Mädchen nicht die Treue und bereitete ihr ebenso wie dem Freunde durch seine leichtsinnigen Streiche vielen Kummer. Beide kannten sich nicht persönlich. Eines Morgens kam das Mädchen zu dem Urning, um ihm mitzuteilen, daß dem Freunde während der Nacht ein schwerer Unfall zugestoßen sei. Die gemeinsame Sorge machte sie allmählich zu Freunden. Da entzweiten sich der Mann und sein Mädchen, sie war bitterböse und schien unversöhnlich, er aber hielt es vor Sehnsucht nicht aus, es trieb ihn immer wieder zu ihr, sie aber wies ihm die Türe. Schließlich wandte er sich hilfeflehend an seinen urnischen Freund, und dieser, der sich schon im stillen gefreut hatte, daß das so quälende Liebesverhältnis zu Ende sei, ging zu dem Mädchen und versöhnte beide.

Friedo Lampe

# Lustgarten 22.30 abends

*Nachtaufnahme mit Einzelgänger*

Der Mond hatte lange hinter einer dicken Wolke versteckt gesessen, nun trat er wieder hervor und schien runter auf den Lustgarten – es erglänzte die Fassade des Schlosses, die Kuppel des Doms, die dicken Säulen der alten Wache und das schwarze Kanalwasser.

Der Wächter mit dem großen Schlüsselbund ging durch die leeren, mondlichterfüllten Museumssäle und leuchtete mit seiner Blendlampe in die Ecken und auf die antiken Statuen – verflixt noch mal, immer glaubt man, da steht einer. Dann trat er in den großen Pergamonsaal – bläuliches Mondlichtweben um Säulen und Tempeldach – und setzte sich auf die unterste Stufe der Altartreppe und begann, ein Butterbrot zu essen. Undeutlich quollen die wildverknäuelten Leiber des Gigantenkampfes aus der Wand ihm entgegen. In der Ferne rollte die S-Bahn über die Brücke dahin.

Draußen auf dem Kanal, dicht beim Zeughaus, lag »Henni«, der schwarze, breite Havelkahn, und drinnen in der Kajüte saß Willy Kreckow, der Schiffer, unter der Petroleumlampe und las in einem Groschenroman, Kopf aufgestützt, neben sich die Kornflasche: »Well, Master, sagte der Mulatte breit grinsend, ehe die Sonne untergegangen ist, lebt kein Sir Henry mehr, und dann tauchte er unter im hohen Maisfeld. Mac Legree rieb sich die Hände und sah ihm zufrieden nach …«

Durch den Lustgarten ging Hannes Kleine aus Detmold, Student, zweites Semester. Er blieb stehen und sah sich um: Bin ich in Florenz, in Rom? Tempel, Kuppeln, Säulen – großer Stil, Schlüter, Schinkel, preußischer Klassizismus – nächsten Sommer muß ich nach Florenz, Geld verdienen, für Zeitungen schreiben. Ein Liebespaar auf der Bank. Er: »Na, nu tu dir man nich, nu sei man jemietlich.«

Der Oktoberwind trieb die schweren Wolken am Himmel hin, der Mond schien scharf und bleich, das Laub raschelte um die Füße.

Willy Kreckow sah von seinem Roman auf, blickte auf die Photographie ihm gegenüber an der Wand, im August war ihm seine Henni gestorben, schnell griff er zur Kornflasche und tat – ruck – einen tüchtigen Schluck.

Die Stadtbahn rollte über die Brücke.

Ein Schupo führte einen verdächtigen Kerl, den er in den Anlagen aufgegabelt hatte, in Richtung Bahnhof-Börse-Alex.

Herr und Frau Bender gingen eingehakt nach Hause, sie waren in der Oper gewesen, »Aida« (»ist doch viel schöner als Wagner«) und hatten noch ein Glas Bier getrunken.

Der Wächter auf den Stufen des Pergamonaltars war eingeschlafen, seitwärts war er hingesunken, den Kopf auf dem Arm, eine Maus lief über den Marmor.

Aus dem schwarzen, teerig spiegelnden Kanalwasser sprang ein Aal schlangenhaft ins Silberlicht.

Dann schob sich wieder eine schwere Wolke vor den Mond, und verdunkelt war die Szene.

Hans Siemsen

# Paul ist gut

*Das Herz hat Gründe, die der Verstand nicht kennt*

Mir ist manchmal mies zumute. Wissen Sie, was »mies« ist? »Mies« ist ein Berliner Wort. Es bedeutet: traurig, elend, übel, häßlich. Wenn es vierzehn Tag lang regnet, dann sagt man: »Mensch, ist das ein mieses Wetter!« Es ist ein Berliner Wort. Und es drückt eine Berliner Stimmung aus. Mir also ist mies zumute. Ich will nach Hause gehen und mich zu Bett legen! Da weiß ich wenigstens, wo ich bin. Da kann ich ganz einfach die Augen zumachen.

Ich weiß selbst nicht, weshalb mir so traurig zumute ist. Es gibt zwar eine ganze Menge, einen ganzen Haufen von Geschichten gibt es, die einen traurig machen könnten, die einem wohl Grund genug geben, traurig zu sein. Ich kenne zum Beispiel ein altes Fräulein, das liegt in seinem Zimmer und stirbt. Das geht nicht so rasch, wie es sich hinschreibt, nicht von heute auf morgen, das dauert Wochen, Monate. Das Zimmer, in dem sie liegt, ist ein möbliertes Zimmer. Sie ist ganz allein. Sie hat keinen Menschen, der ihr helfen kann. Wenn ihre Wirtin ausgegangen ist, ist niemand da, der einem die Tür aufmacht. Man kann nicht hinein zu ihr, man kann sie nicht besuchen und muß unverrichteter Sache wieder nach Hause gehen.

Das ist nur so eine von den vielen traurigen Geschichten, die sich Tag für Tag ereignen. Aber dies ist es eigentlich nicht, was mich traurig macht. Ich weiß ja, daß immer so etwas geschieht, daß immer irgendwo ein Mensch liegt und stirbt, allein, verlassen, hilflos. Jeden Tag und jede Stunde. Wir wissen das alle – und sind doch oft so vergnügt.

Nein, das ist es nicht, was mich so niedergeschlagen macht. Es ist etwas anderes. Ich habe keinen Mut. Was hat das alles für einen Zweck? denke ich. Man lebt und arbeitet – weshalb? wofür? Die Welt ist schlecht, und man kann sie nicht ändern. Die Menschen sind zu dumm, die Herzen zu träge. Ich verliere den Mut. Ich will nach Hause gehen und mich zu Bett legen.

Oh, diese abscheulich häßlichen Straßen! Haus neben Haus und Stein neben Stein! Auf einem Stein steht mit Kreide geschrieben: »Paul ist gut.« Ich laufe so drüber weg, ohne mir klarzumachen, was ich da eigentlich gelesen habe. Aber nachdem ich schon ein paar hundert Schritte weitergegangen bin und eigentlich um die Ecke biegen müßte, biege ich nicht um die Ecke, sondern gehe wieder zurück und suche den Stein, um genau zu sehen, was da eigentlich geschrieben steht. Und wahrhaftig: da steht ein ganzer Roman. Mit weißer Kreide geschrieben steht da zuerst: »Paul ist fies.« Aber das ist durchgestrichen, mit eben solch weißer Kreide dick durchstrichen. Und darunter steht mit schönen, sorgsamen Buchstaben, viel dicker und solider als die erste Inschrift: »Paul ist gut.«

Wer möchte es leugnen? Paul ist gut!

Du hast recht, kleines Mädchen, du hast recht, kleiner Freund! Ihr habt recht! Paul ist gut. Da ihr es ja glaubt. Paul ist gut. Wie kann da die Welt denn so ganz hoffnungslos schlecht sein, wenn ihr an Paul glaubt, wenn ihr auf den Stein schreibt: Paul ist gut. Habt Dank! Ich will den Mut *nicht* verlieren. Ich will mir Mühe geben. Damit einmal, nach Jahren, auch auf meinen Stein eine liebevolle Hand schreibt: Hans war gut.

## Otto Zarek

# Treffpunkt Bahnhof Zoo

*Das erste Rendezvous*

»Ich durchbreche ein Prinzip«, sagte sich Sascha, während er aufstand. Auch er hatte sich an diesem Sonntag bereits um sechs Uhr erhoben. Vor freudiger Erwartung hatte er kaum schlafen können. Endlich hatte es zu dämmern begonnen; endlich wurde es hell. Er sprang auf, machte sein gewohntes Morgentraining, badete in Ruhe – dann erst wagte er nach dem Wetter zu sehen. Während er vom Badezimmer langsam zum Fenster seines Schlafzimmers ging, bemerkte er in sich den seltsamen Wunsch: es möchte schlechtes Wetter sein; gleichzeitig zitterte er, daß es schlecht sein könnte. Wenn es gut ist, wenn es nicht regnet, dann wird er kommen …

Sascha riß die Vorhänge auseinander. Das erste Frührot brach herein; die Luft war spiegelklar, blau und geädert von feinen weißen Wölkchen, die lustig am Horizont verschwammen. »Dieser Tag ist nur für mich so schön«, denkt Sascha und schaut beglückt in den Morgen hinein. »Nur für uns!«

Er zog sich schnell an; es war halb sieben geworden, er hatte nicht mehr viel Zeit. »Nun ist es entschieden«, sagte er sich. »Also handle ich gegen mein Prinzip – ich werde ihn treffen, ich werde das Sinnlose tun. Es ist besser, nicht mehr dagegen anzukämpfen.«

Das »Prinzip«, gegen das Sascha zu verstoßen glaubte, war sein Vorsatz: der Liebe auszuweichen, mit aller Kraft, um jeden Preis. Aber stärker war der Trieb, der Liebe nachzufolgen, sich ihr hinzuwerfen, das Sinnloseste und Demütigendste zu tun, wenn es der Liebe dient. Wenn Sascha später an diesen Morgen zurückdachte, so schalt er sich. Vielleicht schalt er sich auch jetzt schon, als er seinen Wanderanzug anlegte; er schalt sich, als er das kalte Getränk hinuntertrank, das man ihm am Abend vorher schon vorbereitet hatte, und schalt sich, als er um sieben Uhr wie ein Kleinbürger oder ein junger Gymnasiast zum Bahnhof Zoo fuhr.

Aber während er sich schalt und sich selbst lächerlich nannte, glitt durch sein Bewußtsein die erregende Frage: Wird er kommen? Werde ich ihn sehen? War es ihm ernst?

Norbert war noch nicht gekommen. Zahlreiches Volk strömte zum Zoo, aus allen Verbindungsstraßen, die am Bahnhof zusammenführten; Wanderer in Kniehosen, Schillerhemden, blauen Fahrtenblusen oder grünen Joppen; junge lachende Menschen, zu dritt, zu viert, die einander gehörten, Ziel und Inhalt wußten für ihre sonntägliche Fahrt. »Armeen der Heiterkeit« taufte Sascha diesen unaufhörlich herbeiströmenden Zug, und er besah sich mit Staunen und nicht ohne Neid ihre strahlenden Gesichter.

Das schwamm an ihm vorbei: Lachen, Grußworte, frohes Rufen in die leeren Straßen hinein, die wie ausgefegte Säle nach dem Ball sauber und ein wenig übernächtigt dalagen. Hin und wieder traf eine frühe Straßenbahn ein und entließ einen neuen Menschenstrom in die Bahnhofshallen. Und immer, wenn die Scharen von den Plattformen sprangen, einander entgegenstürzten, begrüßten und mit der unbeschwerten Fröhlichkeit freier Menschen in den Morgen hineineilten, empfand Sascha etwas wie Neid und gleichzeitig eine Scham: daß er es ihnen gleichtun wollte, ihr Leben und ihre Natürlichkeit nachahmend.

Wenn ein junger Mensch im Alter Norberts auf der Plattform der Wagen auftauchte, zuckte Sascha zusammen; und wenn sein Gang die Grazie des ausgeturnten Jünglingskörpers hatte, sagte er sich: »Er ist es«, und sein Herz pochte laut. Das geschah ihm recht häufig. Er bemühte sich sehr, sich gleichgültig zu zeigen, – und zwang sich, in eine andere Richtung zu sehen, wenn wieder eine Straßenbahn ankam oder wenn von unten aus dem Schacht des Untergrundbahnhofes ein hereinbrausender Zug sich ankündigte und gleich darauf Scharen die Treppen heraufstürmten. Indessen malte er sich zugleich aus, wie es jetzt sein würde, wenn Norbert plötzlich aus diesen Scharen auf ihn zukommen, jetzt vor ihm stehen, jetzt ihm die Hand reichen würde.

Dieses Warten war ihm eine furchtbare Qual. Er sagte sich, daß keine Erfüllung die Qual dieser Viertelstunde aufwiegen könne. »O Gott, nicht mehr lieben, nicht mehr, nicht mehr!« stöhnte er. Er litt; und wie ein Fieberkranker schwankte er jedem entgegen, der Norbert hätte sein können. Bitterkeit befiel Sascha: »Ich werde nicht mehr warten – die drei Minuten noch, dann ist die halbe Stunde vorbei. Was denkt sich der Knabe, mich, den älteren, hier stehen zu lassen! Oder höhnt er mich? Hat er erfahren, daß ...?«

Und ein schrecklicher Gedanke kam ihm. Sowie er dies erfaßt hatte, war es ihm klar, daß Norbert nicht mehr kommen würde. »Ja, man hat es ihm gesagt – er hat sich erkundigt, er oder seine Eltern; er kommt jetzt natürlich nicht. Ich wollte nichts Böses«, beteuerte Sascha sich selbst, »ich wollte nur bei ihm sein. Ich wollte nur ...«

Bewegt von seinen Gedanken, schloß Sascha die Augen; er preßte sie zusammen, um zu verhindern, daß irgend jemand aus diesen »Armeen der Heiterkeit«, die an ihm vorbeiströmten, sehen könnte, daß einer an diesem strahlenden Morgen – Tränen habe.

Als er aufsah, kam Norbert auf ihn zu. Drei Schritte trennten sie noch. In dem Bruchteil einer Sekunde erfaßte Sascha die Gestalt des jungen Menschen. Norbert trug eine kurze dunkle Samthose, ein offenes weißes Hemd, dessen überaus breiter Kragen, wie die Revers eines Uniformmantels, bis zur Schulterspitze fiel. Lachend kam er auf ihn zu; er rief ihm schon von weitem entgegen, daß er ein wenig verschlafen habe.

Diese eine Sekunde hatte weggelöscht, was Sascha gelitten hatte. Wenn die Menschen glauben, die Qual einer Liebe sei größer als die Seligkeit, die ihnen werden könnte, so konnte dies nicht wahr sein: eine Stunde der Seligkeit ist stärker als tausend Stunden des Leides. Jedenfalls erkannte Sascha dies in diesem Augenblick ...

Klaus Mann

# G. G. macht Karriere

*Ein bissiges Porträt, das lange vor dem Roman ›Mephisto‹ entstand*

Gregor Gregoris Ruhm stieg plötzlich und blendend über Berlin auf wie eine Rakete. Über Nacht kam es, daß man überall seinen Namen hörte.

Er war in diese Stadt gekommen, von den Zehenspitzen bis zum Scheitel mit keinem anderen Willen geladen als dem: zu siegen. Für was – blieb eine andere Frage.

Man pflegt sie nicht zu stellen, die Frage nach dem: »Für was?«, wenn Bühnenmenschen sich um ihren Ruhm bemühen. Gregors Wesen aber war von der Art, daß er selber sie stellte – ohne sie freilich beantworten zu können. Nichts – als – eitler Komödiant zu sein, wies er mit Hochmut von sich. Er prätendierte geistige Ziele, über deren Beschaffenheit er Genaues allerdings nicht auszusagen wußte. Sein Wesen war so anspruchsvoll wie unklar. Die Energien, mit denen er die ständige Hochspannung seines Tages bestritt, waren keineswegs gespeist aus den soliden Quellen einer starken Vitalität, vielmehr erzwang er sie mittels einer hysterischen Verkrampfung, die er sich keinen Augenblick zu lockern erlaubte. In der Tat, diese Hysterie war sein kostbarstes Kapital. Nicht nur, daß sie ihm ermöglichte, in Ohnmacht zu fallen oder Schreikrämpfe zu bekommen, wenn ihm etwas nicht paßte: sie gab seinem Wesen den phosphoreszierenden Charme, die Elastizität, die Unwiderstehlichkeit; sie verlieh seinen übertriebenen geistigen Ansprüchen, seinem intellektuellen Hochstaplertum den Schwung und die fieberhafte Intensität, dank denen sie fast überzeugten.

Als Sebastian Gregoris Bekanntschaft gemacht hatte, war

dieser zweiundzwanzig, er, Sebastian, siebzehn Jahre alt gewesen. Das war beinahe acht Jahre her. Damals tanzte Gregor noch nicht oder doch noch nicht beruflich, sondern gelegentlich, auf Atelierfesten und in Wohltätigkeitskabaretts. Er entwarf Kostüme für Music-Halls und Operettentheater, zeichnete Plakate für Zigarettenfirmen, Parfüms und Nachtlokale. Ein Jahr später wurde er der Partner eines alternden spanischen Tanzstars, einer Frau Ende vierzig, die einst Liebling von Paris und London gewesen war und mit der zusammen er den Balkan und Nordafrika bereiste. Er kam nach Deutschland zurück, war eine Saison lang erste Kraft in Münster, Westfalen. Dann gründete er seine eigene Truppe, die im Berliner Wintergarten mit einem Ballett »Die zerbrochenen Spiegel« den ersten großen Erfolg hatte. Das Szenarium war von Sebastian. Gregor tanzte den narzißtischen Prinzen, dem einbrechende Anarchisten die Spiegel zerstörten. Sie gastierten überall in Deutschland und in vielen europäischen Kapitalen. Sebastian begleitete fast ständig die Truppe. Er und Gregori schienen unzertrennlich. Gregor war um diese Zeit von einem Elan, einem Enthusiasmus und einer kindlich idealistischen Begeisterung für seine Kunst, die Sebastian hinrissen. Sebastian schrieb Gedichte und Feuilletons in den Hotelzimmern von Hannover, Mailand, Barcelona und München, während Gregori mit seinen Leuten im Theater arbeitete. Sie waren vollendete Freunde, denn sie bewunderten sich gegenseitig: Gregor – Sebastians geistige Biegsamkeit und Anmut, seine merkwürdig selbstgewisse und produktive Nachlässigkeit; Sebastian – Gregors Verve, seine angespannte Aktivität, den prachtvollen Schmiß, mit dem er sein Leben und seine Karriere inszenierte. Gregor, um diese Zeit, war durch und durch Tänzer, er kannte noch nicht die geistigen Ansprüche, die er dann stellte, ohne sie zu erfüllen; die steilen, aber undeutlichen Gesten seiner späteren Haltung. Das Geistige war Sebastians Revier, der die Pantomimen dichtete und in Fachzeitschriften Gregor Gregori als den Repräsentanten einer neuen Tanzkunst pries. Gregori tanzte, ließ sich feiern und erlitt auf eine pathetische, radikale, hochgesteigerte Art seine Liebestragödien.

Das Gregori-Ballett wurde schnell größer und sehr berühmt. Es hatte einen Winter lang in Paris sein eigenes Theater; die nächste Saison in Berlin. Gregori hatte in einer Pantomime »Die Ratten« einen so sensationellen Erfolg, daß eines der Berliner Opernhäuser ihm ein enormes, ja einzigartig großes Angebot machte. Er nahm an, die Truppe löste sich auf. Damit begann auch die Abkühlung zwischen ihm und Sebastian, der es als eine Art Untreue an der gemeinsamen Arbeit empfand, daß Gregori »städtischer Angestellter« offiziell und »Berliner Prominenter« wurde. »Du hättest beim Wanderzirkus bleiben sollen«, sagte Sebastian ihm. – Übrigens hatte Gregor damals bei einem Frankfurter Gastspiel Sonja kennengelernt und sich sofort in den Kopf gesetzt, sie zu heiraten.

Nach der »Josephslegende« verglich die Presse ihn mit Nijinskij. Die Snobs stürzten sich auf ihn. Sein treuester Trabant wurde ein junger Goldberg-Rosenheim, dessen Lebensglück darin bestand, immer an der Seite derer zu erscheinen, deren Namen als neuer Stern gerade aufstieg über dem Horizont. Er war es, der ihn in die Berliner Finanzwelt einführte. Filmgesellschaften wurden interessiert. Mit Hilfe einiger Bankiers gelang es, Gregors Lieblingsplan zu verwirklichen: der große, pantomimische Märchenfilm wurde gedreht, sowohl farbig als tönend, zu dem Gregori das Manuskript verfaßt hatte, den er inszenierte und in dem er die Hauptrolle tanzte. Alle Kenner prophezeiten ihm einen Riesenerfolg, vor allem in den Vereinigten Staaten. Es vereinigte einen gewissen üppig dekadenten Geschmack mit populärsten und derbsten Wirkungen. Das Thema war der Kinderkreuzzug, die Höhepunktszene ein orientalisches Bacchanal, in das die Kinder mit hineingezogen werden sollten, über das aber ihre ekstatische Keuschheit triumphierte. – Die Berliner Uraufführung wurde zur Sensation. Sogar die katholische Kirche bekundete ihren Beifall. – Gregor Gregori, der Tänzer und der Organisator, war das Tagesgespräch.

Sein Vertrag mit der Oper lief im Frühling ab, er gedachte ihn nicht zu erneuern. Länger im Dienste eines fremden

Institutes zu wirken, wenn auch als Star, fand er nicht zu ertragen. Er wollte herrschen, er gierte nach Macht. Sein Plan war, die »Schauburg« zu übernehmen, den runden Kuppelbau im Zentrum der Stadt, der zehntausend Menschen faßte und in dem soeben ein großer Revuedirektor Bankrott gemacht hatte. Wieder war es Goldberg-Rosenheim, der ihn mit den Finanziers zusammenbrachte. Gregoris energiegeladene und siegesgewisse Art überzeugte. Die Verhandlungen wurden ernster.

»Die Revue ist tot«, deklamierte der tänzerische Herrenmensch vor den Bankiers. »Was Zukunft hat, sind die großen Erfolgsstücke des vorigen Jahrhunderts – Offenbach, Strauß und die Possen –, neu aufgemacht, glänzend gerichtet. 1932 heißt: Restauration mit amerikanischem Schmiß.«

Der ehemals Revolutionäre war auf eine ungesunde und perverse Art konservativ geworden. Er höhnte über alles Literarisch-Experimentelle. »Das sind Privatspäße«, verkündete er. »Mich interessieren die Massen.« Er liebte es, auf eine krasse und brutale Weise zwischen »privat« und »öffentlich« zu unterscheiden. »Privat« war alles, was keinen Monstererfolg garantierte. »Sebastian ist vollkommen privat«, beschloß er. »Darum wird er es auch zu nichts bringen.«

Eines Tages wurde bekannt, daß Gregori eigentlich Faschist war. Auf seinem Schreibtisch stand das Bild Mussolinis neben dem Nijinskijs und der Sarah Bernhard.

So wollte er sich, so stilisierte er seine Person: er war nicht nur ein erfolgreicher Tänzer, sondern der Träger einer neuen Gesinnung, Repräsentant einer anti-individualistischen, zugleich volksverachtenden und volksbeglückenden Kunst für alle. »Es muß Schwung in diesen verschlampten Betrieb kommen!« erklärte er vom Berliner Theaterleben. »Was ich bis jetzt gemacht habe, war alles nur Vorwand, nur Mittel zum Zweck. Ich muß erst die Macht haben, um dorthin zu gelangen, wo ich hingelangen will.« Er ließ offen, wo es eigentlich lag, dies mystische Ziel, auf das er sich vorbereitete. Aber alle glaubten es seiner ergriffenen und fahlen Miene, daß er sich zu großen Dingen unterwegs befinde. Er ließ den Kopf in den Nacken sinken. Sein entzündeter und weicher Mund stand halb offen, hingegen schlossen sich die Augen fast ganz. Er sah schön aus. Die schwungvoll kräftige Linie des Kinns ragte zugleich herrschsüchtig und leidend; um die nahe beieinanderliegenden Augen, die unter den geschminkten Lidern grün-blau schielten, lag ein asketisch verzückter Zug.

Er saß in einen gelblichen Bademantel gehüllt, schwarze Lackpumps statt Pantoffeln an den nackten Füßen. Zu Hause putzte er sich keineswegs mit Samt und Tand, wie mancher es von ihm erwartet hätte, vielmehr ging er schlampig und ungepflegt. Auch seine Wohnung war von einer demonstrativen Kahlheit. Keine Bilder, außer ein paar Plakaten aus seiner Frühzeit. Der Tisch voll von Zeitungsausschnitten und Photographien, die in Häufchen akkurat geordnet lagen. Sie waren Bagatelle für ihn, nur Mittel zum Zweck, aber er griff doch gierig nach den neuangekommenen. »Sogar die Linkspresse lobt mich!« Er lachte mit zurückgeworfenem Kopfe höhnisch durch die Nase.

Goldberg-Rosenheim saß rittlings auf einem der niedrigen Schemel. Er sah bewundernd, wie Gregor Gregori im schmutzigen Bademantel durchs Zimmer schritt, als trage er eines der Silbergewänder, in denen er tanzte. Es war nicht zu leugnen, daß Gregori eigentlich und heimlich anfing, fett zu werden. Um so bewunderungswerter, daß er nicht nur auf der Bühne, sondern auch aus grausamster Nähe betrachtet immer noch schlank, biegsam, elastisch wirkte. Seine Schlankheit war eine Willensleistung, die er unter ständiger Anspannung aller seiner Kräfte Sekunde für Sekunde produzieren mußte.

»Man hat in diesem Berliner Sumpf aufzuräumen, wie der da aufräumte in seinem Italien«, er wies auf das Bild des Duce, während er herrlichen Gangs durchs Zimmer eilte. Goldberg-Rosenheim nickte erschüttert. Er war klein und blond, mit speckigem Scheitel. Das Monokel machte er Gregori nach, früher hatte er einfach einen Zwicker getragen. Man sah ihm die große Familie nicht an, aus der er kam, eher hätte man ihn für einen jüdischen Kommis gehalten. Er war reich, aber demütig, das machte ihn rührend und beinahe sympathisch. Für Gregori, der seinerseits aus kleinbürgerlichen Verhältnissen kam und sich die heimliche Bewunderung für Goldberg-Rosenheims imposantes Milieu nie abgewöhnen konnte, war die Verehrung dieses Sprößlings aus großer Familie grenzenlos.

## Jaap Harten

# Wenn Hitler das gewußt hätte

*Paradiesvögel in einer schrägen Pension*

Teddy hatte sich ein Gewerbe ausgesucht, das zwar nicht so wie das älteste der Welt gebrandmarkt, jedoch gewissermaßen eine Verlängerung desselben war. Es gab zwei Namen für die Tätigkeit, die er in spärlich beleuchteten Lokalen ausübte: *Eintänzer* und *Parkettänzer*. Beide Wörter wiesen auf einen Aspekt seiner Arbeit: Bei *Eintänzer* denkt man an den Einsatz der Musik, während einen Mauerblümchen und ältere Frauen abwartend anschauen; *Parkettänzer* läßt jenes zweifelhafte Aroma von billigem Parfüm vermischt mit Schweiß anklingen.

Männer wie Teddy befriedigten ein Bedürfnis. Seit dem Weltkrieg war der Männermangel in Deutschland zu einem ernsthaften Problem geworden, mit dem sich Psychiater, Sexualforscher, Journalisten und nicht zuletzt natürlich die Frauen beschäftigten. Wo blieb der zukünftige Familienvater? Der ernstzunehmende »richtige Mann«, der das deutsche Familienleben wieder auf die Beine stellen konnte? Dieses Kuscheltier der *Bürgerlichkeit* war in den 20er Jahren Mangelware. In vielen Familien waren Großväter und unreife Heranwachsende die einzigen Männer; in Cafés und Tanzlokalen hatte der Frauenüberschuß oft hysterische Ausbrüche zur Folge. Die Eintänzer und ihre Spiegelbilder, die Parkettänzer, hatten in diesen Lokalen eine unentbehrliche Funktion: Gegen Bezahlung (Getränke, Bargeld, Uhren, kurz: alles außer Gefühlen) waren sie bereit, jede Frau in der Republik von Weimar zu einem Foxtrott, Charleston oder Shimmy aufzufordern.

Teddy drehte sich in seinem Bett um. Durch den täglichen Genuß schlechten Kognaks war seine Leber angeschlagen. Nur Kenner konnten ihm das ansehen. Er war Anfang Vierzig, fühlte sich beim Aufwachen wie ein depressiver Fünfziger, sah aber nach der Dusche und einigen Tassen Kaffee wie Willy Fritsch in seinen besten Jahren aus, also wie ein treuer Brillantine-Kunde mit strahlendem Lächeln unter dem Schnauzbart. Erst später sollte ein Leberleiden dunkle Ringe unter seine Augen zeichnen, doch wer spricht schon von später.

Teddys Bewußtsein berührte den Tag ebenso leicht wie ein Wettkampfschwimmer den Rand des Beckens. Sonntag. Er hörte, wie jemand eilig zum Badezimmer ging. Hampelmann, ihr Schritt war unverkennbar. Er schaute auf den Wecker. Zehn vor zehn. Er streckte sich, gähnte, wie wir alle gähnen, und rieb sich die Augen. Am gestrigen Abend hatte er hart arbeiten müssen; samstags kam immer ein ganzer Zug perlenbehängter Kamele in die Lokale, die es zu Hause alleine nicht mehr aushielten. Sie hatten ja recht, diese vom Alter gezeichneten Frauen, die ihn wie einen bezahlten Schirm vor ihre von Einsamkeit verregneten Leben spannten. Frauen mit Pferdegebissen, künstlichen Gliedmaßen, Asta Nielsen-Frisuren und Raubtierkrallen.

Manchmal wurde er gebeten, nach Hause mitzugehen. Dann hängte er seinem Tarif eine Null an und erfüllte seine Pflicht auf eine mechanische, beleidigende Art. Es war nicht möglich, in Berufung zu gehen. Wenn die Frauen danach im Bett heulten und über seine Frostigkeit, seinen absoluten Mangel an persönlichem Einsatz bei der Liebe klagten, rauchte er mit einem unzufriedenen und teilnahmslosen Gesicht eine Zigarette.

Wie war er auf diesem Parkett gelandet? *Faul und arbeitsscheu*, rief seine Schwester immer mit schriller, jungfräulicher Stimme, wenn er sie in ihrer Zweizimmerwohnung über dem Fleischerladen besuchte und ihr sein Leid klagte. Nennst du das arbeiten? Deine Charmeurtricks auf Kriegerwitwen loszulassen! Ich finde das gemein! Für mich bist du ein Schwein, ein Profitgeier geworden! Unterschrift: Hertha.

Teddy setzte sich im Bett auf und zupfte an seinen Augenbrauen herum. Eigentlich sollte er sich diese Vorwürfe gar nicht anhören. Hertha war wahrscheinlich frigide, taub für die Tam-

Tams aus dem Berliner Dschungel. Sie war nur scharf auf Sahnetörtchen. Na, meinetwegen. Er sprang aus dem Bett, als er hörte, daß das Badezimmer frei war, und schloß sich in dem hohen, fensterlosen Raum ein. Während er pinkelte, starrte er schlaftrunken auf das Arzneischränkchen, auf dem eine rostige Nagelschere lag. Er zog die Pyjamajacke aus und bereitete das Rasierzeremoniell vor.

In der Küche saß Fräulein Hampelmann und las die Zeitung. Jeder in dieser lumpigen Pension kam natürlich wieder zu spät zum Frühstück. Sie las mit einem Mehlwurmgesicht die gemischten Berichte, die von Autounfällen und von kommunistischen Krawallen in der Nähe des Alexanderplatzes handelten, vom bitteren Verfall Sanssoucis, dem romantischen und an bessere Zeiten erinnernden Schloß Friedrichs des Großen in Potsdam, und von einem Geheimrat, der sich beim Wassersport auf dem Tegeler See das Genick gebrochen hatte.

Die Loreley legte drei Eier in den Topf. Sie schnitt Brot, mahlte Kaffee, wobei sie die Mühle wie ein Kind gegen den Bauch drückte. Alles war besser als ein Gespräch mit der Hampelmann; das lief immer auf Streit hinaus. Die Ideen dieser Person waren so gradlinig, daß es einem schlecht werden konnte. Weiß war weiß, und schwarz war schwarz. Und dazwischen stand Fräulein Hampelmann wie ein Schupo und regelte den Verkehr aller Schattierungen. Zum Verrücktwerden! Sie bezahlte immer prompt am ersten des Monats, das ist wahr. Alles stimmte; derjenige, der sie bei einem Fehler erwischen wollte, mußte erst noch geboren werden.

»Guten Morgen, meine Damenschaften!«

Teddy kam in die Küche und knallte die Hacken zusammen, was eine antimilitärische Äußerung von ihm war. Fräulein Hampelmann wußte das. Sie blickte vom Geheimrat mit dem gebrochenen Genick auf und fragte höhnisch:

»Sind die Nachtfalter schon auf?«

Teddy sah sie nicht an. Möge der dreifache Typhus ihre Zunge lähmen. Er kniff die Loreley ins Ohrläppchen und schenkte sich Kaffee ein. Fräulein Hampelmann spitzte die Ohren. Sie hörte alles, wo immer sie sich aufhielt. Ob ein

Wasserhahn tropfte, Mäusekötel fielen oder ein Specht im Grunewald an einen Baum klopfte, wenn sie mit ihrer Mädchenklasse einen Ausflug machte, um den Kindern beizubringen, die Wunder der Natur zu sehen, zu hören und zu riechen. So hörte sie nun, eher als die anderen in der Küche, Schritte auf der Treppe. Von oben nach unten. Sie platzte fast vor Verlangen, aufzustehen und nachzusehen, wer es war. Sie konnte es raten. Ein Kunde von Kraut natürlich. So ein »widerlicher 175er«, der Knaben schändete und den bitter notwendigen Paragraphen übertrat, der diese schändlichen Praktiken bestrafte. Nur krähte kein Hahn danach. Was für Szenen sah man nicht auf den Straßen; was machte man nicht hier im Hause alles mit!

Ihre Augen waren noch immer auf die Tür gerichtet, als Kraut hereinkam. Sie sah ihn ganz pädagogisch an, da sich Kraut aber mehr aus pädophilen Blicken machte, reagierte er nicht. Er hatte wieder Ringe unter den Augen, aber es war nicht umsonst gewesen. Auf seinem Nachttisch hatten dreißig Mark gelegen, und er fühlte sich reicher als reich.

»Guten Fang gehabt?«

Teddys Augen schielten zu Fräulein Hampelmann. Kraut verzog keine Miene. Er mochte Teddy. Gewissermaßen arbeiteten sie beide im gleichen Fach, und dieser Mann bekam jedenfalls keine Komplexe, wenn er in den Bars Männer mit Jungen tanzen sah. Im Gegenteil, Teddy nahm seine Kundinnen manchmal in die Kroko-Diele oder ins Rattenschloß mit, wo die Frauen natürlich riesengroße Augen machten.

Bei Fräulein Hampelmann hatte eine Granate eingeschlagen. Sie faltete die Zeitung mit eisiger Beherrschung zusammen und sah Teddy mit ihrem scharfen Dozentenblick an. Zwei, drei böse Bemerkungen fielen ihr gleichzeitig ein – aber sie mußte sich vor allem hüten, zu stottern.

Bevor sie ein Wort herausbringen konnte, rief die Loreley: »Fräulein Hampelmann, noch einen Kaffee?«

Sie nickte, als würde sie hinterm Lehrerpult sitzen und einer Schülerin erlauben, aufs Klo zu gehen.

An der Nase ließ sie sich jedoch nicht herumführen. Sie

nahm eine Banane aus der Obstschale, was Teddy sofort zu dem Kommentar veranlaßte:

»Gebt euren Kindern Bananen!«

Vor Wut hätte sie das Ding fast auf den Boden geknallt. Falsch. Zeig ihnen, daß du dich beherrschen kannst. Autorität. Mit gepreßter Stimme sagte sie, deutlich interpunktierend, zwanzig Wörter:

»Die Banane ist die reinlichste Frucht, weil sie durch ihre dicke Schale gegen Insekten, Würmer, ja sogar Bazillen geschützt ist.«

Das Morgenlicht schien sonderbar in die Küche. Am Schrank arbeitete eine Spinne an ihrem Netz. Teddy dachte einen Augenblick daran, Beifall zu klatschen, fand das dann aber doch zu albern. Niemand sagte etwas. Fräulein Hampelmann legte das Schweigen zu ihren Gunsten aus und ergänzte:

»Leider gibt es junge Früchte, die nicht so rein sind. Früchtchen, von denen die alten Nascher ihre Finger nicht lassen können. Und in einer Gesellschaft, wo alles erlaubt ist, wo alte Perverse ihre Klauen nach allem, was *rein* ist – oder rein *gewesen* ist …«

Sie legte eine kurze Pause ein und starrte auf eine Spülbürste. »So eine Gesellschaft muß zugrunde gehen wie … wie …«

»Sodom und Gomorrha?« ergänzte Teddy mit glitzernden Augen.

»Sie nehmen mir das Wort aus dem Mund«, fügte Fräulein Hampelmann mit eisiger Stimme hinzu. »Wenn die heutige Jugend einmal die Bibel lesen, sich mit den unsterblichen Werken von Goethe und Bach beschäftigen würde, anstatt nur nach diesen obszönen Tingeltangelweisen zu stampfen, wenn die jungen Menschen einmal auf das hörten, was wir Älteren ihnen fürs Leben mitzugeben haben – dann würde die Welt anders aussehen!«

»Ich bin sprachlos, wie gut Sie das alles wissen.« Teddy warf ihr den treuen Hundeblick des Klassenbesten zu.

Fräulein Hampelmann starrte über ihn hinweg in die Glorie einer großen Vergangenheit.

»Als ich jung war, hatte der Berliner noch Respekt vor den

guten Sitten, der Autorität, hatte er noch eine Ahnung von der Bedeutung Friedrichs des Großen …«

»Der tatsächlich *groß* liebte«, bemerkte Teddy. »Kein Soldat seiner Leibwache durfte kleiner als einsneunzig sein. Und dieser Chefkoch der preußischen Reinheit vögelte die Riesenkerle der Reihe nach, oder er ließ sich von ihnen vögeln. Erzählen Sie den Mädchen Ihrer Klasse eigentlich von diesen Heldentaten des alten Fritz? Ein Bett voller nackter Soldaten war sein liebstes Schlachtfeld.«

Fräulein Hampelmann blies verächtlich durch die Nasenlöcher.

»Lügen! Laster und Betrug! Im Jahrhundert Friedrichs des Großen gab es diese Dinge überhaupt nicht! Damals wurden unsere Straßen noch nicht durch liederliche Straßenszenen, öffentliche Hurerei verunstaltet. Damals war hier kein Sündenbabel, sah man nicht das ganze Pack, weiß oder schwarz. Ja, die Neger wollen wir nicht vergessen; die flanieren auf dem Kurfürstendamm, als wäre hier Mozambique. Und die Grobheiten, die sie sich erlauben! Ich sage immer zu meinen Mädeln: Paßt auf vor diesen dunklen Fremden mit ihren Leopardenzähnen. Die schrecken vor nichts zurück!«

Sie nickte wütend mit ihrem mageren Besserwisserkopf.

»Man stelle sich vor, daß so ein sauberes deutsches Mädel von einem Nigger … Ich darf gar nicht daran denken.«

Fräulein Hampelmann zitterte wie Nansen am Nordpol.

»Na und! Die können, wenn es so weit ist, immer noch heiraten«, erwiderte die Loreley zischend.

»Und das Ergebnis? Ein kaffeebraunes Wesen, das nirgends hingehört. Ein Bastard unserer Kultur.«

Teddy strich mit den Händen über die Tischdecke und zitierte einen Witz mit langem Bart.

»Von der Verbrüderung der Rassen halte ich nichts. Die Babys hätten höchstens als Zebras eine glänzende Zukunft im Varieté.«

»Ja, ja, Varieté, Bordelle und verräucherte Lokale, das ist alles, woran Sie denken!« entgegnete Fräulein Hampelmann bissig. »Und aus Ihnen, in Ihrem Alter, wird nichts mehr.«

Teddy verbeugte sich höflich.

»Aber der Jugend«, sagte Fräulein Hampelmann, »der Jugend gehört die Zukunft. Die Idee ist gar nicht so schlecht, daß Herr Hitler sie in einem Verein zusammenbringen will. Ordnung bei der Jugend, den Entwurzelten dieser Inflationszeit. Moralische Inflation, meine ich.«

»Kraut, Junge, zieh eine Hitlerjugend-Uniform an«, lachte Teddy. »Du kannst sicher sein, daß Herr Röhm in kürzester Zeit hinter dir herläuft.«

»Was Röhm sich leistet, ist eine *Schweinerei*!« schnaubte der Sauberkeitsapostel. »Solche Dinge sollten von der Partei verboten werden, was sage ich, *ausgerottet* mit Stumpf und Stiel. Wir haben genug *wertvolle* Männer. Wertvolle *Männer.*« Sie verlagerte demonstrativ die Betonung.

»Für mich könnt' die Welt nur aus Männern bestehen«, sang die Loreley krächzend, während sie die Frühstücksteller stapelte.

Teddy und Kraut zündeten sich Zigaretten an. Kraut war müde, er hatte zu wenig geschlafen und schloß ab und zu die Augen. Wieder Krach. Das Zetern der Trompete Hampelmann. Er hatte neulich ein Exemplar von »Mein Kampf« in ihrem Zimmer gefunden, einige Passagen waren rot unterstrichen. Der Kopf des Mannes auf dem Frontispiz war verdammt fahl. Der wirre Blick eines frustrierten Vogels. Man konnte merken, daß die Hampelmann keine Ahnung von Männern hatte. Diese Person war abstrakt wie ein Zirkel. Die scharfen Spitzen eines Zirkels hatte sie auch.

»Los, sing weiter, Lore«, sagte Teddy. »Du darfst uns dein Nachtigall-Vibrato nicht vorenthalten.«

Die Loreley warf die Eierschalen in einen Eimer unter dem Ausguß. Ihr Gesicht war finster. Sie hatte zwar nicht in Hampelmanns Zimmer »Mein Kampf« gelesen, denn Politik interessierte sie nicht. Aber das Echo der unheimlichen Zeitungsberichte arbeitete in ihr weiter. Sie sprach einen Satz, dessen Tragweite sie selbst nicht erkannte, in das noch dunstige, durch die schmutzigen Fensterscheiben gefilterte Sonnenlicht. Sie hatte den Satz irgendwo gelesen oder im Radio gehört.

»Im Schlachtenlärm verstummen die Musen.«

Als sie das Tischtuch zusammenfaltete, begegnete sie dem erstaunten Blick Fräulein Hampelmanns. Sie hat einen Schwanenhals, dachte die Loreley. Aber das ist auch das einzig Positive an ihr. Ihre Augen lagen mir zu lange im Eisschrank, und sie muß sich dringend die Barthaare abschneiden.

## Gad Beck

# Abschied von Manfred

*Ein junger Jude versucht in HJ-Uniform seinen Freund zu retten*

Es wurde immer stiller um uns, die wir noch übrig waren. Und dann geschah es, selbst eine erwartete Katastrophe kommt immer zu schnell: Auch die Lewins bekamen ihre Listen. Noch vor ein paar Monaten hatten sie ihre Wohnung neu gestrichen, über die Wanzen wahrscheinlich, bitter nötig war's jedenfalls. Und nun sollten sie weg. Als ich davon erfuhr, wollte ich so schnell wie möglich mit Manfred verabreden, auf welche Weise er zu Onkel Wobbi gelangen konnte. Aber die Kommunikation war in der letzten Zeit auch zwischen uns schwieriger geworden, weil ich gerade erst anfing, die möglichen Freiräume beim Kartoffeleinsatz auszuloten.

Einige Tage später sprach ich mit Manfreds kleinem Bruder Rudi, der nachts arbeitete und direkt nach seiner Schicht bei einem morgendlichen Treffen unseres verbliebenen Grüppchens erschienen war. Er sagte: »Kannst du heute abend vorbeikommen? Manfred wird auch da sein.« Das war meine Chance; an diesem Tag sollte kein Kartoffelzug mehr eintreffen.

Als ich am Abend in der Dragonerstraße eintraf, fand ich nur noch Rudi und Schlomo vor. Am frühen Morgen waren die Lewins von den Ordnern abgeholt worden, und nur die Nachtschicht hatte die beiden davor bewahrt, gleich mitgenommen zu werden! Die Brüder saßen in der leeren Wohnung, fest entschlossen, sich am nächsten Morgen ebenfalls im Sammellager in der Großen Hamburger Straße zu melden, das ab Oktober 1942 das Lager in der Levetzowstraße ergänzte und später ersetzte.

Die Lewins hatten sich spätestens mit Erhalt ihrer Listen sicher Gedanken über die Situation gemacht. Sie erwarteten ja kein Vernichtungslager. Die Mutter und der jüngste Sohn, die beide an Asthma litten, Rudi, der einen Buckel hatte, und das kleine Mädchen, sie alle zählten auf den Vater – Friseure werden immer gebraucht – und auf die beiden starken Söhne, Manfred und Schlomo. Die Devise der Jugendführung: »Wir bleiben zusammen«, die galt ganz sicher auch für die Lewins. Für mich, der ich verliebt und egoistisch war, hatte dieser Satz natürlich eine andere Bedeutung. Von Manfred wollte ich mich nicht trennen.

Die Stimmung in den leeren vier Wänden der Lewins war eigentümlich gemischt. Ich war vollkommen verzweifelt, fast panisch; die Brüder waren traurig und alles andere als zuversichtlich, zugleich aber auch gefaßt und bestimmt, sie hielten sich an der einzigen Gewißheit fest, die sie noch hatten: Am nächsten Tag würden sie ihre Familie wiedersehen und gemeinsam dem Kommenden entgegengehen.

Es war einer der vielen Abschiede – und für mich zweifellos der schlimmste von allen. Sie waren meine letzte Verbindung zu Manfred, und selbst das nicht mehr lange. Ich schrie und weinte und war nicht zu beruhigen, ich nahm die beiden kaum noch wahr. Bis Schlomo mich in den Arm nahm, um mich ein wenig zu trösten. Auch ihm kamen die Tränen.

Was nun passierte, war nicht verwunderlich: Wir liebten uns. Er mochte Manfred manches Mal um seine Glücksmomente mit mir beneidet haben. Nun ging er einem ungewissen Schicksal entgegen, dies war vielleicht die letzte Gelegenheit zu unbewachter, ungefährdeter Nähe. Für mich war es wie der Abschied von Manfred, zu dem ich nicht mehr gekommen war. Der kleine Rudi schmiegte sich an uns und schluchzte; ich weiß nicht, wie er diese Situation einordnete, ob überhaupt. In Schlomo und mir weckte die Tragik und Schwere des Augenblicks eine verzweifelte Leidenschaft.

Früh am nächsten Morgen begaben sich die beiden unbeirrt in die Große Hamburger Straße. In meinem Kopf drehte sich alles, ich überlegte fieberhaft, welchen Weg es gab, Manfred zu retten. Schließlich fiel mir ein, ich könnte es bei seinem Chef, dem Malermeister Rotholz, versuchen. Der war bei den Behörden gut angeschrieben, gleichzeitig aber, wie Manfred mir erzählt hatte, ein freundlicher Mensch – einer der typischen Berliner Arbeiter und Kleinunternehmer, ruppig herzlich, direkt und eher schlichten Gemüts. Zu ihm ging ich, ohne genau zu wissen, was ich vorhatte.

Der Betrieb lag in einer Wohnung in der Gipsstraße, die zum Farben- und Materiallager mit kleinem Büro umfunktioniert worden war. Es war noch dunkel draußen, aber die Malerkolonnen waren schon unterwegs. Als ich vor Rotholz stand, holte ich tief Luft und sagte: »Ich komme, um Manfred Lewin zu entschuldigen. Er ist gestern abgeholt worden.« Der Mann war betroffen, aber nicht allzusehr; daß ihm Arbeiter auf diese Weise »abhanden kamen«, kannte er schon. »Ich möchte versuchen, daß er zurückgestellt wird«, tastete ich mich behutsam vor. Ich dachte, er würde mir vielleicht einen Brief mitgeben, daß Manfred unbedingt bei ihm gebraucht werde oder so etwas. »Ja, der Manfred ist ein tüchtiger Junge«, sagte Rotholz jovial und überlegte.

»Ich wüßte was«, meinte er dann und schaute mich prüfend an. »Falls Sie sich trauen, das zu machen.« Es blitzte in seinen Augen; was meinte er? Mein Kopf war wie leergefegt, auf eine Idee von mir hätten wir lange warten können. »Ich bin zu allem bereit«, sagte ich.

»Mein Sohn ist vorhin auf Schicht gegangen«, sagte er. »Da drüben hängt seine HJ-Uniform. Die paßt Ihnen bestimmt, der ist so groß wie Sie. Wenn Sie damit auftauchen ...«

Gewagt, aber genial. Ich zog die Uniform an. Sie war mindestens vier Nummern zu groß für mich und hing an mir wie an einer Vogelscheuche. Notdürftig krempelte ich Ärmel und Hosenbeine nach innen, in der Hoffnung, nicht aufzufallen. Wenn ich bei der SS gewesen wäre, hätte ich so einen auf der Stelle verhaften lassen, verdächtiger konnte man gar nicht aussehen.

Der Weg in die Große Hamburger war nicht weit. Ich stakste gemächlich daher, damit nur die Hosenbeine nicht dauernd rutschten, und probierte verschiedene Varianten der Geschichte aus, die ich gleich vorbringen wollte. Das Sammellager war in zwei nebeneinanderliegenden Gebäuden eingerichtet worden, dem ehemaligen jüdischen Altersheim und meiner alten Schule. Als ich durch den Toreingang trat, wurde ich ganz ruhig. Der Ort hatte für mich nichts Bedrohliches. Einer der jüdischen Ordner, die draußen postiert waren, beäugte mich skeptisch. Kannte er mich? Es ereigneten sich dort ständig unkoschere Dinge, immer wieder kamen Leute an und wollten wissen, ist mein Schwager drinnen, sind die Sowiesos schon weg, könnten Sie einen Zettel mit reinnehmen ... Vieles lief über Bestechung, und oft drückten die Ordner in Kleinigkeiten auch beide Augen zu. Aber ich trat ja als Hitlerjunge auf. Der redete nicht mit einem Judenordner.

»Heil Hitler!« Nur nicht zu zackig, an den Ärmel denken. Ich marschierte hinein. Zum nächsten Beamten: »Ich möchte bitte den Obersturmbannführer sprechen.« Den Rang wußte ich immerhin, den Namen natürlich nicht. Der Obersturmbannführer kam auch gleich. Die ganze Situation verlief unglaublich gelassen und geschäftsmäßig. Das Sammellager, wozu es da war, was darin passierte, nichts davon war etwas Besonderes für diesen Mann, obwohl sich jeden Tag die Schicksale von Menschen dort entschieden. Der normale Ablauf einer seit einem Jahr durchgeführten Politik. Die Juden wurden zum Arbeitsdienst evakuiert, immer der Reihe nach. Alle machten mit. Und?

Und jetzt stand da ein kleiner Hitlerjunge – neunzehn war ich damals und klein sowieso –, der nach einem abgeholten Juden fragte. »Der Jude Manfred Israel Lewin ist seit gestern hier bei Ihnen. Der hat bei uns gearbeitet, und er sabotiert! Er hat die Schlüssel zu mehreren Wohnungen, die wir renovieren. Dort ist auch Material gelagert. Mein Vater schickt mich, um ihn zu holen, damit wir weiterarbeiten können.« Genauer nachgefragt hat der Herr Obersturmbannführer zum Glück nicht, Manfred hatte natürlich überhaupt keine Schlüssel.

Manfred wurde geholt. Als er mich sah, zuckte es in seinen Augen. Ich überspielte den Moment, indem ich schnell sagte:

»Du hast die Schlüssel behalten! Jetzt kommst du mit und sagst uns genau, welcher Schlüssel zu welcher Wohnung gehört, damit wir weiterarbeiten können!« Ich sprach sehr ruhig, aber scharf, in mir pochte unablässig ein Satz: Schnell hier raus, bloß schnell hier raus mit ihm!

Der SS-Mann hatte sich schon halb weggedreht, für ihn war der Fall erledigt. »Aber den bringen Sie mir gleich zurück?!« sagte er noch. »Wat soll ick mit'n Juden« war meine Antwort. In dieser Situation, zu diesem Zeitpunkt dachte so ein Mann weder an illegale Juden noch an die »Endlösung«; dieser Vorfall war ihm nicht besonders interessant. Er lachte – und wir gingen.

Ich trat aus meinem alten Schulgebäude auf die Straße, die Häuser vertraut, der Gehweg, die Straßenlaternen. Ich kehrte zurück in meine Welt, meinen Manfred neben mir. Eine Mischung aus Triumph und Sicherheit breitete sich in mir aus, während wir gemeinsam die Straße entlanggingen, am früheren Altersheim vorbei, am Eingang zum Friedhof mit seinen paar Bäumen. Wenige Minuten nur. Ich strahlte ihn an, holte zwanzig Mark hervor – gar nicht so wenig – und sagte leise: »Da hast du Geld. Jetzt fährst du nach Teltow zum Onkel, wie wir's besprochen haben, und wartest auf mich. Ich komme, so schnell ich kann.«

Er blieb stehen, nahm die zwanzig Mark und schaute mich an. »Gad, ich kann nicht mit dir gehen. Meine Familie braucht mich. Wenn ich sie jetzt verlasse, könnte ich niemals frei sein.« Kein Lächeln, keine Trauer. Er hatte sich entschieden. Wir sagten uns nicht einmal auf Wiedersehen. Er drehte sich um und ging zurück.

In diesen Sekunden, während ich ihm nachschaute, wurde ich erwachsen.

Jürgen Lemke

# Ein Prolet erzählt

*Ein schwuler Arbeiter kommt ins KZ*

In Berlin stand die Inflation in voller Blüte, und die Menschen standen Kopp. Die Stadt war ein sich hektisch drehendes Karussell, von dem Menschen runterpurzelten und wo Menschen während der Fahrt auf die freigewordenen Plätze aufsprangen. Für einen wie mich, der keinen Beruf erlernt hatte, bestand überhaupt keine Aussicht auf eine ordentliche Arbeit.

Damals habe ich mich immer öfter mitnehmen lassen. Locke heute einen Jungen mit Aussicht auf eine Arbeitsstelle in dein Bett. Das funktioniert höchstens noch beim Film. Eines hat sich allerdings bis heute nicht geändert: auf junge Proleten sind viele scharf, und Männer, die sie lieben und bilden wollen, gibt's auch noch ausreichend.

Ich habe damals gelesen, was mir in die Hand gedrückt wurde. Eigene Bücher kaufen, dafür hatte ich kein Geld, und wo hätte ich sie auch aufstellen sollen?

Leonhard Frank hat mich gefesselt, Bertha von Suttners Antikriegsroman »Die Waffen nieder« habe ich verschlungen. Tucholsky, Kästner, alles, was in Mode war. Bertha von Suttner hat mich so beeindruckt, daß ich mich für die Gründung des Antikriegsmuseums in der Parochialstraße engagierte und beim Aufbau mithalf. Die Männer, die mir die Bücher zu lesen gaben, sind längst aus meinem Gedächtnis verschwunden.

Große Anziehungskraft hatte für mich das »Romanische Café«. Da saßen sie ja herum. Ringelnatz, Toller, die bekannten Schauspieler, die Kabarettisten aus der Friedrichstraße.

Von dem Toller habe ich mir alle Stücke angesehen, meistens in der Volksbühne bei Piscator.

Es gab wohl keine Berufsgruppe in den zwanziger Jahren,

die auf den berühmten Tuntenbällen in den großen Berliner Ballsälen nicht vertreten war. Wir »einfachen Jungs« kamen als Asta Nielsen oder Henny Porten und ließen uns Sekt von derben, fluchenden Taxifahrern und Zimmerleuten servieren. Daß die harten Zimmermänner und Taxifahrer am nächsten Tag ihre Kluft mit einer Richterrobe oder einem Arztkittel tauschten, gehörte zu den Verrücktheiten des Milieus. Es kam auch vor, daß irgendeine Asta eine Woche später wegen Ladendiebstahls von ihrem Zimmermann zu Knast verdonnert wurde.

Wie die meisten in meiner Wohngegend wählte ich die Kommunisten. Als jüngerer Mensch hatte ich mich eine Weile im »Bund deutscher Wandervögel« umgesehen, war auch dann und wann bei Veranstaltungen der sozialistischen Arbeiterjugend, habe mich aber nicht weiter organisiert, weil mir ihre Umgangsweise zu prüde erschien.

Zu Beginn der Dreißiger habe ich eine private Leihbücherei eröffnet. Logisch, daß die meiste Arbeit auf Freitag und Sonnabend fiel. Die anderen jubelten los ins Grüne, und ich durfte Bücher einsortieren. Nach zwei Jahren habe ich kurz entschlossen verkauft. Monate später hätten die Nazis mir den Laden sowieso geschlossen. Ich hatte eine Menge von den Büchern, die sie kurz nach der Machtergreifung auf dem Opernplatz verbrannten.

Diejenigen von uns, die ihre Veranlagung ausleben, fürchten schon immer Gewalt und Drangsalierung. Zur Ironie des Schicksals gehört offenbar, daß die Verklemmten und Heimlichtuer unter uns zur Gewalt drängen und sich ihr unterwerfen. Je militanter der Haufen, je wohler fühlen sie sich, Stiefel und Koppel machen sie endlich zum Vollmann, zum richtigen Kerl. Hatten sich vor 1933 schon viele zum Braunhemd geflüchtet, so waren nach 1933 noch mehr dazu bereit.

Gegen uns ging es nach dem Röhm-Putsch richtig los. Es hatte sich längst rumgesprochen, daß einige von uns verschwunden waren. Lange vor dem Putsch. Gerechnet habe ich damit auch. Nur, was hätte ich schon tun können? Ins Ausland gehen? Dazu fehlte mir das nötige Kleingeld. Ich hätte mich verstecken können. Einen Monat, auch zwei, aber doch nicht für Jahre,

Wie so viele, redete ich mir ein, ich sei zu unbedeutend, um auf ihrer Liste das Abholkreuz zu kriegen. Ich arbeitete seit längerem in einer Kaffeerösterei und hatte mir nichts zuschulden kommen lassen. Am 5. Juli 1935 holten sie mich ab. Ich wollte gerade zur Arbeit, da klingelte es, und zwei Herren standen vor der Tür. Sie erklärten mir, ich sei verhaftet. Vor der Haustür stand ein großer Horch, Achtzylinder, offener Wagen, ein dritter Herr am Steuer. Der Berliner würde sagen: Nobel. Ich stieg in den Wagen ein, wir fuhren eine Straße weiter, und ich wußte gleich, wer neben mir Platz nehmen sollte, als wir vor der Nummer acht stehenblieben. Irgendwie hingen wir ja alle zusammen. Sie kamen ohne ihn zurück, und nun brausten wir in Richtung Pankow: Genauer, Pankow-Wochenmarkt. Ich wunderte mich, ihn zwischen Gurken, Tomaten, Kohl und Rettichen hantieren zu sehen, da er doch von allen Astern-Trude genannte wurde. Von weitem sah ich, wie er sich seine Schürze abnahm, sie an einen Haken hängte und sich freundlich von den Frauen verabschiedete, die bei ihm einkaufen wollten.

Ich rückte zur Seite, er nahm neben mir Platz, und bis hin zur Prinz-Albrecht-Straße taten wir, als wären wir uns noch niemals im Leben begegnet.

Vom ersten Tag an herrschte Klarheit. Von allem, was die Nazis im Keller zusammengepfercht hatten, waren wir das Letzte. Darüber wurden wir auch nicht fünf Minuten im Zweifel gelassen. Was Homo-Haß betraf, rannten die Nazis offene Türen ein. Mußten sie den Haß gegen Kommunisten und Juden mit einem riesigen Propagandaaufwand bei ihren Handlangern und Anhängern organisieren, so wurde ihnen Homo-Haß von den vorhergehenden christlichen Jahrhunderten frei Haus geliefert.

Bevor sie uns schlugen, belegten sie uns mit den gleichen Worten, die ich in meinem Leben bis dahin schon oft gehört hatte.

Und immer die gleiche Frage. Kennst du den, den, zwischendurch blätterten sie zwei Seiten weiter in ihrer Namensliste. Die darauf standen, hatten sie schon. Dann wieder, kennst du den, den. Als ich mir die bescheidene Frage erlaubte, warum man mich denn hier festhalte, brüllten sie wie auf Kommando los und konnten sich vor Lachen nicht geradehalten.

Von der Prinz-Albrecht-Straße kam ich nach der Columbiastraße in eine ehemalige Militärarrestanstalt. Oben auf dem Tempelhofer Feld. Dort blieb ich bis September.

Die Prozesse gegen uns Hundertfünfundsiebziger liefen alle gleich ab. Unzucht, Kuppelei, ab ins Konzentrationslager. Keiner sollte mehr Gelegenheit haben, die gesunde, heranwachsende deutsche Jugend zu verderben.

Von der Columbiastraße ging es in die Lichtenburg. Eine alte Strafanstalt bei Prettin, die die Nazis in ein Konzentrationslager umfunktioniert hatten.

Sachsenhausen und Buchenwald waren ja noch im Bau. Fertig war Esterwegen: mein nächstes Reiseziel. Esterwegen im Moor, die Hölle am Waldesrand, wie wir den Kasten nannten. Tagaus, tagein im Moor regohlen. Das Oberste nach unten, und war es da, schippten wir es wieder nach oben. Hier war ich von 1936 bis 1939.

Was ich draußen vermißt hatte, kam mir im Lager zugute. Im Waisenhaus hatte ich sehr früh gelernt, für mich allein zu sorgen. Meine Mutter war frühzeitig verstorben, zu meinem Vater habe ich nie eine Beziehung gefunden. Eine Liebesbeziehung mit einem Mann über mehrere Jahre war ich nicht eingegangen. Ich gehörte zu denen, die sich ungebunden wohler fühlten.

Ich hatte keine starken gefühlsmäßigen Bindungen nach draußen, ich konzentrierte mich voll aufs Überleben. Diejenigen, die ihren Freund draußen zurückgelassen hatten, erfuhren selten, was ihm geschehen war. Woher sollten sie die Informationen kriegen? Die Eltern hatten ja oft erst nach der Einweisung ins Konzentrationslager vom Doppelleben ihres Kindes erfahren. Wie sollte ein Häftling seine Mutter zu Nachforschungen nach einem Menschen veranlassen, den sie überhaupt nicht kannte und der möglicherweise in einem anderen Konzentrationslager saß?

Ich bin Häftlingen begegnet, die keinerlei Hinweis auf das Leben ihres Freundes hatten und kein Lebenszeichen von ihren Eltern, weil sie sich demonstrativ von ihrem Sprößling losgesagt hatten, als sie den Grund seiner Einweisung ins Konzentrationslager erfuhren.

In Sachen Familie mußte ich 1943 zum Kommandanten. Ich meldete mich ordnungsgemäß, nichts Gutes ahnend, worauf er mich anbellte: Dein Alter ist eingegangen, raus! Beim Raustreten hat er mir noch hinterhergebrüllt: Wenn du einen Brief schreiben willst, laß dir einen in der Schreibstube geben! An wen hätte ich schreiben sollen?

Mag sein, daß einem, der eine normale Haft absitzt, die Angehörigen das Durchhalten erleichtern. Unter unseren Umständen war das nicht der Fall. Wer fünf Jahre hier verbracht hatte, und kein Ende sah, der war gut beraten, seine Kräfte für den nächsten Tag zu sammeln und nicht für Träume zu verschwenden, die außerhalb der Lagerrealität lagen.

Als Sachsenhausen errichtet war, kam ich dorthin. In den Hundertfünfundsiebziger-Block. Sachsenhausen war grausam. Da sind viele von uns nicht durchgekommen. Neben uns lag die Strafkolonie. Die und wir mußten in den Ton. »Todesgrube« hieß die Tongrube. Regnete es, bekamst du die Schippe nicht mehr hoch. Aber die Loren für das Klinkerwerk mußten ständig voll sein.

Wir haben immer und überall, in jedem Lager, die schwerste und mistigste Arbeit machen müssen. Uns haben sie ständig Maß genommen.

Die Intellektuellen sind zuerst kaputtgegangen. Vom Kaffeehaus ins KZ, das haben die meisten von ihnen nicht verkraftet. Körperliche Arbeit und Entbehrungen waren sie von draußen nicht gewohnt. Mieses Fressen kannten sie auch nicht. Dieser überfeine, nervige Typ nun hier, mitten im dicksten Dreck.

Bei den Kapos waren sie ständig Mode. Die Kapos konnten sich gar nicht genug einfallen lassen, um diesen »schwulen Klugscheißern« zu beweisen, daß sie noch dußliger waren als das dußligste Weib. Hatten sich einige von der Wachmannschaft einen angesoffen und wollten sich wieder mal richtig scheckig lachen, bestellten sie sich so einen »feinen Pinkel« in ihr Dienstzimmer oder schauten mal kurz bei uns vorbei. Einer von den harmlosesten Scherzen war der Nageltest. Der Auserwählte durfte vor versammelter Mannschaft einen Nagel in die Wand hauen. Weiter nichts.

Das Opfer durfte vortreten, bekam einen Hammer und einen Nagel in die Hand gedrückt und mußte seinen erlernten Beruf hersagen. Nun kam Bewegung in die Veranstalter. Wie viele Hammerschläge waren anzusetzen? Wurde einem Friseur ohne Diskussion die maximale Höchstschlagzahl, 7 Hammerschläge, zugestanden, gab es beispielsweise bei einem Apotheker Für und Wider über die Anzahl. Wie viele Hammerschläge standen einem Apotheker nun zu? Drei, vier, fünf?

Derjenige von der Wachmannschaft, der vorher beim Knobeln in der Kneipe verloren hatte und nun auf das Opfer setzen mußte, verlangte mit dem Hinweis auf das Weibische am Apothekerberuf sechs Schläge. Der Rest der Mannschaft protestierte laut. Höchstens fünf, so weibisch sei dieser Beruf nun auch nicht. Der Verlierer beim Knobeln herrschte den Häftling an: Jacke ausziehen, Bizeps zeigen! In das dröhnende Lachen hinein, wurden großzügig sechs Schläge akzeptiert.

Natürlich gelang es selten, den Nagel ordentlich in die Wand zu kriegen. Vor lauter Angst und Schlottern kam man gar nicht dazu, ihn vernünftig anzusetzen. Einer, der schon unter normalen Umständen keinen Nagel gerade in die Wand bekommt, wird da zur Nummer. Unberechenbar wie die Schinder waren, konnte so eine Einlage für den Häftling das »Aus« bedeuten.

Einmal mußte ich ran. Ich hatte zwar keinen Beruf, aber einen Nagel in die Wand hauen, das konnte ich. Ich drosch ihn rein, drei Schläge, so schnell wie keiner zuvor. Eisige Stille, bis der losprustete, der auf mich gesetzt hatte. War ich zu schnell, hatte ich sie mit meiner Geschicklichkeit provoziert? Mein Prinzip, immer unauffällig, hatte ich das verletzt? Es ging noch einmal gut ab.

Mittelgroß, mit einem Durchschnittsgesicht, war ich bis dahin in der Mitte der Kolonne marschiert. Warst du an der Spitze und bist gestürzt, kamst du nie wieder auf die Beine. Hinten haben sie dir in den Arsch getreten. Am besten aufgehoben war man in der Mitte. So habe ich überlebt.

# II

# Guten Morgen, Berlin

Detlev Meyer

# Gift

*Mein erster Soldat*

Unser erster Soldat hieß Ian. Wir bekamen ihn zu Weihnachten. Vom Berliner Senat und den Alliierten Streitkräften war eine Aktion ins Leben gerufen worden, die unter dem Motto stand: »Wir laden unsere Freunde ein«. An den Festtagen sollten sich die Berliner bei Franzosen, Briten und Amerikanern mit Einladungen zu Weihnachtsstollen und Gänsebraten bedanken.

Trunk- und streitsüchtige Rabauken werden nicht in die Familien geschickt, ließ man zwischen den Zeilen verlauten. Die auserkorenen Vertreter der Schutzmächte seien wohlerzogene, an der Völkerfreundschaft interessierte junge Menschen, die nicht nur auf der alljährlichen Truppenparade, sondern auch bei Tisch eine gute Figur zu machen verstünden.

Wir waren begeistert. Vater, ehedem einer der feschesten Leutnants diesseits des Urals, war neugierig, auf die Söhne seiner Bezwinger zu treffen. Mutter erhoffte sich eine Auffrischung und Aktualisierung ihres damenhaften Englischs. Ich wollte in der Schule mit unserem Gast angeben, und Martin, mein zweitältester Bruder, sah sich in Gedanken schon einen florierenden Kleinhandel mit zollfreien amerikanischen Zigaretten und schottischem Whisky aufziehen. Harald, der Älteste, der mit seinen zwanzig Jahren fließend englisch und französisch sprach, Harald, der geborene Diplomat, pries einerseits den erzieherischen Gewinn für seine jüngeren Brüder und verwies andererseits auf die Stärkung des europäischen Gedankens. Er war es auch, der meine Eltern davon überzeugte, keinen Ami einzuladen, was Martin und ich total schick gefunden hätten, sondern einen Engländer – wegen der höheren Sprachkultur dieses Volkes.

Großmütig hatte er auch mir eine gewisse Begabung zugestanden, die mein Englisch englisch klingen lasse. Das wollte er vor texanischen oder New Yorker Einfärbungen geschützt wissen. Also bekamen wir zu Weihnachten einen britischen Soldaten.

Pünktlich um drei stand der am zweiten Feiertag vor der Tür, ein langer, spindeldürrer Zwanzigjähriger, der zutiefst errötete, als wir ihn hereinbaten. Zu einem herzlichen Händeschütteln wollte es anfangs nicht kommen, weil Ian beladen war mit Geschenken. Martins Augen funkelten begierig. Eine Flasche kann man verpacken, wie man will, immer ist sie als eine solche zu erkennen. Das gilt auch für eine Stange Zigaretten. Martin mochte Ian auf Anhieb. Mutter war gerührt über die Schüchternheit, mit der ihr Ian einen Blumenstrauß überreichte. Vater, der noch im Jahre 1965 ein Jackett Rock nannte, schien etwas enttäuscht von Ians zivilem Aufzug. Ich, ein zierlicher Elfjähriger, freute mich sehr, daß der Soldat kein breiteres Kreuz hatte als ich, jedenfalls nicht wesentlich. Harald glühte vor Aufregung. Einem jeden von uns hatte er zwei, drei Sätze zugeteilt für die Begrüßungszeremonie. Vater sagte aber nur ganz leise: »Very nice!«, und das waren, bis auf »Cheers«, die einzigen englischen Worte, die er an diesem Tag hören ließ. Eigentlich hätte er als Herr des Hauses sagen sollen: »Young man, it is a pleasure to welcome you in our house«. Er hatte sich aber strikt geweigert, das auswendig zu lernen; er sei schließlich kein Papagei.

Mutter war verstimmt: »Georg, es ist eine Schande, wie du dein Englisch vernachlässigt hast!« Spitz entgegnete Vater: »Während du im Lyzeum Vokabeln gelernt hast, sind mir vor Woronesch die Kugeln um die Ohren geflogen. Ich bin untröstlich, daß mir der Zweite Weltkrieg so wenig Zeit ließ für fremdsprachliche Studien.«

Mutter war instruiert worden, sich bei der Entgegennahme eventueller Geschenke mit »You shouldn't have …« zu bedanken, was die englische Kurzform von »Das war aber wirklich nicht nötig« sei. Man könne das selbstverständlich eleganter formulieren, erläuterte Harald, für ein informelles Treffen reiche diese Floskel aber durchaus.

Der Text von Martin und mir lautete: »My name is (Einsetzen des jeweiligen Vornamens). Nice to meet you.« Das klappte auch ganz gut, während sich Mutter ihres »You shouldn't have ...« leider nicht erinnern konnte. Sie überraschte uns aber dafür mit einem schrillen Schrei des Entzückens. »Oh, the flowers!« rief sie wie im Glückstaumel und preßte sekundenlang ihr Gesicht in die Blumen. Man hätte meinen können, sie wäre nach langjähriger Verbannung im nordischen Packeis endlich wieder etwas farbig Blühendem begegnet. Vater, der sonst das theatralische Gebaren seiner Frau mit mildem Spott bedachte, ergriff die Gelegenheit, noch einmal: »Very nice!« zu sagen, schön laut und deutlich. Zur Ehrenrettung unserer Familie glaubte Harald eine Ergänzung schuldig zu sein. Folgenden Satz drechselte er: »And beautiful they are, indeed!«

Irritiert schaute der britische Soldat auf die aufgeregt parlierende deutsche Familie. Wieder errötete er.

Martin und ich brachen in schallendes Gelächter aus, auch den Eltern erschloß sich die Komik der Situation. Nur Harald schaute etwas indigniert drein, ließ sich aber von der schönen, schrägen Stimmung anstecken.

Das Eis war gebrochen. Ian wurde ein Freund der Familie. Er verbrachte die meisten seiner dienstfreien Sonntage bei uns. Selten kam er mit leeren Händen, obwohl Mutter, die ihn als vierten Sohn adoptiert hatte, ihm das immer wieder verbot. »Ian«, tadelte sie, »always gifts, gifts, gifts!«

Martin und ich mochten ihm seine Großzügigkeit nicht vorwerfen. Ich hatte bald eine eindrucksvolle Sammlung von Enid-Blyton-Bänden; Martin kam durch den Verkauf von Whisky und Dunhill-Zigaretten zu einigem Wohlstand, und Harald, neuerdings Mitglied der Deutsch-Britischen Gesellschaft, zog sich nach dem Kaffeetrinken zurück mit der Sonntagsausgabe der »Times«, die er, lieber noch als in seinem Zimmer, gern in Bus und U-Bahn aufschlug.

Er verbot uns auch die Benutzung von Teefix-Beuteln und

erstand, von seinem Taschengeld, im KaDeWe Teekanne, Teenetz, Teeblätter und, als Zugabe, englische Orangenkonfitüre, die, wie Vater mäkelte, nach Seife schmeckte. Vater und Ian verstanden sich, auf einer sprachfernen Ebene, bestens. Gemeinsam verfolgten sie die Bundesligaspiele, verglichen Tabellenplätze und Torverhältnisse und drückten Kaiserslautern und Manchester United einträchtig die Daumen. Ian sagte auch nicht mehr »Sir« zu meinem Vater, sondern »Chef«. Das hatte er Martin abgelauscht, der meinen Vater gern mit: »Chef, wann gibt's denn mal wieder 'ne Lohnerhöhung?« nervte. Der Chef und der Rekrut saßen auf dem Sofa und erläuterten einander taktische Finessen und Fehler. »Die Internationale der Fußballfans kommt offensichtlich ohne Übersetzer aus«, stellte Harald säuerlich fest, der mit Ian lieber über Mentalitätsunterschiede zwischen den Völkern diskutiert hätte.

Martin ließ sich nur noch Marty nennen, und wer ihm dies verweigerte, wurde mit Alkohol- und Nikotinentzug bestraft. Mutter redete sich den mageren, ungelenken, fahlhäutigen, dünnhaarigen Ian schön. Ein großer, schlanker Mensch sei das, von einer vornehmen Zurückhaltung, wie man sie nur in England kenne, berichtete sie ihren Freundinnen, die alle neidisch waren auf Mutters schmucken Soldaten. Ich versteckte ihn vor meinen Freunden, denn ehrlich gesagt sah er aus wie eine Vogelscheuche. So war er auch gekleidet, obwohl er von Mal zu Mal schicker daherkam. Mutter hatte nämlich Haralds und Vaters Kleiderschränke durchforstet und das eine oder andere Stück für entbehrlich erklärt. Natürlich war ihm alles zu weit, Mutter meinte aber, da werde er noch reinwachsen. »Was dieser brave Soldat an einem einzigen Sonntag in sich hineinschaufeln muß, würde für ein ganzes Bataillon reichen und obendrein für Care-Pakete in den Osten«, pflegte Vater die Abfütterung zu kommentieren.

Einmal gab es wegen Ian schweren Ärger. Herr Scholl, Martins Klassenlehrer, bestellte Mutter in die Schule. Er sei, sagte er, gewiß ein toleranter Mensch und glaube von sich sagen zu dürfen, seinen Schülern mit Verständnis und Nachsicht zu begegnen, daß aber in einer 10. Klasse mit Tullamore Dew gehandelt werde, könne er nicht dulden. Wie Martin denn an solch teuren Whisky komme, wollte er wissen. Nun, antwortete Mutter mit großer Allüre, die Familie habe enge Beziehungen zur britischen Armee geknüpft. Das sei lobenswert, meinte Scholl, und Martins Englisch sei spürbar besser geworden, er müsse aber darauf bestehen, daß diese bilaterale Verbindung nicht geltendes Schulrecht verletze.

Als Ian am nächsten Sonntag Mutter begrüßen wollte, sagte die streng: »No, Ian! Today you are not my friend!« Ian wurde kreidebleich: Der Spirituosenhandel war aufgeflogen. Wie eine Tragödin des Burgtheaters riß Mutter die Arme in die Höh' und rief: »Whisky, Whisky, Whisky!« Da sie mit Ian in äußerst knappen Sätzen kommunizierte, Verben wurden meistens ausgespart, liebte sie es, die sinntragenden Wörter mehrmals zu wiederholen, wobei ihre Stimme anschwoll.

Zu unser aller Überraschung folgte das berühmte »You shouldn't have ...!«, was bei dieser Gelegenheit keineswegs mit einem artigen »Das war aber wirklich nicht nötig!« zu übersetzen war. Ian, unser Bollwerk gegen die kommunistische Bedrohung, bekam feuchte Augen, die sich hinter dem Nasenrücken zu verstecken suchten, anders gesagt: Ian schielte zum Gotterbarmen, und ein leichtes Zittern lief über seinen mageren Körper. Gleich heult er, stellte ich mit Interesse fest, hätte mich aber auch nicht gewundert, wenn er in unserem Flur ohnmächtig zusammengebrochen wäre.

Auch Mutters Augen füllten sich mit Tränen. »Nun schaut euch dieses Häufchen Elend an!« sagte sie und zog Ian mit einer heftigen Bewegung an ihren Busen. Sie tätschelte und küßte ihn und flüsterte: »Es ist alles wieder gut!« Ian weinte bitterlich. Komisch, dachte ich, das ist überhaupt nicht peinlich. Ian schluchzte, und dafür liebten wir ihn, und nicht länger war er ein *Freund* der Familie, sondern Familie! Nun gut, Vater ließ Tage später die Bemerkung fallen, mit Helden wie unserem Ian habe der Tommy, so nannte er die Engländer, schwerlich den Zweiten Weltkrieg gewinnen können. Mutter war empört: Ein ganz tapferer Junge sei das! Keine einundzwanzig und schon mutterseelenallein in der Fremde: »Den nimmt niemand abends in den Arm und sagt: ›Schlaf gut, mein Junge.‹ Der hört nur orders, orders, orders!« – »Inge«, sagte Vater, »du bist ein richtiges Muttertier.« Stumm nickten seine anglisierten Söhne mit den Köpfen. That she was, indeed.

Unser zweiter Soldat hieß Tom. Den bekamen wir zu Ostern. Er wurde uns am ersten Feiertag von Ian beschert. Die österliche Tafel war zwar nur für sechs Personen gedeckt, schnell aber wurde ein siebter Stuhl herbeigeschafft, ein siebtes Gedeck aufgelegt. Tom habe überraschend frei bekommen, entschuldigte sich Ian für seine Eigenmächtigkeit, da habe er ihn einfach mitbringen müssen. Das passiere nicht wieder, aber der Kamerad – übrigens kein Landsmann, da Schotte – wolle schon seit Ewigkeiten diese wunderbare deutsche Familie kennenlernen. Ob ihm der Chef nun böse sei? Und Mutter fragte er, logischerweise errötend: »Still friends?«

Diesmal machten ihn Mutters Wangenküsse lächeln. Gott sei Dank flennt der nicht wieder, dachte ich.

Es gab natürlich Geschenke: Gin für Vater, der harte Sachen weder mochte noch vertrug; Zigaretten für Martin, den nikotinsüchtigen Sechzehnjährigen; eine wackersteinschwere Churchill-Biographie für den bildungshungrigen Harald und für mich einen prächtigen Bildband »Britain Today«.

Mutter durfte ihr Gesicht wieder genießerisch in einen riesigen Blumenstrauß drücken; sie monierte aber – scherzhaft –, daß man diesem Bengel, gemeint war Ian, sagen könne, was man wolle, der höre einfach nicht. Immer diese gifts! Ian bat zu bedenken, daß Ostern sei, und da beschenke man sich halt in England seit Menschengedenken. Haralds zweifelndem Blick entnahm ich, daß sich dieser Brauch auf dem Kontinent offensichtlich noch nicht herumgesprochen hatte. Mir war es gleich, ich konnte ein weiteres Buch auf mein Regal für englischsprachige Literatur stellen.

Mutter bot ein Glas Sekt an. Vater sagte: »Cheers!« Tom antwortete: »Froulicke Ostern, Chef!«, Mutter bedachte er mit einer anmutigen Verbeugung. Wohlgefällig ruhten Vaters Augen auf dem jungen Schotten: »Was für ein hübscher Kerl!« Mutter musterte unseren Neuzugang aus den Augenwinkeln: »Vor dem muß sich jedes Mädchen in acht nehmen. Das ist ein Casanova, wie er im Buche steht. Wie gut, daß wir keine Töchter haben! Die würde ich vor Tom wegschließen.«

Ein hübscher Kerl war der einundzwanzigjährige Tom in der Tat: mittelgroß, kräftiger Körperbau; muskulöser Oberkörper, von Hemd und Jackett nur unzureichend verborgen. Schwarze Locken, die er mit Pomade zu bändigen versucht hatte, fielen ihm in die Stirn; seine strahlend blauen Augen waren umrahmt von dichten, langen Wimpern. Ein bläulicher Bartschatten lag auf seinen Wangen, am besten aber gefiel mir sein ausgeprägter Kehlkopf, um den ich ihn sehr beneidete. So möchte ich später einmal aussehen, dachte ich. Beim Kaffeetrinken saß ich neben Tom und sog seinen Geruch ein, ein Gemisch aus Haarcreme, Rasierwasser und frischem Schweiß. So schön roch es sonst nur beim Friseur oder im Badezimmer nach dem Duschen.

Tom sprach recht gut Deutsch, was die Familie mit großer Erleichterung zur Kenntnis nahm. Harald sah sich zwar seiner Sonderstellung entkleidet, fand dafür aber Zeit, mit Ian ungestört über die deutsch-englischen Beziehungen zu diskutieren.

In dem Glanz, der von dem Schotten ausstrahlte, blühte unser mickriger Brite auf, und wir sahen ihm den Stolz an, uns ein solches Prachtexemplar von Mann als Freund präsentieren zu dürfen. Alles drehte sich um Tom, aber es war nicht so, daß er sich unfein in den Mittelpunkt gedrängt hätte; er war vielmehr von uns, quasi auf den Händen, dorthin getragen worden. Von Vater, der in ihm die soldatische Ehre wiederhergestellt sah; von Mutter, der nicht ein zweiter scheuer Ziehsohn an den Tisch gesetzt worden war, sondern ein Charmeur von hohen Graden, der vor unser aller Augen heftig mit ihr flirtete. Martin stufte ihn als äußerst vorzeigbar ein. Im Gegensatz zu Ian vertreibt der nicht die Bräute, der zieht sie an, vermutete mein Bruder. Dem ernsthaften Harald gefiel, daß sein Dolmetscherkonkurrent eine namhafte Public School und Sprachkurse des Goethe-Instituts in Edinburgh besucht hatte. Im übrigen konnte Tom auf einen Onkel verweisen, der im

Foreign Office arbeitete. Meine Mutter drückte es so aus: »Tom kommt aus einem guten Stall!«

Ich hatte mich in ihn verliebt, was man nicht übersehen konnte. Aber da ich ein unschuldiger Elfjähriger war, der noch im sexuellen Niemandsland lebte, versetzte das meine Eltern nicht in Sorge. Vater sagte nur mit einem nachdenklichen Blick auf mich: »Nicht nur die Töchter muß man vor diesem Tom wegschließen.« Alles drehte sich um Tom, ich fühlte mich übersehen und schmählich vernachlässigt. Ich bekam schlechte Laune und beschloß, Tom doof zu finden. Das ist ein richtiger Angeber, befand ich, und wenn er deutsch spricht, macht er ganz viele Fehler. Mißmutig rührte ich in meinem Kakao. Ich hatte große Lust, die Tasse umzustoßen und Tischdecke und Osterdekoration zu bekleckern. Dann gucken alle mich an, dachte ich, und nicht den doofen Tom. Ian war mein Freund, und mehr Soldaten wollte ich überhaupt nicht kennen. Die sollen gefälligst in ihrer Kaserne bleiben und Whisky trinken, bis sie umfallen.

Und da passierte es: Tom, der erstaunlich gestenreich sprach, fegte mit der linken Hand ein Stück Torte und zwei, drei Ostereier vom Tisch. Der Kuchen landete in meinem Schoß, die Eier rollten unter den Tisch.

Tom erstarrte, Ian wurde puterrot. Martin kicherte, Vater räusperte sich, und Mutter bekam ihren stoischen Blick; sie hatte das Malheur kommen sehen. Harald lief zu großer Form auf und sagte: »My dear Tom, nothing to worry about!« Tom klaubte mir den Kuchen von der Hose und rieb sie mit seiner Serviette sauber. Höre nie damit auf, dachte ich. Ganz fest drückte ich mein Knie gegen seinen Oberschenkel. Der Druck wurde erwidert. Ich rutschte dann unter den Tisch, um die Ostereier aufzulesen. Mein Blick fiel auf Toms Schritt. Das sieht aus wie ein Tennisball, dachte ich. Wie sich das wohl anfühlt?

Mutter gestattete den Soldaten, sich ihrer Jacketts zu entledigen, Vater signalisierte pantomimisch, den obersten Hemdenknopf zu öffnen. Martin äffte den Potsdamer Casinoton nach: »Stehen Sie bequem, meine Herren!« Die Soldaten salutierten und banden die Krawatten ab. Das kleine Ungeschick zog also eine Lockerung der Kleidervorschriften nach sich, und nun wurde es richtig familiär.

Mittlerweile war es fünf Uhr, die Stunde der Cocktails, wie Harald erklärte. Gern hätte er Gin Tonic aufgefahren, aber im Kühlschrank fand er nur Cola und Selters vor. Vater meinte weitläufig, daß unsere englischen Freunde sicherlich nichts gegen einen französischen Cognac einzuwenden hätten. Er stellte eine Flasche Remy Martin auf den Tisch, die seit drei Jahren in einem Hängeschränkchen vor sich hin staubte. Martin holte eilfertig die Gläser, um sicherzustellen, daß auch er in den Genuß dieses edlen Tropfens kommen würde. Ich ging natürlich leer aus, durfte aber an Toms Glas schnüffeln. »Smells good?« fragte er zwinkernd. »Smells not good!« sagte ich angewidert. Alle lachten mir zu, und ich dachte, eigentlich sind zwei Soldaten besser als einer. Tom hob sein Glas, und wieder sagte er nicht »Cheers« oder »Prost«, sondern »Froulicke Ostern, Chef!«, und wieder verbeugte er sich anmutig vor der Dame des Hauses. Um dem Mauerblümchen Ian eine Freude zu machen, rief Vater: »Auf Manchester United!« Die unterschiedlichsten Fußballvereine ließ man in den nächsten zwei Stunden hochleben, natürlich auch die deutsch-englische Freundschaft und den Weltfrieden. Zur Abendbrotzeit waren die Soldaten und Martin ziemlich betrunken. Vater, der rechtzeitig auf Bier umgestiegen war, hatte einen leichten Schwips, von dem Martin profitierte. Sein Alkoholkonsum wurde schlichtweg übersehen. Mutter und ich verschwanden in der Küche, um das Essen aufzutragen. Es gab kalten Braten, Kartoffelsalat, eingelegte Gurken und als Dessert Erdbeeren in süßer Sahne. Festlich fand Harald das Menü nicht, es war eher praktisch gedacht. Mutter wollte schließlich auch etwas von den Soldaten haben und nicht stundenlang in der Küche stehen. Alkoholische Getränke wurden aus gegebenem Anlaß nicht serviert; die Männer hatten die Wahl zwischen Mineralwasser, Fanta und Apfelsprudel.

Als wir mit unseren Schüsseln das Wohnzimmer betraten, lagen Martin und Tom keuchend auf dem Boden. Sie hatten einen Liegestützwettbewerb veranstaltet, dessen Sieger mein starker Freund Tom war. Er hatte fünfzig Push-ups geschafft, Martin nur siebenunddreißig.

»Siehst du, mein Junge«, sagte Mutter nicht ohne Schadenfreude, »das kommt davon. Sportler trinken nicht!«

Die Kämpfer rappelten sich hoch und zogen – auf Mutters Bitte hin – wieder ihre Oberhemden an. Das fand ich sehr schade. Tom trug nämlich ein weit ausgeschnittenes Unterhemd, das Bizeps und Brustbehaarung freilegte. Er schwitzte stark, gern hätte ich ihn abgetrocknet. Überall! Martin und Tom gingen ins Bad – zusammen! Ich brannte vor Eifersucht und suchte einen Grund, ihnen zu folgen. »Die dürfen aber nicht meine Seife benutzen«, sagte ich entschlossen. »Das wirst du nicht tun!« sagte Vater. »Du versäumst schon nichts«, lächelte er. »Deinen Tom nimmt dir niemand weg.«

Mein Tom, dachte ich bitter, schön wär's! Gar nichts hatte ich von dem. Der denkt doch, ich bin ein dummer kleiner Junge, der sich bei den Englischaufsätzen helfen läßt. Vorhin in der Küche hatte ich heimlich den Rand seiner Kaffeetasse abgeleckt, aber wie ein richtiger Kuß war das nicht.

Das Abendbrot verlief ohne Zwischenfälle, ich strafte Tom mit Nichtbeachtung. Martin, der etwas blaß um die Nase war, zeigte leichte Schwierigkeiten, mit Messer und Gabel zu hantieren. Einmal wäre ihm fast das Kasseler vom Teller gerutscht. Bereitwillig befolgte er Mutters Rat, sich nach dem Essen hinzulegen. »Trinken wie die Großen«, sagte sie gutmütig, »und vertragen wie die Kleinen. Nun schlaf erst einmal deinen Rausch aus, mein Junge.«

»Hat der Bengel wirklich so viel getrunken?« fragte Vater kleinlaut. »Das kannst du im Mülleimer nachprüfen«, sagte Mutter spitz. »Da findest du eine leere Flasche Cognac.«

»Still friends?« fragte Ian zaghaft. Tom, ein schamloser Schmeichler, nannte Mutter die beste Köchin der Welt und schwor bei Gott, einen derart leckeren Kartoffelsalat in seinem ganzen Leben noch nicht gegessen zu haben. Harald versuchte sich in britischer Ironie: »You can have the recipe, my dear Tom«. Vater ließ sich das übersetzen. Unwirsch meinte er zu seinem Ältesten: »Es ist nicht üblich, Soldaten Rezepte anzubieten!« Ian, das dumme Schaf, konnte leider die Bemerkung nicht unterdrücken, daß er gern und gut koche. Das habe ihm seine Mom beigebracht. Diese Seite seines Fußballfreundes wollte Vater eigentlich nicht kennenlernen. Deshalb versuchte er – vergebens –, das Thema zu wechseln. Niemand folgte seinem Blick aus dem Fenster, niemand reagierte auf seine Feststellung, der Abend sei so ungewöhnlich mild für die Jahreszeit. Am Tisch triumphierte das Muttertier, das Tom drängte, von seiner Familie zu erzählen. Die Stimmung wurde rührselig, der junge Held des schottischen Hochlands schien nämlich seine Mom ganz entsetzlich zu vermissen. Mit gesenktem Blick flüsterte das Muskelpaket Tom: »She is such a sweet woman. I call her my little lady.« – »Isn't that just lovely!« sagte Harald. Vater studierte intensiv das Etikett der Fantaflasche. »Rekruten und Schnaps, das geht nicht gut«, sagte er leise zu Harald.

Um zehn wurde ich ins Bett geschickt; vorher durfte ich aber noch Ian und Tom mein Englischheft zeigen und den Text des Liedes »Old McDonald has a farm …« vortragen. Singen konnte ich nicht besonders, ich las jedoch sehr schön. Die Soldaten waren begeistert; laut und lang applaudierten sie und überschütteten mich mit Lobeshymnen. »I told you«, sagte Ian mit dem Stolz des älteren Bruders, »he is a litte genius!« Tom nahm mich in die Arme und sagte: »What a brill' boy!«

»What is a brill' boy?« wollte Harald wissen. Auch Mutter freute sich auf die Übersetzung. Bevor Tom antworten konnte, sagte Vater beiläufig: »Brill ist wahrscheinlich die Abkürzung für brillant.« Er sprach das Wort deutsch aus, die Soldaten verstanden ihn aber. »Chef«, sagte Tom, »du bist auch ein Genius.« Mutter warf einen verliebten Blick auf ihren Mann. »Georg, das war wunderbar. Alle Achtung!« Den Haupttreffer zu landen blieb mir vorbehalten. Ich sagte: »So, und jetzt geht Brille ins Bett, good night!«

Im Bett denke ich mir schöne Geschichten aus: Omas Prophezeiung tritt ein, die Russen kommen. Mit ihren Panzern walzen sie die Mauer nieder, verschleppen alle Männer zwischen 18 und 68 nach Sibirien in die Steinbrüche, vergewaltigen die Mädchen und Frauen und klauen mir die Armbanduhr, die ich von Opa geerbt habe. Ich schlage mich nachts durch zu Toms Kaserne, in der sich die Briten heldenhaft gegen die roten Horden verteidigen. Tom läßt mir eine schicke Ausgehuniform anfertigen – Papa hatte in Rußland auch einen Schneider –, und ich werde eingewiesen in die Handhabung von Maschinengewehr und Panzerfaust. Die einfachen Soldaten müssen mich mit »Sir« anreden. In einem Superpanzer, an dem jede Kugel abprallt, kämpfen wir uns ins gegnerische Hauptquartier vor, erschießen die Generäle und befreien die braven einfachen Rekruten aus kommunistischer Knechtschaft. Gemeinsam erobern wir Pankow, verurteilen die Ulbricht-Clique zum Tode, lassen das Urteil vollstrecken und nehmen anschließend auf dem Balkon des Rathauses Schöneberg die Siegesparade ab. Ich werde zum jüngsten Major der Welt befördert. Papa, der nur Leutnant war, muß vor mir salutieren, Mama darf mich nicht mehr öffentlich küssen. Auf der anschließenden Party knöpfe ich dem betrunkenen Tom das Hemd auf und berühre seine schwarzen Haare. Vielleicht ziehe ich ihn auch ganz aus, das hängt davon ab, wieviel er getrunken hat.

Oder die Geschichte hat überhaupt kein Happy-End. Nach der Ermordung des Spitzbartes und der anderen Marionetten Moskaus – ich hörte damals leidenschaftlich gern die RIAS-Sendung »Aus der Zone – für die Zone« – wird gezielt auf mich geschossen. Tom reißt mich zu Boden, um mich mit seinem Körper zu schützen. Im Kugelhagel verblutend, flüstert er mir ins Ohr: »I love you.« Wir küssen uns, ich weine kurz, erhebe mich aber todesmutig, um meinen Freund zu rächen und meine Heimatstadt zu befreien. Politisch geht die Sache gut aus; in dieser Version meiner Geschichte muß sich Berlin mit nur einem Helden begnügen, was ich ganz okay finde.

Ich schlafe ein und spüre im Traum Toms Gewicht auf meiner Brust. Er steckt mir seine Zunge in den Mund. Ich habe Angst zu ersticken. Nach Atem ringend erwache ich, ich setze mich im Bett auf. Ich beschließe, Tom aus dem Weg zu gehen.

Der will mir weh tun, denke ich, das ist vielleicht ein ganz gemeiner Kinderschänder, der von Scotland Yard gesucht wird.

»I love you«, flüstere ich in die Dunkelheit. »I love you, Tom.« Ich weine, und ich bin kein kleiner Junge mehr. Die werden sich noch alle wundern, sage ich laut. Gemeint sind alle Erwachsenen dieser Erde – und meine Brüder.

Ich muß aufs Klo. Auf dem Flur treffe ich Tom, der sich vor dem Spiegel kämmt. »Hi«, sagt er leise. Ich schaue ihm in die Augen und werde rot. »You like me«, sagt er. »Right?«

Er streicht mir übers Haar; gern würde ich mich von ihm kämmen lassen. Ihn darum zu bitten traue ich mich nicht. Vielleicht schenkt er mir seinen Kamm. Ich sage: »Gift!« und zeige auf den Kamm. Tom guckt mich fragend an: »Schenken?« – »Ja«, sage ich, »schenken!« – »Okay«, sagt Tom, »aber das ist unser secret.« Ich verstehe, was er meint. Keinem Menschen werde ich von dem Geschenk erzählen. Ich kann ein Geheimnis für mich behalten, so groß bin ich schon.

In meinem Zimmer schaue ich mir den Kamm genau an. Zwischen den Zinken kleben schwarze Haare. Ich versuche, sie in mein helles Haar zu kämmen; wünsche, daß sie festwachsen auf meinem Kopf. Blonde und schwarze Strähnen möchte ich haben, und die Leute sollen sagen: »Schaut nur! Der Junge hat zweierlei Haar, seins und das von Tom, dem Soldaten aus Schottland. Die beiden müssen gute Freunde sein und sich sehr, sehr mögen!«

Ich lege den Kamm in meine Schatztruhe. Im Zimmer riecht es nach Tom.

Ian hat uns noch oft besucht, Tom ließ ein paarmal grüßen.

Napoleon Seyfarth

# Berlin ist wie Zigarettenrauchen

*Von der Sucht, in der Hauptstadt zu leben*

Berlin ist wie Zigarettenrauchen. Bei der ersten Zigarette hustet man noch. Man raucht die zweite. Entweder man hustet immer noch und läßt das Rauchen bleiben, oder man inhaliert und wird abhängig. Ich war seit meinem zwanzigsten Lebensjahr ein starker Raucher. Ich hatte mir das Husten abgewöhnt. Ich wurde gleich abhängig von Berlin.

Es war damals in der guten alten Zeit. Berlin war noch von einer Mauer umgeben, als ich früh am Silvestermorgen 1980 um 6.30 Uhr am Bahnhof Zoo dem Nachtzug aus Mannheim entstieg. Ich inhalierte tief.

Ich war angekommen auf jener Insel der schwulen Glückseligkeit. Auf jenem paradiesischen Eiland in der Mitte eines grauen Meeres, das ein Bollwerk gegen jene Vergangenheit bildete, die sich selbst Bundesrepublik nannte. Die Einheimischen der Insel, und einheimisch fühlte sich jeder, der gerade das rettende Eiland erreicht hatte, verachteten von ihrer Insel aus jenes Festland, dem sie den Namen Westdeutschland gaben.

»Es gibt keine deutsche Stadt«, sagte später mal eine gute Freundin, die hier Asyl vor niedersächsischer Verfolgung gefunden hatte, »die für westdeutsche Mütter so weit entfernt ist wie Berlin.« In dem Sinne lag Berlin weiter entfernt von Flensburg als Flensburg von Berchtesgaden.

Hier war man sicher vor der Vergangenheit. Die alten Bekannten, denen man versprochen hatte, daß man mit ihnen in Kontakt bleiben wolle, verschwanden immer weiter im Nebel des Vergessens. Gegenüber der Verwandtschaft, deren Einladungen zu Geburtstagsfeiern und Hochzeiten den ägyptischen Plagen gleich die heimatlichen Briefkästen heimgesucht hatten, konnte man sich hier mit dem weiten Anfahrtsweg zu den Örtlichkeiten der Familienfestivitäten entschuldigen. Die Verwandtschaft selbst scheute die Passage durch die kommunistisch verseuchte See. Sie hatte Angst vor den Kontrollen beim Ein- und beim Ausschiffen und fürchtete die Piraten der Volkspolizei, die bei Geschwindigkeitsübertretungen von den Passagieren die Beute forderten.

Wer hier, in einer Stadt ohne Zukunft, auf der Flucht vor der Vergangenheit gestrandet war, ging in der Gegenwart auf. Man hatte keine Zeit mehr, sich mit der Vergangenheit zu beschäftigen. Man war zu beschäftigt mit der Gegenwart, um an die Zukunft zu denken. Man lebte intensiver und schneller als in jener zähen, intoleranten Masse, die man früher mal als seine Heimat bezeichnet hatte.

Die Berliner Toleranz ist nur ein Mythos. Die Berliner sind viel zu schlampig und zu faul, um intolerant zu sein. Zur Intoleranz gehört sehr viel Energie – Energie, um Verfolgungsarbeit leisten zu können. Die Schwaben haben diese Energie. Die Berliner haben keine Zeit.

Hermann, der mich am Bahnhof abholte, lehrte mich sofort, daß ich auf der Rolltreppe rechts zu stehen habe, damit die Leute an mir vorbeieilen könnten, um dann eben eine Minute länger auf dem Bahnsteig auf die U-Bahn zu warten.

Es war eben jener Hermann, dessen Leidenschaft für Film und Fernsehen ihn nach Berlin getrieben hatte. Er wohnte zusammen mit der altbekannten Gaby Trunk, die es nach dem Berlin-Kolleg zur Journalistin gebracht hatte, im Wedding in der Pankstraße 79. Hier fand ich meinen ersten Unterschlupf.

Die Wohnung lag im Erdgeschoß. Das erste Zimmer war mit einer Matratze, einem Bücherregal und einem großen Fernseher eingerichtet. Hier wohnte offensichtlich Hermann. Als ich ins nächste Zimmer kam, wurde ich von einer Hausbar optisch und von zwei Papageien akustisch fast erschlagen.

Veritable fünftausend Mark Abstand habe sie dem Vormieter, der offensichtlich ein Faible für das Rustikale gehabt haben mußte, für diese Hausbar zahlen müssen, berichtete Gaby voller Stolz. Und die Papageien seien ganz liebe Tiere, die Lupo und Bonewike hießen. Nur der eine sei ab und zu mal etwas laut, umschrieb Gaby die Tatsache, daß das Vieh in viertelstündlichen Abständen wie am Spieß schrie. Dafür könne der andere ganz lieb *Du bist verrückt, mein Kind* pfeifen. Sie forderte zum Beweis das grüne Monster dazu auf. Lupo schien jedoch in Streikstimmung zu sein.

Mir war das Berliner Zimmer, das als Durchgangszimmer zur Küche diente, als Domizil zugedacht. Es hatte nur ein einziges Fenster, das obendrein zum Hof führte. Es war so dunkel, daß man auch tagsüber das Licht anschalten mußte.

Im Hof selbst waren viele Holzbretter gestapelt. Denn wir wohnten neben einer Sargtischlerei und konnten beim Frühstück mittags den Transporteuren beim Verladen der Särge, die für das nahe Krematorium Wedding bestimmt waren, zuschauen. Das einzig Schöne an der Wohnung war das Bad, das ich sofort benutzte.

Für den Abend war eine Silvesterfete in der *AHA* geplant. *AHA* stand für *Allgemeine Homosexuelle Arbeitsgemeinschaft Berlin* und war, wie Hermann mir erklärte, von Abtrünnigen der *HAW* gegründet worden. *HAW* wiederum stand für *Homosexuelle Aktion Westberlin* und war mir aus der Zeit des Freiburger Tuntenstreits ein Begriff. Aufgrund der Namen schloß ich, daß die *HAW*-Leute sich von den *AHA*-Leuten darin unterschieden, daß die einen arbeiten wollten, während die anderen Aktionen planten.

Als wir die Räume der *AHA* in der Friedrichstraße betraten, standen mehrere Typen an der Bar, die nicht wußten, was sie wollten, aber dies mit aller Entschiedenheit. So sah also die Berliner Schwulenbewegung aus, vor der wir in der Provinz immer so viel Respekt gehabt hatten.

Ich wurde den Versammelten von Hermann vorgestellt. Die Keiler beschnupperten den Frischling. Wir langweilten uns Mitternacht entgegen. Zum Jahreswechsel 1980/81 wurde sehr viel geherzt und geküßt. Für fünf Minuten herrschte allgemeine homosexuelle Eintracht. Diejenigen, die sich im abgelaufenen Jahr mit Niedertracht verfolgt hatten, herzten sich, um dann die zu küssen, die sie als Konkurrenten um den Vorstandsposten betrachteten und denen sie im kommenden Jahr das Messer in den Rücken zu stoßen die Absicht hatten.

Ich knutschte mit einem langen, dürren Psychologiestudenten. Als ich am nächsten Morgen neben ihm in einem Reinickendorfer Bett aufwachte, hatte ich meinen ersten Mißgriff in Berlin getan. Es sollten noch einige folgen.

Tags darauf nahm ich meine Arbeit bei der Berliner Telefonauskunft auf. Die korrekte Postbezeichnung dafür war Fernsprechauskunft. Denn Korrektheit gehört nun mal zu einem Postbediensteten. Das hatte ich schon in Mannheim gelernt, als ich den Postlehrgang absolvierte.

Nach dem Vordiplom pflegte ich während der Semesterferien bei der Auskunft zu jobben. Meine damalige Fähigkeit, mir unwichtige Dinge merken und Unsinniges schnell auswendig lernen zu können, machte mich alsbald zum Liebling von Frau Bräzel, der Lehrgangsleiterin. Ich war der erste, der statt von einer Telefonnummer korrekt von einer Beschalteinheit sprach. Ich kannte den Unterschied zwischen Hauptvermittlungsstellen und Knotenvermittlungsstellen, sprach statt von Telefonzellen von öffentlichen Münzfernsprechstellen. Als einziger hatte ich alle Fernsprechbuchbereiche im Kopf und mußte nicht im *Amtlichen Verzeichnis der Ortsnetzkennzahlen*, kurz *AVON*, wie das Vorwahlnummernbuch bei Postlern heißt, nachschauen.

Frau Bräzel legte mich dem Berliner Fernmeldeamt ans postalische Herz. Da die Telefonauskunft, Pardon Fernsprechauskunft rund um die Uhr besetzt sein mußte, gab es keine geregelten Arbeitszeiten.

Gott sei Dank. Denn geregelte Arbeitszeiten und ein geregeltes Berliner Schwulenleben schließen sich aus wie Feuer und Wasser. So tauschte ich immer mit den dort arbeitenden Hausfrauen, die Frühdienste vorzogen, um mittags den Haushalt versorgen zu können, die Spätdienste ein. Ich beauskunftete von 15 bis 23 Uhr, was mir die Möglichkeit gab, immer bis 13 Uhr schlafen zu können und nach dem Dienst um die Häuser zu ziehen.

Denn vor Mitternacht lohnte es sich in der Berliner Lederszene nicht auszugehen. Man traf dann höchstens einige verirrte Touristen, die an feste Sperrstunden gewohnt waren und schon um 21 Uhr ihr Glück zu suchen trachteten.

Jene verschwindend geringe Minderheit der Subkultur-Schwulen, die einer geregelten Arbeit nachging und früh aufstehen mußte, versuchte entweder, möglichst häufig krank zu feiern, oder sie beherrschte die Vorschlaftechnik. Das heißt, man schlief nach der Arbeit von 16 bis 23 Uhr, frühstückte oder vielmehr spätstückte und zog dann los, um morgens um sieben, direkt aus der Subkultur kommend, den Arbeitsplatz aufzusuchen.

Das Lokal, wo die Bierströme rund um die Uhr zu fließen schienen, war *Andreas Kneipe*. Hier traf sich die Gesamtheit der mir anfangs nur vom Sehen bekannten Berliner Schwulen. Es wurde im Schichtbetrieb gesoffen. Nachmittags saßen diejenigen im *AK*, wie es von Kennern genannt wurde, die hier immer saßen und die hier immer tranken. Sie wankten dann um 18 Uhr nach Hause, um den nachströmenden *KaDeWe*-Verkäufern Platz zu machen, die nach getaner After-Shave-Beratung hier ihr After-Arbeit-Bier tranken. Sie erzählten sich dann gegenseitig die Tragödien, die sie im Laufe des Tages wieder einmal hatten erleben müssen. Gegen 22 Uhr kamen die eigentlichen Nachtschwärmer, um sich und ihre Laune hier aufzuwärmen. Es wurden die ersten Augenblicke und die ersten Lästerlichkeiten ausgetauscht. Man vermied es jedoch peinlich, schon hier den Bund für die Nacht zu schließen, denn man wußte ja nicht, ob im Laufe des Abends oder der Nacht nicht noch was Besseres nachkäme. Nach einigen Bieren verteilten sich dann, in bester Aufrißlaune, die Schwulen in ihren jeweiligen Subsubkulturbereich. Lederjacken zur *Knolle*, weiße Hosen ins *WuWu*, Seidenhemden in den *Vagabund*.

Wie ein ruhender Fels saß inmitten dieser Männerwogen eine alte Frau, die man eher im *Café Kranzler* vermutet hätte. Ria, so hieß die Mutter der hier versammelten Königinnen der Nacht, thronte an einem etwas erhöhten Tisch und erinnerte in ihren meist bleuen Kostümen an die Queenmother. Man erzählte sich, daß sie schon 1948 an gleicher Stelle im Vorgängerlokal gesessen und ihre Biere damals mit Briketts beglichen habe. Ihre Hutmodelle wechselten turnusgemäß, wurden jedoch nie abgelegt, wenn sie täglich von 19 bis 23 Uhr, immer am gleichen Platz, ihren Verzehrdienst leistete. Ohne daß sie sich zu einer Bestellung hätte geruhen müssen, brachte ihr der Kellner das Bier und einen Kübel mit Eiswürfeln. Denn sie pflegte ihr Bier mit Eis zu trinken. So saß sie da, wie sie es schon Dekaden getan hatte, und beobachtete und lauschte. Wieviel Liebesschwüre sie wohl schon gehört hatte, die gebrochen wurden? Wieviel ewige Ehen sie wohl hatte verfolgen können, die dann wieder im Lokal geschieden wurden? Nur ab und zu lieh sie einem der Untertanen das Ohr, wenn er von seinen gerade aktuellen Liebesproblemen sprach, und gewährte ihm die Gunst ihres Ratschlags. Sie war so mit dem Lokal verwachsen, daß der Wirt später, es war kurz vor ihrem Tod, ihren Stammplatz mit dem Schild »Ehrenplatz für unsere Ria« schmückte. Sie sei immer hier, grollte sie irgendwann einmal, weil ihr Mann immer zu Hause vor dem Fernseher einschlafe. Und was solle sie mit einem Mann, der immer schlafe?

Den Neulingen in der Berliner Szene gilt, wenn man nicht gerade aussieht wie Quasimodo, die besondere Fürsorgepflicht der Altvorderen. Sie erteilen einem gute Ratschläge, warnen einen vor den Gefahren des Berliner Lebens und ermahnen einen, nicht unter die Räder zu kommen, in der Hoffnung, am gleichen Abend das erste Rad zu sein. Ich sammelte Räder.

»Auf einem alten Rad lernt man fahren«, lautet ein Pfälzer Sprichwort. Helmut war schon einundvierzig. Mit »alt« bezeichnete ich damals, ich ging ja mit meinen siebenundzwanzig Jahren schon auf die Dreißig zu, wohlweislich erst Männer über Vierzig. Er war schon seit über zwanzig Jahren mit der Berliner Szene vertraut und ich ließ mich von ihm in die schwule Gesellschaft einführen. Er nannte mir die Lokale, in denen nach seiner Meinung etwas geboten wurde und die des Besuches würdig waren. Er sagte mir, ab wann und bis wann in dem betreffenden Lokal etwas los sei und ab wann man das Lokal zu wechseln habe. Er klärte mich über die Reihenfolge auf, in der die Schwulen die Lokale nacheinander abhakten, um den allabendlichen Prinzen zu suchen und manchmal sogar zu finden. Er gab diesem Zug durch die Gemeinde den Namen »Golfstrom«, der ja bekanntlich ein warmer Strom ist.

Er zeigte mir *Elli's Bierbar*. Er hatte mir gesagt, daß dieses Lokal seit den zwanziger Jahren existiere und schon von Marlene Dietrich und Ernst Röhm besucht worden sei. Ob das stimmte, konnte ich nicht beurteilen, als wir das Lokal betraten. Zumindest schien es mir sehr glaubwürdig, daß *Elli's Bierbar* seit 1949 nicht mehr renoviert worden war. Hinter der Theke stand eine alte Frau in Motorradjacke, die mit Sicherheit schon in den zwanziger Jahren aktive Lesbe gewesen war. An einem Tisch links neben dem Eingang saß, völlig unpassend zur sonstigen Einrichtung, eine schmuckbehängte Frau in einem Nerzmantel. Zwei devote Herren boten der ungefähr Sechzigjährigen, deren Versuch, wie Vierzig zu wirken, offensichtlich gescheitert war, Zigaretten an. Sie ließ sich huldvoll Feuer geben. Helmut raunte mir zu, daß es sich bei dieser Dame um die ehemals berühmte Lonny H. handele.

Im Gang zwischen Tresen und Tischen tanzten engumschlungen zwei Frauen. Sie wirkten wie Rentnerinnen, die versucht hatten, sich der damaligen Punkmode anzupassen: Rote Strumpfhosen waren über die Krampfadern gezogen und schauten unter einem lila Rock hervor, über den sich ein grüner Pullover spannte. Die eine von ihnen hielt während des Tanzens eine Plastiktüte mit der Aufschrift *Bolle* fest in der Hand. Ich vermutete in ihr eine Wodkaflasche. Ein Zahnloser erzählte uns am Tisch von seinen Erlebnissen, die er damals, in den sechziger Jahren, erlebt habe. Nach seinem Aussehen zu urteilen war ich sicher, daß er in den sechziger Jahren bereits die Funktion eines zahlenden Freiers gehabt haben mußte und seine Erlebnisse als Stricher wohl eher aus der Zeit der vierziger Jahre herrührten. Nein, das war nicht

Punk. Das war Urpunk. *Elli's Bierbar* war mein erstes Berliner Punklokal.

Das *Buddies* war mein erstes Berliner Lederlokal. Obwohl es ganz anders aussah als die Lederbars, die ich bis dahin kennengelernt hatte. Statt nach Leder roch es nach poliertem Chrom. Alles war sauber und glänzte. Wahrscheinlich hatte der Inhaber sich am Namen der in der Nähe liegenden Düsseldorfer Straße orientiert. Die Düsseldorfer Lederszene ist dafür bekannt, daß in ihr die Ledermonturen sehr sorgfältig gepflegt sind, so daß die Lederkerle in ihnen eher wie verkleidete *Hertie*-Verkäufer wirken. Was sie in der Regel auch sind.

Die Einrichtung des *Buddies* schien mir hauptverantwortlich dafür zu sein, daß das Lokal sich nicht allzu lange als Konkurrenz zur *Knolle* halten konnte. Es war indes nicht die Einrichtung, die mich das *Buddies* jeden Abend besuchen ließ.

Es war der Kellner. Ein kleiner, gutgebauter amerikanischer Schnuckel, der mich mit leuchtend blauen Augen anstrahlte, wenn er in meine Richtung blickte. Ich war unsicher, ob er das tat, weil ich ihm gefiel oder weil er den Umsatz zu steigern versuchte.

Eines Abends wollte ich es wissen. Ich saß an der Bar und wartete, bis alle Gäste, mit Ausnahme eines Schwerstalkoholikers, zur *Knolle* desertiert waren. Bill, so war sein Name, strahlte mich an und fragte mich, nachdem er mein geleertes Bierglas gesehen hatte: »Anything I can do for you?« In diesem Fall hatte ich wirklich nicht für die Schule, sondern fürs Leben gelernt und erinnerte mich, daß Bill auch mit Rechnung übersetzt werden kann. Mit allem Charme, zu dem ich fähig war, antwortete ich: »The Bill, please« und war froh, daß er seinerseits Bill nicht als Rechnung verstand. »You will get it«, versprach er mir, schmiß den Alki raus und schloß die Tür. Und wirklich, ich bekam es. Auf dem Billardtisch, auf dem er mich bumste.

## Dorit Zinn

# Spurensuche

*Eine Mutter entdeckt mit ihrem Sohn die schwule Szene*

Abends sind es nicht Vincent und Alex, die sich schön machen, sondern ich. Ich mache mich schön für die Schwulen, versuche, so flippig und heiß auszusehen, wie es eine Endvierzigerin halt versucht. Trotzdem fühle ich mich wie ein aufgeregtes Mutterhuhn. Ich zeige euch das ›Kumpelnest‹, sagt Alex, eine dufte Kneipe. Da sind auch Hetis, tröstet er, und meistens Leute vom Theater und vom Fernsehen, Heiner Müller war kürzlich auch mal da. Gut, sagen wir, aber vorher gehen wir essen. Vincent und Alex lassen sich gerne einladen. Ins ›Kumpelnest‹ geht man eh erst nach Mitternacht.

Wir Eltern beruhigen unsere nervösen Mägen mit italienischer Küche, trinken hastig, die wirklichen Genießer sind Alex und Vincent. Vincent erzählt aus Südamerika, von seiner Kindheit. Alex berichtet endlich mal über sein Studium. Was, deinen Professor kenne ich ja, der war zu meinen Zeiten schon Assistent! Konrad, der Vater, schwelgt auf einmal in Erinnerungen und Fachwissen. Ich streichle die beiden mit Blicken, vor allem Alex. Warum zieht er sich nur so unmöglich an, piekst es in meinem Mutterherzen. Und da sage ich es schon: Warum mußt du eigentlich so schlampig und so verrückt herumlaufen? Andere Schwule sind doch ganz zivil gekleidet. Ein kurzer, aggressiver Blitz in Alex' Augen, dann großzügige Gelassenheit. Weil ich mich so schön finde! Thema beendet, aus. Konrad, sagt er, neulich im Seminar … Ich fühle mich ausgeschlossen, zum Kotzen elend. Nur Vincent hilft mir.

Ich schaffe es, gutgelaunt ins ›Kumpelnest‹ zu schlüpfen. Denn durch das Gedränge muß man schlüpfen, sich winden, irgendwo Halt fassen. Alex ist bekannt, auch bei den Leuten hinterm Tresen. Im Nu hat er uns mit Bier versorgt. Konrad und ich kleben, so locker es geht, in einer Nische. Neben uns steht ein Jüngling, in schwarzes Leder gehüllt, auf dem Kopf eine schräge Kappe. Alex taxiert ihn kurz, strahlt uns an. Soo viele schöne Jungs hier! Ich nuckele am Bierschaum und sehe mir die Leute an. Es gibt tatsächlich Hetis, junge Pärchen mischen sich mit den Schwulen, mittendrin ein älteres Paar, steif lächelnde Bohnenstangen, die sich eifrig mit einem jungen Mann unterhalten. Guck mal, flüstere ich Konrad ins Ohr, da sind welche wie wir, sicher mit ihrem Sohn, guck doch nur mal, wie verkrampft die sich benehmen. Ich versuche einen tollkühnen Blick in Richtung Lederjüngling. Der schaut melancholisch drüber weg, hinein in den Zigarettendunst. Alex' gackerndes Gelächter dringt aus irgendeiner Ecke des Lokals. Irre Atmosphäre, sage ich zu Konrad. Der nickt. Ganz hübsch hier, nur ein bißchen eng. Ich fixiere wieder das steife Elternpaar. Der Mann schaut zurück, seine Augen werfen Rettungsanker. Da müßt ihr allein durch, denke ich, wir müssen es auch allein schaffen.

Nach dem dritten Bier sind wir todmüde, lehnen den schmerzenden Rücken an die Wand, reiben die tränenden Nichtraucheraugen. Alex versteht unsere zaghaften Winke, bringt uns fröhlich in Vincents Wohnung und Vincent zu Freund und Familie, um dann anschließend – kann ich heut' nacht euer Auto haben? – noch mal abzutauchen ins ›Kumpelnest‹. Mein Rücken, stöhnt Konrad auf dem Matratzenlager, wären wir doch in eine Pension gegangen.

Verspannt wache ich auf. Es ist schon elf Uhr, die Wohnung ist leer, Vincent wohl noch bei seiner Familie, Alex irgendwo, nur die Fische sind da, leise blubbert der Sauerstoff ins Aquarium. Ich setze mich zu den Fischen, atme meine Enttäuschung ans Glas, schön feucht, das Glas beschlägt schnell, ich male die Buchstaben A L E X quer über das Aquarium. In welchem Nest schläft der leichtsinnige Vogel wohl gerade? Was hat er gestern noch gesagt? Schwule leben nachts? Ich ziehe mein Nachthemd lang bis über die Füße. Ob er wohl je ein halbwegs bürgerliches Leben führen wird? Ich rapple mich auf, wecke Konrad. Wir frühstücken mit den Fischen und den Männern auf Henrys Bildern. Es sind kraftvolle erotische Bilder. Über dem Tisch der runde Ober mit seinem rosa Metzgergesicht, die Serviette für einen dunkelhaarigen Knaben bereithaltend, der auf dem Bettrand sitzt … Immer wieder schaue ich zu ihm hoch.

In der U-Bahn. Wir wollen auf Spurensuche gehen. Berlin, das war unser Leben in den sechziger Jahren. Wir jagen von einer Erinnerung zur anderen: Studentendorf, Lichterfelde-West, Spandau. Weißt du noch, weißt du noch? Ja, ja … ich erinnere mich an alles genau. Die Teppichberge des Studenten Ahmad, mit denen er seine Liebste aus Ost-Berlin kaufen wollte, die Liebste, deren Haut nach Vanillepudding roch. Ich erinnere mich an Opa Dickel im Kadettenweg, der dauernd von den festen Brüsten der russischen Frauen erzählte, Brüste, auf denen er Läuse geknackt hatte, im Krieg. Immer waren es Frau und Mann, um die es ging, eine lustvolle Selbstverständlichkeit. Schwule gab es damals nicht in unserer heilen Welt.

Und ich erinnere mich an unser Kind. Das Kind, das sich fünf Minuten lang in meinem Bauch zu Tode strampelte, bis es still war. Es war ein Mädchen, rufe ich über den Spielplatz, und stoße mich von der Schaukel ab. Konrad zieht mich von der Schaukel. Es war, aber Alex ist! Wir stürmen die Treppen hinauf zum dreizehnten Stock, beugen uns atemlos über die Brüstung des Außenbalkons. Hier ist Alex geboren. Ich lache frei. Dunkelgrüne Kiefern schwimmen gegen den blauen Himmel. Kiefern vom Spandauer Friedhof.

Wir haben Vincent einen Fisch mitgebracht, azurblau, silbergestreift flitzt er aus unserer Plastiktüte ins Aquarium. Vincent freut sich, vergißt dabei aber nicht seine Töpfe, denn er kocht schon wieder für uns. Manchmal fressen sie sich gegenseitig auf, ruft er aus der Küche. Voller Angst beobachte ich den Fisch, habe plötzlich die Wahnidee, unseren blauhaarigen Alex ausgesetzt zu haben, mitten hinein in ein fremdes, feindliches

Milieu. Beschwörend trommele ich mit den Fingerspitzen gegen das Glas. Laßt mir den Schönen nur am Leben!

Alex hat aus dem Bett gefunden, er hat sogar Karten besorgt für ein Musical. Eine amerikanische Schwulentruppe führt es auf in einem Zelt vor der Kongreßhalle. Wir finden noch einen freien Tisch direkt vor der Bühne. Das Publikum um uns herum wirkt viel weniger exotisch als erwartet, obwohl sicher zwei Drittel Schwule oder Lesben sind. Das Lesbenpärchen nebenan könnte, alternativ gekleidet, einen Bioladen betreiben. Alex' Blicke flattern durch das Zelt. Ein Vollblutweib setzt sich in Szene. Im schwarzen Ledermini stöckelt sie auf Alex zu, ihr Alabasterbusen sprengt den Reißverschluß, mit schlanker Hand wedelt sie durch eine dunkle Raubtiermähne. Du, hier ist doch sicher noch ein Plätzchen frei für mich? perlt eine sonore Stimme aus dem Purpurmund. Aber sicher! Konrad springt sofort auf. Geschmeidig setzt sie sich zu uns, zupft eine Zigarettenschachtel aus dem schwarzen Täschchen. Dunkle Schleierblicke unter langen Seidenwimpern. Hat einer von euch Feuer? Nein, leider nicht ... Vom Nachbartisch streckt sich ihr ein Feuerzeug entgegen. Sie strahlt uns an, wir sind geschmeichelt und geblendet. Ganz langsam wird mir klar: Die Schöne ist ein Mann. Konrad dämmert's auch, amüsiert lächeln wir Alex zu.

Dann sind wir von dem Musical gefangen. Schwulenverfolgung in New York, die kritischen Intellektuellen sollen in ein ›Gesundheitslager‹ für HIV-Infizierte gesperrt werden. Einer schwulen Schauspielertruppe gelingt es, auszubrechen, durch ihre Show die Öffentlichkeit zu alarmieren und so am Jahrestag des Christopher-Street-Day den Skandal des ›Gesundheitsprogramms‹ zu entlarven ... Mit dem Rücken an der Wand finden die Gedemütigten den Mut zur Solidarität und zum Kampf. Raus aus dem Getto, Schwulsein ist great, du mußt dich bekennen, dann bist du stark! Ja, wir sind schwul ... let your yin and yang hang out ..., jubeln die Sänger auf der Bühne, sie sind im Rausch. Die Schwulen, die Lesben, wir alle sind mitgerissen, klatschen uns die Hände heiß.

Ein tolles Stück, wunderbar, das findet auch der Wunderschöne an unserem Tisch. Aufreizend streichelt er seine langen, übereinandergeschlagenen Beine. Ein entsetzter Blick, ich starre hinterher, auf eine Laufmasche. Dreist bahnt sie sich ihren Weg im schwarzen Nylon. Haste nich Nagellack dabei? Er stupst mich an. Ich nicke, glücklich über die Vertraulichkeit, muß mich sofort verbessern, leider nicht! Verschämt schaue ich auf meine Hände, die praktisch-kurzen unlackierten Fingernägel, was bin ich provinziell. Schon ist er weg, taucht ein in eine Gruppe schnatternder Paradiesvögel.

Das sind die schärfsten Tunten von Berlin, sagt Alex draußen. Vollmond über der Kongreßhalle, er spiegelt sich in den Wasserbecken. Danke für den tollen Abend, sagt Konrad. Ich küsse Alex auf die Nase. Gut, daß du hier lebst, hier kannst du frei atmen.

## Michael Sollorz

# Geliebter Spinner

*Er wollte Joe Dallesandro sein*

Die Bahn rumpelte Richtung Prenzlauer Berg. Von seinem Fensterplatz sah Abel die alten Straßen mit Joes Augen.

Dieses Prüfen der vertrauten Landschaft, ihrer brüchigen Balkone, ihrer Kahlschläge und anheimelnden Winkel, die Rätsel und Ahnungen, wie der Freund alles empfinden mochte, hatte vor Joes Umzug begonnen.

Es war eine seltsame Zeit gewesen. Während Joe in Bad Beichte das Nötige regelte, verbrachte Abel keine Nacht daheim. Vielleicht war in den Wochen nichts anderes passiert als vorher. Doch mit Joes Argwohn sah Abel die Straßen neu; ein Kurzsichtiger mit seiner ersten Brille. Er begann zu ahnen, was Joe bevorstand.

Aus fremden Vierteln den Heimweg suchend, aus einschläfernd durch den Morgen gleitenden Taxis und auf langen Fußmärschen sah er die Stadt seiner Geburt und wußte nicht mehr, warum er ihr treu geblieben war.

Zum ersten Mal verstand er, warum die Schnauzen ihrer Bewohner dem Neuling Furcht einflößen.

»Als ob sie sich hassen«, klagte Joe. »Als ob sie sich gleich prügeln! Wie scheußlich hier alles ist …«

»Warum willst du dann her?«

»Ich komme um deinetwillen, Abel. Ich komme zu dir.«

»Und wenn das nicht genügt? Du kannst nicht nur bei mir sein.«

»Ich hab doch nur dich.«

»Das ist zu wenig! Da müßte ich mehr sein, als einer sein kann.«

Besorgt, für einen Touristen gehalten zu werden, unternahm

Abel lange Wanderungen auf dem Mauerstreifen, und fragte sich, wie lange Joe brauchen würde, bis er die Landschaft links und rechts – oder zumindest auf einer Seite – wie ein Besitzer betrachten konnte; aus welchen fiebrigen und faden Umarmungen er entkommen und wie viele Umwege er gehen müßte, um nach Hause zu finden.

Er sprach noch nicht davon, die Stadt zu lieben, die schon jetzt, nach den ersten gemeinsamen Jahren, überall Spuren seiner Gegenwart trug. Verläßt er mich, dachte Abel manchmal, ertrage ich Berlin nicht mehr. Er wußte, Joe dachte ebenso. Die Stadt schien ihnen verzaubert, verwunschen durch den ersten Mann, mit dem sie Altwerden möglich nannten.

Natürlich hieß Joe nicht Joe. Gleich in der ersten Nacht hatte er es zugegeben. Später glaubte Abel, es wäre diese zaghafte Zutraulichkeit gewesen; mit ihr hatte Joe ihn erobert. Sein Lächeln nach dem ersten Abspritzen, kurz vor Mitternacht, im Filmraum von *Uwes Pferdestall.*

»Das war nett. Gehts noch weiter?«

»Nee. *Nett* ist ein Kackwort. Tschüs.«

»Nee? Bist du Berliner?«

»Ja.«

»Ost oder West?«

»Friedrichshain.«

»Wo ist das denn?«

»Früher hieß es nach Horst Wessel, glaub ich.«

»Aha. Du könntest jetzt sagen, ›los, gehn wir was trinken‹.«

»Sag du es!«

»Gehn wir was trinken?«

»Gute Idee! Ich heiße Abel.«

»Joe.« – »Joe? Bist du Amerikaner?«

»Nee – katholisch.«

Dann saßen sie am Tresen, bis die kleine Sauna schloß, und tranken Weizenbier, Hefe Joe und Abel Kristall. Nach einer Stunde auf den Barhockern gaben sie es auf, die Bäuche einzuziehen, und griffen sich in die drei, vier beharrlichen Röllchen; so war das eben um die Dreißig.

Nach dem zweiten Bier suchten sie sich eine Kabine. Alles war anders als beim ersten Mal.

Monate später behauptete jeder, er hätte in der Kabine schon gespürt, daß der andere ihm morgen noch etwas bedeuten würde; gespürt oder gehofft – wer konnte das auseinanderhalten?

Joes Einladung, gemeinsam bei Bekannten zu übernachten, schlug Abel aus. Er schob einen Termin vor, und als er um halb vier den ersten Zug nach Berlin bestieg, wußte er schon: natürlich hieß Joe nicht Joe.

»Ich habe eine Schwester, die ich nicht leiden kann. Wenn du meine Geschichte verstehst, weißt du auch gleich, wie meine Schwester heißt. Meine Eltern sind nicht besonders bibelfest, aber sie tun so und dackeln jeden Sonntag zur Kirche. Meine Schwester ist vier Jahre älter als ich, und ich war in der zweiten oder dritten Klasse, als ich bei ihr das Foto von Joe Dallesandro sah. Du kennst Joe Dallesandro? FLESH und TRASH und das alles – Joe Dallesandro eben. Auf dem Foto ist er vom Nabel aufwärts zu sehen, und das einzige, was er anhat, ist sein Stirnband, es hält seine langen Haare hinter den Ohren. Er verschränkt die Arme. Was für Arme! Und er schaut dich an. Er lächelt nicht, er schaut dich einfach nur an. Abschätzig? Du kennst das Bild? Fast ein bißchen abschätzig, stimmt, das trifft es, aber das erkannte ich damals noch nicht. Später habe ich die ganzen Filme gesehen. Wie er als Stricher einen Tag in der Stadt unterwegs ist, um Geld aufzutreiben für die Abtreibung seiner Frau. Nicht seiner Frau? Also für die Freundin seiner Frau, von mir aus. Was er auch tut, irgendwie ist es völlig egal, um ihn rum versinkt die Welt, er ist einfach … Ja, er ist einfach am Leben. Schön gesagt. Gelassen, selbstverständlich; ein schönes, starkes Tier. Ich wollte Joe Dallesandro sein.

Von da an verbesserte ich in der Schule die Lehrer, wenn sie mich zur Tafel riefen. Ich heiße Joe! Die Klasse schlug sich die Schenkel. Ich hasse meinen Namen! Nur noch meine Eltern benutzen ihn, und ein paar tumbe Verwandte. Wenn du mir etwas besonders Gemeines antun willst, brauchst du mich nur mit diesem Namen anzusprechen. Das verzeihe ich keinem.

Nein, wir machen es anders. Du wirst keine Gelegenheit dazu bekommen. Ich gebe dir keine Gelegenheit. Könnte ja sein, wir sehen uns wieder, wer weiß das. Ich sag ihn dir einfach nicht, du wirst ihn nie erfahren! Wieso das Bier? Es ist nicht das Bier. Es ist mein heiliger Ernst. Kannst du dir diese scheußliche Zeit vorstellen? Ich teilte die Leute in gute und Arschlöcher. Gut war, wer mich respektierte und Joe nannte. Der Rest war ein Dreck. Heute kümmert mich der Rest nicht mehr. Er kümmert mich einfach nicht mehr, verstehst du? Ich schreie nicht, warum soll ich denn schreien? Ich bin Joe. Basta.

Die Pointe? Du willst sie nicht? Du kriegst sie trotzdem! Zu der Zeit gab es jede Woche Bonanza. Sonntags, genau. In der Folge, die mir schließlich zum Durchbruch verhalf, klettert Little Joe auf sein Pferd. Wie sie eben so auf ihre Pferde raufklettern im Western, die Cowboys, sozusagen. Ja, also er klettert rauf, und das Pferd klappert los. Und plötzlich fällt Little Joe runter! Er fällt einfach runter vom Pferd, mitten rein in einen Haufen Schlamm oder Scheiße. Das fanden sie in meiner Klasse toll. Am nächsten Morgen sagten sie: Na, Kleiner, bist du in die Scheiße gefallen?

Von da an hieß ich Joe. Wenn einer in die Scheiße fällt, das mögen die Leute. Alle nannten mich Joe, sogar die Lehrer. Irgendwann hörte das dumme Grinsen auf, und zum Schluß hatten die meisten vergessen, wie ich früher hieß. Na gut, dachte ich, zwar nicht Joe Dallesandro, aber immerhin. Bescheidenheit ist eine Tugend, übrigens nicht nur für Mädchen vom Lande, und vielleicht sehe ich ja auch eher wie Little aus … Du lachst nicht?«

Abel lachte nicht. Später, als sie sich auf der Straße vor der Sauna frierend umarmten, fragte er leise: »Sagst du mir den falschen Namen?«

»Das will ich nicht.«

»Du kannst ihn mir ins Ohr flüstern.«

»Nein.«

»Ich werde es nie mißbrauchen.«

Joe biß sich auf die Unterlippe.

»Komm schon. Ich vergesse ihn gleich wieder.«

Joe blickte zu Boden und flüsterte: »Ich heiße Josef.«

Als Abel in den Zug nach Berlin stieg, lächelte er über die Geschichte. Damals konnte er noch nicht wissen, was es für Joe bedeutete, daß er Josef hieß.

Später, als er die kleine Stadt – er nannte sie nur noch Bad Beichte – gesehen hatte, das zweistöckige Kaufhaus, wo Joe Wasserbälle und Geschirr arrangierte und in der Freundlichkeit des Elternhauses an seiner Kohlroulade gewürgt hatte, begann Abel zu ahnen, womit der Freund geschlagen war.

## Detlev Meyer

# Berliner Benimm

*Anstandsregeln für ein Landei*

Nein, es langweilt mich nicht, daß Du, nach den Oster- und Sommerferien, nun auch noch, verzeih!, nun auch die Herbstferien mit mir verbringen willst, wirklich nicht! Echt nicht!

Aber sag einmal ganz ehrlich: Wärst Du auch so anhänglich, wenn ich, statt in Berlin, in Braunschweig oder Bochum lebte, oder gar auf dem flachen Lande wie Du?

Glaub mir, Lieber, aufrichtig freue ich mich auf Dich, und keinen Zweifel hege ich an Deiner Liebe; zumal es Deine erste Liebe ist. Und die kennt weder List noch Tücke, heißt es! Es stimmt doch, daß ich der erste – und einzige – Mann in Deinem Leben bin, oder?

Natürlich stimmt es, echauffier Dich nicht! Und stimmte es nicht, ich hülfe Dir, diese Lüge aufrechtzuerhalten. (Mokier Dich, bitte, nicht über ›hülfe‹, das ist reiner – hätte ich doch fast geschrieben ›reinster‹ – Konjunktiv! Benutz ihn gelegentlich, er ist eleganter als diese unbeholfenen ›würde‹-Konstruktionen.)

Apropos: Schulmeistern. Wie läuft's in der Penne?

Sagt Ihr das eigentlich noch: ›Penne‹? Ich hör nicht sehr aufmerksam zu, wenn Ihr redet.

Zurück zu Deinen Ferienplänen.

Natürlich bist Du mir herzlich willkommen. Die Stadt und ich erwarten Dich. Berlin freut sich, Dorn freut sich, Du freust Dich …

Laß es uns diesmal anders machen als sonst. Laß uns ein wenig variieren; das hält die Liebe frisch.

Also, hier einige Anleitungen, Vorschläge, wenn Dir das lieber ist: Flieg nicht wieder in Tegel ein, und, bitte, reise nicht wieder mit Deinem schwarzen Aktenkoffer!

Der macht Dich alt – und mich verunsichert er.

Wenn ich Dich mit ernster Miene an dem Zahlenschloß herumfummeln sehe, bedaure ich für Sekunden, auf eine bürgerliche Karriere verzichtet zu haben. Mit diesem Samsonite für die Oberstufe unterscheidest Du Dich kaum von den mitreisenden Geschäftsleuten; allenfalls durch Deine schmaleren Hüften, Deinen runderen Hintern, Deinen federnden Gang, Dein wildes Haar, Deine blitzblanken Augen, Deinen Flaum, den güldenen Flaum auf Deiner Oberlippe, Deiner kirschkußroten Oberlippe und Dein nimmermüdes Glied (ach, Dein Glied!).

Nun erröte doch nicht, Du mußt diesen Brief ja nicht unbedingt Deiner Frau Mutter auf die Nase binden. Denk an Deinen Sozialkundeunterricht: Eines der in unserer Verfassung verankerten Grundrechte ist das Briefgeheimnis. Demonstrativ im Grundgesetz blättern mußt Du, wenn Deiner Mutter gütig-gierige Hände nach meinen Zeilen greifen wollen.

Es tut mir übrigens leid, so physisch geworden zu sein. Du grübelst jetzt sicher wieder die halbe Nacht, ob ich in Dir nur ein Sexobjekt sehe, stimmt's?

Hier hast Du es, nochmals!, schriftlich: Ich liebe Deine schöne Seele, ich verehre die Lauterkeit Deines Charakters, ich beuge mein Knie vor der Majestät Deines Geistes. Daß Geist, Charakter und Seele in einem so vollendeten Körper ruhen, nehme ich hin ohne Murren. (Solcher Komplimente wegen vergötterst Du mich, stimmt's?)

Doch weiter mit den Anleitungen, Vorschlägen, wenn Dir das lieber ist. Kurzum: Zurück zum Zoo.

Natürlich werde ich Dich auf dem Bahnsteig erwarten – primanermäßig aufgeregt, wenn Du darauf, auch auf diese Formulierung, Wert legst. Aber dort werde ich Dich noch nicht, routiniert & herzlich, in die Arme schließen. Folgendes Spiel werden wir treiben: Du steigst aus dem Zug – und, bitte, steig behend, kraftvoll aus dem Zug! Nimm nicht die Stufen, sondern spring! Federe ab in den Knien, damit ich die Kontraktionen Deiner Oberschenkelmuskulatur betrachten kann, aus meinem Versteck hinter dem Pfeiler. Das wird uns gehörig erregen!

Darauf begibst Du Dich – wippend und wiegend – in die Bahnhofshalle, wo Du Dich – breitbeinig – unter der Normaluhr aufzubauen hast. Dann legst Du Deinen Rucksack ab, als striffest Du (reiner Konjunktiv!) die Träger eines Muscle-Shirts von den Schultern (ach, Deine Schultern!), klemmst ihn, den Sack, zwischen die Knie und wühlst in Deiner rechten Gesäßtasche (ach!) nach einem Kaugummi. (Geld für Kaugummi und Rucksack lege ich bei. Kein Wort, Du empfängst es ja nicht als Freierslohn).

Kaugummi, bitte, mit offenem Mund kauen und dabei nuttig aus den Augenwinkeln Männern über Vierzig nachschauen.

Vielleicht leckst Du Dir mit der Zungenspitze Ober- oder Unterlippe, aber da will ich Dir nicht reinreden.

Warum das alles, magst Du verstört fragen. Verstört und erregt, will ich hoffen!

Nun, mein lieber Junge, die Welt ist laut Shakespeare eine Bühne, und uns beide hat das Schicksal nicht ins Parkett gesetzt.

Ob ich Dich simpel auf dem Bahnsteig begrüße, oder raffiniert in die Halle stelle – unweit der Treppe zum Kellerabort, den ich übrigens diesmal auf Dein Besichtigungsprogramm gesetzt habe – Rollen, mein lieber Junge, spielen wir eh; Du die sehr dankbare des jugendlichen Helden, ich die so vielschichtig anzulegende des morbiden Verführers. Deine Mutter hält mich für einen anständigen Kerl, weil ich nicht an der Nadel hänge. Daß ich das schleichende Gift der Dekadenz bin, hat sie nicht gerochen, die alte Spürnase.

Wenn sie wüßte, daß Berlin Sodom ist – diesseits der Mauer, und jenseits Gomorrha …

Wie dem auch sei, wir kommen nun zu Akt I, welchselbiger in der U-Bahn spielt. Nicht, daß ich das Geld fürs Taxi sparen will – Du weißt, erst in Deinen Großen Ferien entdeckte ich, daß hier Nachtbusse eingesetzt werden – aber diesmal, denk ich, muß Deine Heimholung (gut?) unter den Augen der

Berliner Öffentlichkeit stattfinden; einer permanent genervten Öffentlichkeit, die des Schiebens und Schubsens in den Massenverkehrsmitteln so müd und wund ist, daß sie auf jeden zusätzlichen Fahrgast gereizt reagiert. Nichts läßt die Berliner Malocherseele heißer kochen als ein westdeutscher Primaner im Ferienglück. Meine mieslaunigen Mitbürger werden sich über Deinen prallen Rucksack ärgern, bei dessen Kauf Du, bitte, Geschmack beweisen möchtest; ein bißchen mehr als Kreisstadt-Schick darf es ruhig sein und getrost kosten. Vor allem werden sie sich über Dein rustikal-vitales Aussehen ärgern. Mach dir nichts draus, genieß es, diese Stadt ärgert sich sowieso über jedes Lebewesen, das nicht Rentner ist oder Dackel oder Bulle oder Panda-Bär. Knautschke ist dieser Tage übrigens Großvater geworden! (Erklärung folgt).

Zu oben: Ich halte Dich keineswegs für ein Landei, Lieber, Du wirst jedoch zugeben, daß das Urbane sich noch nicht auf Dein unerschlossenes Gesicht gelegt hat. Schau mich an, dann siehst Du, wie die Stadt einen zeichnet.

Auch neige ich zu der Ansicht, daß man nie seinen Geburtsort verläßt, daß ich also immer Berliner sein werde und Du der ständige Stader (oder heißt das ›Stadenser‹ oder ›Staderer‹, wie zum Teufel nenn ich mein blondes Gift aus dem hohen Norden?).

Ich liebe Dich auch, weil Du Kleinstädter bist, westdeutscher Exot! Weil ich die Perversion in der Provinz präsenter weiß, als hier in dem kapitalistischen Sodom und dem sozialistischen Gomorrha. Diese Stadt muß alles einführen, die Nahrungsmittel und die widernatürlichen Neigungen. Den Rohrstock hat sie, glaub ich, auf eigenem Mist wachsen lassen, aber der will Dir einfach nicht schmecken.

Sei's drum, wir sind noch immer im 1. Akt, in der U-Bahn, uns schubsend und schiebend Richtung Walter-Schreiber-Platz, uns verschlingend mit hungrigen Augen. (Wenn Du an dieser Stelle nicht den Brief aus der Hand und in sie Dein Glied legst, bist Du ein Fisch).

Wir kommen nun zu Akt II, welchselbiger in meiner Wohnung spielt. Dramaturgischer Ablauf wie gehabt: Gepäck in die

Ecke schmeißen, Kleider vom Leib reißen, wenn möglich ohne Dreiangelpanik Deinerseits, Liebesbeteuerungen stöhnen, wenn möglich ohne Bronchienrasseln meinerseits, Unverzichtserklärungen wispern, ehrlich gemeint unsererseits und töricht gedacht, Besitzergreifungen hauchen, ›mein‹ aus beiden Mündern, dann Kuß, dann Biß, dann Saugen und Stöhnen wieder und Wispern und Hauchen und endlich Atmen im Takt.

Du verstehst: Dramaturgischer Ablauf wie gehabt. Hosen wechseln, Flecken behandeln, der Kleinkram danach.

Gut!

Wenn wir also unsere Mütchen gekühlt haben (Bitte, überprüfen, ob ›Mütchen‹ in den Plural gesetzt werden darf!), gibt's was zu essen, bei Kerzenlicht und schwüler Musik.

Mario Wirz

# Das Kino im Kopf

*Ein privater Porno*

In meinem Kopf das flimmernde Dunkel des Pornokinos. Ich sitze in der letzten Reihe. Verwandele mich auf der Leinwand meiner Phantasien. Bin der geile Tankwart. Der masturbierende Junge in der Badewanne. Der lüsterne Tramper. Der blonde Athlet. Der schwarze Muskelmann. Der breitschultrige Matrose. Bin alle Körper auf einmal. Packe zu. Lasse mich halten.

Zelluloid-Ekstase. Ich treibe es mit jedem Stereotyp. Stereotypen in Jeans und in Leder. Matrosenanzügen und Cowboystiefeln.

Der Voyeur phantasiert sich in die rettende Anonymität. Begibt sich in die Gewalt fremder Hände. Verliert sich mit jeder Szene ein bißchen mehr aus den Augen, bis der Mann in der letzten Reihe des Pornokinos nur noch ein weit entfernter, schwarzer Punkt ist.

Ich komme mir lustvoll abhanden. Wildere durch den Park. Schlage mich in die Büsche. Ich löse mich auf im Tanz der Silhouetten. Bin Voyeur meiner eigenen Erinnerung, die am entfernten Horizont vergangener Nächte aufglimmt, bin Voyeur in der Nacht der anderen, treibe mich rum in ihrem Schatten. Streune herum, wenn niemand mehr da ist. Schlafloses Gehen und Lauschen. Lehne mich an einen Baum und warte, bis die Stille zu mir spricht, bis die scheuen Tiere meine Gegenwart vergessen. Raschelndes, knisterndes, huschendes Nachtleben. Atmen und dasein. Was sagt die Erde, das Gras, der Himmel über mir? Jetzt singt die Amsel.

Jetzt kreischt die Musikbox. Ich sitze am Tresen irgendeiner Bar. Verflüchtige mich im blauen Dunst der Zigaretten. Verflüssige mich mit den Mengen von Alkohol, die ich hastig in mich kippe. Sitze auf meinem Barhocker und schwimme gegen den Strom. Ertrinke in meinem Kopf. Saufe ab. Gehe unter.

»Ich hab ihn geliebt«, schreit die Musikbox.

Ich sitze auf meinem Sofa und lese die Kontaktanzeigen. Schwarz auf weiß schlägt das Herz der Stadt. Roter Lärm.

Buchstabenträume. Buchstabenberührungen. Hieroglyphen der Verlorenheit. Schreiende Panikzeichen. SOS-Signale. Erfindungen. Traummaterial. Kommunikation mit Phantomen.

Blonder Jeansboy.
Lieber Schmusekater.
Sportlicher Akademiker.
Blonder Bengel.
Ledertyp, schlank.
Knuddelschnauzbär.
Aktiver Asiat.
Unkomplizierter Löwe-Mann.
Lustige Tunte.
Motorradfan.
Damenwäscheträger.

Gut erhaltener End-40er.
Masosau.
Heißer Boy.
Opernliebhaber.
Dominanter Mann.
Bartloses Ungeheuer.

Romantiker. Ich reiße mir das kollektive Herz aus der Brust. Lasse es auf meiner Schreibmaschine schlagen. Hämmerndes lonely heart. Klopfzeichen auf weißem Papier.

Friedrich Kröhnke

# Dieser Berliner Sommer

*Ein Wunschtraum*

Auf den rumänischen folgte der polnische Sommer und ließ wenig zu wünschen. Knarren und Rosen auf allen Hemden. Ich hatte immer das Fenster des Schlafzimmers offen, und nachts bewegte der weiche Wind den Baum vor dem Fenster. Wäre nur das eine noch gewesen, daß auf jedem der Zweige ein Wolf gesessen und mich angeschaut hätte, ich wäre wahrhaftig beruhigt gewesen. An den Tagen war ich immer im Sommerbad Tiergarten, und niemand kann zählen, wie oft ich neben dem automatischen Softeisverkäufer stand und hörte, wie das Tonband zu den Kindern sprach: Nimm dein Eis und guten Appetit wünscht dir Don Pedro der lustige Eismann. Das ist der Griff, sagt am Abend der Junge und drückt mich fest an sich, die Hand an meinem Nacken, so würde ich meinem Vater das Genick brechen, und die Hand lockert sich, und er küßt mich und küßt mich noch einmal, um mich, sagt er, brauchst du dir keine Sorgen zu machen. In diesem Sommer ließ Berlin wenig zu wünschen übrig. Hätten nur noch die Wölfe auf den Zweigen vor meinem Fenster gesessen.

1992

## Horst Krüger

# Hyperion am Bahnhof Zoo

*Hellas von hinten*

Neulich beim Kramen, cher Bellamin, fand ich doch tatsächlich den letzten Brief, den ich Dir damals schrieb – noch aus Griechenland. Ich muß damals vergessen haben, ihn in den Kasten zu werfen. Mein Gott, wie die Zeit vergeht – wahnsinnig. Geht es Dir auch so? Ich las diesen Brief noch einmal. Es hat mich geschüttelt. Was war ich doch damals für ein Kind, ein Narr, ein richtiger Spinner, ein Seelchen, süßholzraspelnd. Wenn das so weitergegangen wäre mit mir, wäre ich wohl in der Psychiatrischen gelandet – alles so zart und empfindsam, fast wie ein Mädchen. Ich schrieb Dir damals tatsächlich: »Ich wollte nun aus Deutschland wieder fort. Ich suchte unter diesem Volke nichts mehr, ich war genug gekränkt, von unerbittlichen Beleidigungen, wollte nicht, daß meine Seele vollends unter solchen Menschen sich verblute.«

Ist das nicht grauenvoll, auch stilistisch? Wie wir doch älter werden, wie Wein; man wird immer besser dabei. Ich will Dir nur sagen: Daraus wurde nichts. Ich ging nicht mehr raus. Mit Griechenland bin ich ohnehin fertig, seitdem die Obristen dort herrschen. Ich bin für Freiheit. Also, wir sind nach Berlin gezogen, ins freie Berlin, versteht sich. Didi ist immer noch bei mir. Wir haben übrigens vor zwei Jahren geheiratet. Es ist vernünftiger auf lange Sicht, auch steuertechnisch. Ein kleines Bengelchen ist übrigens auch da, sehr lieb. So weit also, so gut.

Ja, das wundert Dich, teurer Bellarmin, nicht? Ich muß Dir sagen: Ich fühle mich wohl hier in der Stadt, richtig zu Hause – in Deutschland, endlich. Es war ja unerträglich geworden mit meiner Naturschwärmerei, damals, dieses Göttergerede zuletzt. Ob es nicht doch eine Neurose war? Didi meint das. Sie war mal in einer Analyse hier in Berlin. Seitdem nennt sie sich auch nicht mehr Diotima. Morgens, nach dem Frühstück im Bett, lesen wir manchmal gemeinsam Freud. Im Augenblick lesen wir ›Jenseits des Lustprinzips‹. Sie hat mir meine larmoyante Schwarmgeisterei damals als einen kaschierten Mutterkomplex erklärt. Jedenfalls war ich blind. Es war ganz falsch von mir, immer so über die Deutschen zu klagen, vom himmlischen Stuhl meiner Einsamkeit herab. Didi hielt das für gekränkten Narzißmus. Jedenfalls muß ich sagen: Ich bin runter vom hohen Roß, bin jetzt ganz unten und fühle mich richtig zu Hause und wohl hier in Charlottenburg. Das ist mein Element.

Du kennst es, ja? Die Stadt ist modern und schön wiederaufgebaut. Es sieht glanzvoll hier aus – von vorne. Du weißt von unserem Europa-Center? Prima, sagen die Leute. Aber das ist nur das eine. Manchmal, so an Montagvormittagen, wenn ich über die Kantstraße gehe und die alten Leute mit ihren Dackeln über die Zebrastreifen schlurfen sehe, dann lacht mir das Herz. Man spürt, wie hier etwas langsam mürbe und morsch wird, so schön porös. Zarte Fäulnis und wie es schon leicht in den Fugen kracht: Deutschland. Ich liebe dieses süßliche Aroma des Verfalls. Es macht mich leicht und beschwingt. Vorne alles Chrom und schöne Glanzfolie, dahinter schimmelt schon etwas. Wenn man die Ohren spitzt, hört man die ersten Käfer krabbeln. Einmal wird die Stadt von Insekten beherrscht werden, da bin ich sicher. Schon jetzt sieht man erste Anzeichen in den Gesichtern der Menschen. Sie tragen zu dicke Brillengläser hier. Du wirst sagen, das sei wieder so richtig deutsch an mir. Ich kann es nicht leugnen. Melancholie und schöner Verfall – das zog mich hierher. Du wirst sagen: Du bist ja ein Bennjünger geworden, Hyperion. Ich kann es nicht ganz bestreiten. Der Geruch in diesen miesen Destillen hier, die Gesichter der Rentner, all das verschüttete Bier in der Stadt und dann die Bahnhöfe, die es nicht mehr gibt – nur noch Erinnerungen, manchmal davon redend, bei Aschinger nachts um zwölf, wie doch der Görlitzer Bahnhof früher war. Siehst Du, Bellarmin, das ist für mich Deutschland. Hier fühle ich es zwischen den Fingern zerfallen wie Mürbekuchen. Wie Deutschland, das Reich, das wir einmal liebten, hier in die Binsen geht, das ist schon sehr schön und stilvoll für Feinschmecker der Nation.

Erschreckt es Dich, cher ami, zugleich zu hören, daß ein Wunder mit mir geschah, fast so ein Wunder wie damals mit Dorian Gray? Didi meint, es sei meine gute Erbmasse. Also, ich bin noch immer – mein Gott, wie soll ich es sagen? Ich werde ja richtig schüchtern. Ich schäme mich fast. Also, die Leute sagen, ich sei noch sehr hübsch, sehr adrett, eine kleine Schönheit. Man sieht mir die Jahre nicht an. Ich kann mich durchaus noch für Ende Zwanzig verkaufen, jedenfalls nachts, wenn ohnehin alle Katzen grau sind. Hast Du mal den Film ›Flesh‹ gesehen? Kommt so etwas auch zu Euch nach Tübingen? So ungefähr mußt Du Dir mich vorstellen: oben sehr breit, in den Hüften sehr schmal, beinah athletisch. Meine Kunden sagen immer: Wunderbar, diese Berliner Jungens. Wenn die wüßten! Allerdings habe ich mir meinen schwäbischen Dialekt abgewöhnt – ich berlinere jetzt richtig. Wir aber hier in Berlin tragen keine bunten Bänder im Haar. Ich bin immer abends von zehn bis zwei unterwegs am Zoo. Das reicht dann für die Familie, gut und gerne. Wir werden uns übrigens am Wannsee noch ein zweites Apartment nehmen. Didi schläft immer so unruhig. Und dann der Kleine. Das stört alles, wenn ich mit meinen Leuten komme.

Aus mir, Bellarmin, ist also ein Lumpenhändler der Liebe geworden, so ein Laufbursche am Bahnhof Zoo. Aber glaube nicht, daß ich das nur aus Geldgründen tue. Es ist auch immer etwas kritische Reflexion am Werk. Glaub mir, da bin ich wie früher. Was meinst Du, was im Laufe eines Monats so durch meine Hände geht? Wie man da Deutschland sieht, inwendig, etwas faulend? Du weißt doch, das reizt mich. Die kommen alle hierher, die Herren aus Köln und Düsseldorf, aus Bonn und Frankfurt und wollen sich einmal so richtig austoben. Sie leiden unter ihren Familien, natürlich. Berlin ist die Große Freiheit geworden, Berlin ist der schöne Sumpf. Hier will jeder anders sein als in der Republik. Siehst Du, davon lebe ich.

Am schlimmsten sind natürlich immer die Kerle, die auf Spesen kommen, die aus den Ministerien, der Stadtverwaltung, die vom DGB. Die sind so knickrig. Die hätten am liebsten noch Belege und Quittungen abgezeichnet für die Steuer, widerlich. Am nettesten finde ich immer die Männer der Kirche. Die sind recht großzügig, spendieren auch etwas, sind triebschwach. Bloß faseln sie hinterher manchmal von Liebe. Das ist lästig. Ich führe übrigens Buch, so eine Art Tagebuch meiner Kunden, nur stichwortartig. Didi meint, daraus könne einmal ein Roman entstehen, so ein großer Abgesang auf das deutsche Bürgertum, meint Didi. Aber ich bin da nicht sicher. Ich bin eigentlich auch mit der Literatur fertig. Reales entzückt und verzaubert mich. Ich träume manchmal von einer Tankstelle, die wir an der Avus mieten sollten, später einmal und nicht weit von Eichkamp. Da ist Zukunft drin: in Ausfahrten aus Berlin.

Cher Bellarmin, das wär's in Kürze. Ich hoffe, es geht Dir gut in Tübingen. Was machen die Kinder? Hast Du noch immer diese Professur für Poetik? Ist das nicht auf die Dauer doch ziemlich langweilig? Ach, Bester, Freund der Jugend, Bellarmin, was ist aus unseren zarten Blütenträumen von damals geworden? Ein deutscher Professor in Tübingen und so ein Lumpensammler der Liebe in West-Berlin. Bös hat uns die Zeit mitgespielt, nicht wahr? Trotzdem: ich lebe. Ich schmecke den schönen Geschmack des Verfalls. Ach, schmeckt das gut, das Ende. Nächstens mehr. Herzlichst Dein Hypi.

## Ulrich Berkes

# Habitat mit Art

*Ein Heimatfilm*

Selig, wer sich vor der Welt
ohne Haß verschließt,
einen Freund am Busen hält
und mit dem genießt,
was von Menschen nicht gewußt
oder nicht bedacht,
durch das Labyrinth der Brust
wandelt in der Nacht.
*Goethe*

Zuerst die Tür, sie hat Art einsetzen lassen vor zwei Jahren, als alle dreiunddreißig Minuten ein Wohnungseinbruch in Berlin verübt wurde und unsre Freunde Hanna und Paulus sich eine solche Tür einbauen ließen. Die Tür ist aus hellem Holz, massiv, dreifach verriegelbar, sie würde noch die Wucht von sechs Zweizentnermännern aushalten, garantiert der Hersteller. Sie bietet also Sicherheit, eine relative.

Durch die geöffnete Tür gehn wir hinaus, Art zum Dienst morgens, ich am Nachmittag zur Augenärztin oder um Brot zu kaufen; oder wir beide am Wochenende zum Müggelsee mit der S-Bahn, mit Arts Trabant in die Mark Brandenburg oder mit der Straßenbahn zum Prenzlauer Berg, zum Geburtstag eines Freundes. Die Volksbühne am Rosa-Luxemburg-Platz können wir zu Fuß erreichen.

Herein durch die offne Tür kommt der Besuch: Arts Eltern aus Thüringen, seine Kolleginnen, mein Verleger mit seinem Lebensgefährten, dem Lyriker, eine blondmähnige Dichterin, die Mutter von Ronald, ein Schriftsteller aus der Schweiz, mein jüngster Leser (ein siebzehnjähriger Gymnasiast aus dem Osten) und alle die andern Freunde und Bekannten von nah und fern. Am häufigsten besucht uns ein junger arbeitsloser Poet.

Der Korridor oder Flur ist dreigeteilt: nach links ein schmaler Gang zum Fenster, in dessen Ecke Arts Pflanzen stehn: phallische Kakteen, Gummibaum, Hibiskus, Dattelpalme und Affenbrotbaum. Im Gang die weißen Regale mit all den Büchern, die sich in den zwanzig Jahren, seit Art und ich zusammenleben, angesammelt haben – keine Bibliothek, ein Sammelsurium; früher waren Bücher billig. Zehn Quadratmeter insgesamt, von Artmann bis Zech; darunter die einen Meter lange Reihe von Büchern, auf oder in denen mein Name steht.

Der Korridor nach rechts führt ins Bad, daneben mein Arbeitszimmer, das bei den andern Mietern das Kinderzimmer ist, aber Art und ich haben keine Kinder, deshalb befindet sich dort eine Schreibplatte aus imitiertem Palisander nebst passenden Schränkchen mit Papier und Manuskriptmappen. Hier klappre ich auf einer meiner fünf mechanischen Schreibmaschinen diesen Text, auf einer *Hermes Baby*. Ich brauche keinen Computer, ich bin konservativ. An der Wand hinter mir steht Arts Keyboard, auf dem er Chopin spielt oder seine Tenorstimme für den Kirchenchor einübt. Im übrigen übernachtet in diesem kleinen Raum auch der jeweilige Gast, weiblich oder männlich.

Rückblende: den Pharmaziestudenten Art hatte ich in Leipzig kennengelernt, über einen Studenten der Theologie. Als Art nach dem Studium in Bernburg arbeitete, neunzig Kilometer entfernt, besuchten wir uns wechselweise an den Wochenenden, drei Jahre lang. Dann ging Art nach Grimma, das nur dreißig Kilometer weit weg war. Ich erschien da oft schon am Mittwoch und blieb die halbe Woche dort, auch diese Zeit dauerte drei Jahre. Schließlich bekam er eine Stelle in Berlin, allerdings bloß zwei Zimmer in einem Alterswohnheim, ganz oben in einer Art Turm. Halb illegal lebte ich von nun an bei

Art, bis ihm nach zwei Jahren endlich die Wohnung am Bahnhof Friedrichstraße zugewiesen wurde. Ich habe sie in meinem Bestseller *Eine schlimme Liebe* beschrieben, ebenso unser Leben (das ein Rezensent »eine traute, letztlich schrecklich langweilige Zweierbeziehung« nannte). Irgendwann gab ich mein Appartement in Leipzig auf, wir beantragten eine gemeinsame Wohnung, und nach fast acht Jahren, im Sommer 1989, zogen wir in diesen Neubau.

Von der Tür geht es geradeaus ins Wohnzimmer. »O wie spießig!« rief der junge Poet aus, als er uns das erste Mal hier besuchen durfte. Wir waren zu bequem, um die beblümten Tapeten abzureißen oder wenigstens weiß zu überstreichen. Wir stellten Arts großen Schreibtisch und die dazugehörigen vier schmalen Schränke auf, er hatte das Herrenzimmer gebraucht gekauft, Nußbaumfurnier, noch echte Handwerkerarbeit. Die Teppiche sind alle aus Wolle und mongolisch, Art hat sie im Kaufhaus am Alexanderplatz ausgesucht. Ich habe nur zugestimmt, ebenso bei der beigefarbenen Couchgarnitur und dem flachen, braunen Tisch mit Intarsien. (Mein Geschmack ist anders: monochromer Teppich, Korbsessel und helle Regale, ganz spartanisch, aber das kann ich Art nicht zumuten. Immerhin habe ich auf den Tisch einen bulgarischen Kelim mit Fransen gelegt, keine Tischdecke wie üblich, das ist schon kühn.)

Auf einem der Schränke stehn die Insignien seines Berufs: aus Messing ein Mörser mit Pistill (nicht Stößel, wie Laien sagen), Standgefäße aus weißem Porzellan mit Aufschriften wie *Eucerinum* oder *Thea nigr.* (das, weiß ich, heißt schwarzer Tee), daneben noch braune Flaschen mit verzierten Etiketten. Zwischen Fach- und Kochbüchern steht schwarz gerahmt ein Foto des Dichters Ronald M. Schernikau. Er besuchte uns seit 1980, brachte mir nicht nur seine *Kleinstadtnovelle*, sondern auch Bücher von Allen Ginsberg und Frank O'Hara mit aus Westberlin. Wir disputierten über Literatur, Leben und Liebe, erwähnten einander in unsern Büchern. Er lud uns später in seine Neubauwohnung nach Hellersdorf ein – bis ich durch einen Anruf erfuhr, daß er plötzlich gestorben war. Ronald hat über seine Krankheit mit einer Gelassenheit geschwiegen, die ich ebenso bewundern muß, wie ich sein Schreiben bewundre.

Über der Couch hängt eine große skripturale Lithographie: der dritte Psalm des jungen Brecht, ein *poème en prose*, in dem das Wort »Männerliebe« vorkommt. Ich habe den Druck erworben, als ich am Literatur-Institut studierte. Genau gegenüber ein Kupferstich mit dem Titel *Überlebenstechnik* – ein fickendes Paar, Mann und Frau in Missionarsstellung (erinnert Art und mich an ehemalige Erlebnisse mit dem andern Geschlecht). Neben der Tür hängt noch ein Kupferstich, zwei im Arbeitszimmer, einer im Korridor, alle vom selben Künstler, den ich schon seit seiner Jugend kenne.

Ich brühe in der kleinen Küche den dritten Aufguß vom grünen Tee. (Den ersten trinke ich früh mit Art, es gibt immer Müsli dazu, nur am Wochenende macht Art das Frühstück.) Ich sehe durchs Fenster den trüben Novemberhimmel, davor den Fernsehturm, das Rote Rathaus daneben, die Marienkirche, den Berliner Dom. Während der Tee seine fünf Minuten zieht, lese ich die neuesten Nachrichten vom Videotext. *(Die Schäden in den deutschen Wäldern haben weiter zugenommen, zwei Drittel aller Bäume sind krank.)* Das deprimiert ebenso wie die Debatte im Bundestag über den »Sparhaushalt«.

Ich könnte ein Video von Cadinot ansehn, die Sexszenen sind wahrhaftiger als jeder Spielfilm (»Eine Erektion kann man nicht spielen« – ist ein schöner Satz!). Aber ich setze mich mit einer großen Zwiebelmustertasse wieder an die Schreibplatte. Wenn es klingelt, öffne ich nicht, nicht am Vormittag, meiner Arbeitszeit – ich muß den zweiten Roman weiterschreiben. Nur das Telefon auf Arts Schreibtisch im Wohnzimmer kann mich stören oder der junge arbeitslose Poet, der ein bestimmtes Klingelsignal kennt.)

Alles, was ich schreibe, handelt von Art und von mir.

Manchmal trete ich auf die schmale offne Loggia hinaus. (Wir wohnen, wie es sich für Dichter gehört, ganz oben: im sechsten Stock.) Noch voriges Jahr habe ich da nachmittags nackt in der Sonne gesessen. Das mache ich nicht mehr; die Strahlen sind zu aggressiv geworden. Art genügt die Loggia nicht, er möchte reisen. Im Januar nach Marokko, irgendwann auch nach Griechenland, Italien, Frankreich. Letztes Jahr in Israel: Wir aßen Fisch am See Genezareth, badeten im Toten Meer, Art fotografierte ein Kamel in Jericho, in Bethlehem schliefen wir in einem arabischen Hotel, in Jerusalem …

Wo wir auch hinfahren, sag ich zu Art, wir bleiben Touristen. Weltoffen werden wir dadurch nicht.

Früher fuhren wir nach Prag und Budapest, zelteten an der Ostsee, am Balaton, wir trampten zweimal durch Polen, wanderten im Riesengebirge, in der Niederen und Hohen Tatra, nur nach Moskau sind wir nicht gekommen.

»Der schönste Augenblick der Reise ist die Rückkehr.« Diesen Aphorismus des bulgarischen Dichters Atanas Daltschew unterschreibe auch ich.

Mir gefällt es zu Hause. Hier habe ich alles, was ich brauche: Essen, Wasser, Bücher, Papier, Telefon. Wenn es warm genug ist im Sommer, kann ich nackt sein, sonst laufe ich im Schlafanzug herum, den ganzen Tag, und unrasiert (nur kalt geduscht). Sollte es kühler sein, so wie heute, trage ich einen orientalisch gemusterten, knöchellangen Kimono. Mit geschorenem Kopf seh ich darin aus wie ein fernöstlicher Mönch. Art hat diesen Morgenmantel geschenkt bekommen, trägt ihn jedoch nicht. Mir paßt alles, die meisten meiner Kleidungsstücke sind aus zweiter Hand, entweder gekauft oder geschenkt. (Geschenkt ist mir lieber.)

Ein Geschenk ist auch das hölzerne Männlein, Souvenir aus Tahiti oder Haiti, es steckt in einem geschnitzten Faß, nur sein Kopf ragt heraus – wenn nun ein Neugieriger das Faß abnimmt, schnellt der Phallus des Männleins hoch, vibriert und zittert an einer winzigen Spiralfeder.

Es ist das exotischste Detail in unserm Wohnbereich (Latein: *habitat*).

Ich mag den Alltag, das Gewöhnliche, die Wiederholungen, am allerliebsten wäre mir Langeweile – gut zum Schreiben!

Einen Platz zum Schreiben habe ich sogar im Schlafzimmer, an einem Schreibtischchen aus Arts Studentenzeit, hier notiere ich meine intimen Tagebücher.

Außer Arts dreitürigem Kleiderschrank (meiner hat nur zwei Türen, steht in einer Nische des Korridors, neben dem Arbeitszimmer) gibt es bloß noch das Doppelbett, aus zwei Liegen gebildet, beige-braun gemustert, mit gepolsterter Rücklehne, an die wir beim Lesen unsre Köpfe stützen.

(Kürzlich hat Art vorgelesen: *Aus dem Leben eines Taugenichts*, danach aus Montaignes *Essais*, jeden Abend vorm Einschlafen, jetzt liest er erotische Prosa vor.)

Zitiert nach Cicero heißt *ubi bene, ibi patria*: Wo es mir gut geht, da ist mein Vaterland. In meiner Fassung: Wo Art ist, da bin ich zu Hause.

Rosa von Praunheim

# Feuer unterm Arsch

*Ein Schwuler provoziert Schwule*

Direkt nach den Dreharbeiten zur »Bettwurst« begann ich im Sommer 1970 meinen Schwulenfilm vorzubereiten, dem ich den komplizierten Titel gab »Nicht der Homosexuelle ist pervers, sondern die Situation, in der er lebt«. Ich hatte das unverschämte Glück, daß die Bavaria-Filmgesellschaft im Auftrag des WDR ein sehr unkonventionelles kurzes Drehbuch von mir akzeptiert hatte. Es ist also der einzige meiner Filme, den ich nicht selbst produziert habe, wodurch ich auch keine Rechte mehr an ihm habe.

Ein schwules Thema war zu der Zeit noch eine Sensation.

Ich hatte mir als Berater den Soziologen Martin Dannecker engagiert, der gerade mit Reimut Reiche zusammen eine Untersuchung über den »gewöhnlichen Homosexuellen« abgeschlossen hatte. Martin stellte sich als wunderbarer und hilfsbereiter Mensch heraus. Ich traf ihn zum ersten Mal in Stuttgart, Peter hatte mich in meinem Luxusschlitten kutschiert, der an jeder Ecke Öl verlor und den ich bald verschrottete. Martin Dannecker war früher Schauspieler gewesen und hatte dann auf Sexualwissenschaften umgesattelt. Selbst schwul, war sein Wissen authentisch. Wir begaben uns einige Zeit in Klausur, und ich konnte ihm viele dumme Fragen stellen, die ich später in meinem sehr provozierenden Kommentartext zum Film verwurstete. Die Mischung aus dem kopflastigen, intellektuell verschlüsselten Martin und dem naiven und sinnlichen Rosa war nicht schlecht. Völlig neu war, daß hier Schwule selbst einen Film über ihre Probleme machen konnten, nicht nur, wie bisher üblich, Heteros.

Der Film war geprägt von Wut und Frust, die sich in meinem bisherigen schwulen Leben in Berlin aufgestaut hatten. Ich war überzeugt, daß wir nicht immer nur passiv auf die Nettigkeit der Gesellschaft warten könnten, damit sich für uns etwas zum Vorteil verändert. Wir Schwulen müssen unser Schicksal selber in die Hand nehmen, und zwar nicht bloß, indem wir anonyme Briefe an Politiker und Behörden schicken, wie es zu der Zeit üblich war, sondern radikal, fordernd und revolutionär. Wir waren der Meinung, daß sich die Situation der Schwulen nur verbessern kann, wenn sich die ganze Gesellschaft und ihre Einstellung zur Sexualität ändert. Wir bezogen deshalb nicht nur die Schwulen, sondern auch alle anderen unterdrückten Minderheiten mit ein. Sensibilisiert durch die Studentenrevolte, glaubten wir an eine neue und bessere Welt, in der man liebevoller, gemeinschaftlicher, toleranter und gerechter miteinander umging: für absolute Gleichberechtigung der Frau und Abschaffung des Patriarchats, für Veränderung der Besitzverhältnisse und gegen die Ausbeutung der dritten Welt.

Die Lesben hatten wir in unserem Film bewußt ausgeklammert. Wir waren egoistische Männer, wußten auch zu wenig von Lesben und konnten nur hoffen, daß sie sich, angeregt durch uns, selbst organisierten. Was ja dann auch passierte.

Unser Film sollte provozieren, Schwule und Hetis aus ihrer Ruhe und ins Gespräch bringen. Wir wollten auf keinen Fall einen Film, der die Schwulen glorifiziert oder bemitleidet. Uns war es wichtig, die beschissene Situation der Schwulen schonungslos aufzudecken, zu zeigen, in welch menschenunwürdige Situationen wir von der Gesellschaft seit Jahrhunderten reingezwungen werden und daß eine Veränderung nur möglich ist, wenn die Betroffenen sich selbst wehren. Viele hatten sich doch ganz nett in ihrem Versteck und Schwulenghetto eingerichtet, Lust an Unterdrückung stellte sich ein. Man genoß seine exotische Abenteurerrolle. Ich aber hatte mich, speziell als Künstler, in der Schwulenszene immer sehr alleine gefühlt. Die meisten, die ich traf, waren ängstliche, spießige, angepaßte und unpolitische Menschen, die selbst das Wort homosexuell nicht in den Mund nahmen und lieber verklemmte Umschreibungen dafür erfanden. Das Wort »schwul« war in dieser Zeit ein böses Schimpfwort. Als ich mich entschloß, »schwul« zu einem positiven Wort zu machen, indem ich es in meinem Film fast hundertmal benutzte, war das natürlich für die meisten ein großer Schock. Heute sprechen es selbst Tagesschausprecher aus.

Unsere Kritik ging in zwei Richtungen: gegen die repressive Gesellschaft und gegen die Feigheit der Schwulen. Ich wollte auch meine Wut auf diejenigen Schwulen loswerden, die sich passiv von Rockern in Parks verprügeln ließen, die aus den Toiletten rannten, statt dem zu helfen, der blutend in der Pisse lag. Ich hatte zu lange unter der eitlen und verklemmten Szene in Bars, Klappen und Schwimmbädern gelitten und unter der unpolitischen oder sogar konservativen Haltung vieler Schwuler. Ich wollte ihnen Feuer unterm Arsch machen, um etwas zu ändern. Es war jedoch auch mein verzweifelter Schrei nach Kommunikation, nach Solidarität. Wo waren die andern, die so dachten wie ich? Der Film war eine Möglichkeit, sie zu finden. Ich wollte nicht angewiesen sein auf die kommerzielle schwule Subkultur, das blöde Rumstehen, den Schnellfick. Schwule sollte mehr verbinden als nur der Sex, sie sollten sich auch als menschliche Wesen mit Kultur, Intelligenz und politischem Verstand wahrnehmen können.

Ich wollte eigentlich zuerst den tuntigen Dietmar für die Hauptrolle des jungen Provinzlers haben, der in die Großstadt kommt und das schwule Leben kennenlernt. Ich war mir bis zuletzt nicht schlüssig, ob er gut für die Rolle wäre, und zwang die Bavaria-Filmproduktion, die ersten Drehtage abwechselnd mit zwei Hauptdarstellern zu drehen. Ich entschied mich dann doch für Bernd Feuerhelm, den konventionelleren und hübscheren von beiden, und es war wohl gut so. Der Film war schon provokativ genug.

Die Bavaria schickte ein relativ großes Filmteam von München nach Berlin, für mich ein ungeheurer Luxus, und ich fing an, verrückt zu spielen. Plötzlich hatte ich viele Assistenten und eine große Technik. Ich saß verzaubert auf meinem Regiestühlchen, hatte Peter auf meinem Schoß und freute mich, daß alle nach nach meiner Pfeife tanzen mußten. Mein Kameramann war Robert van Ackeren, dessen Bilder ich anfangs nicht sehr mochte. Ich zwang ihn, jede Einstellung abwechselnd von ihm und von mir drehen zu lassen. Am Ende mußte ich aber zugeben, daß er sehr gute Arbeit leistete. Auch wenn ich seine eigenen Filme heute nicht mag und er meine auch nicht; ich finde ihn humorlos, verklemmt und seine bürgerlichen Filmthemen langweilig. Ich drehte wieder ohne Ton, um mehr Freiheit für spätere Kommentar-Texte zu haben. Das war sehr klug, denn hätte die Bavaria gleich gewußt, welche Provokation auf sie zukam, dann hätte sie den Film nie gemacht. Ich hatte ihnen nur einen groben Rahmen für die Bildgeschichte des Films angeboten:

Ein junger Mann aus der Provinz kommt in die große Stadt Berlin und lernt hier das schwule Leben mit all seinen Vor- und Nachteilen kennen. Er lernt die große Liebe, dann ältere kultivierte Herren, dann exotische Lokale kennen. Er wird eitel und modisch und liebt schnellen Sex, der ihn immer unbefriedigter werden läßt. Schließlich kommt er in einen Kreis revolutionärer Schwuler, die ihm zurufen: Schwulsein ist nicht abendfüllend, raus aus den Toiletten, rein in die Straßen, Freiheit für die Schwulen.

Die Dreharbeiten gingen relativ schnell. Wir hatten keine Schwierigkeiten, Statisten für den Film zu bekommen. Es gab mehr Schwule in Berlin, als ich gedacht hatte, die bereit waren, sich öffentlich zu machen. Ich fand wunderbare kettenrasselnde Lederleute für eine Parkszene, und wir drehten in der historischen »Ellis Bier-Bar« mit den schrägsten Typen. Ein älterer Transi, der als Blumenfrau durch die Lokale ging, sang Kitschlieder; Künstler aus dem Travestie-Lokal »Lützower Lampe« führten erotische Akrobatik vor (die ich dann allerdings wieder rausschnitt).

Der Hauptdarsteller meines Films stellte sich als Hetero heraus, der große Schwierigkeiten mit den Kußszenen hatte. Vielleicht war ihm auch erst mit der Zeit klargeworden, worauf er sich eingelassen hatte. Jedenfalls ließ die Gage ihn tapfer durchhalten.

Im Schwimmbad und vor dem »Kleist-Casino« posierten die schönsten Männer Berlins. Wir drehten eine Szene, in der alte Schwule vor einer Toilette zusammengeschlagen wurden. Ich stellte die Darsteller aus, wollte sie kritisch vorführen. Diese repressive Exotik hatte ich ja jahrelang selbst erlebt. Ich fand viele eitle Selbstdarsteller, die ahnten natürlich auch nichts von dem politischen Anliegen und der Radikalität meines Films.

Nach den Dreharbeiten fuhr ich sofort nach München, wo ich am Schneidetisch der Bavaria den Film zusammensetzte und mich dann an den schwierigsten Teil der Arbeit machte, einen Kommentartext für die fertigen Bilder zu finden.

Ich zerstritt mich wieder einmal mit meinem Liebhaber Peter, den ich inzwischen unendlich langweilig fand. Bei den Dreharbeiten war er Mädchen für alles gewesen, und ich hatte ihn oft vor dem ganzen Team runtergeputzt, doch trotz meiner Beschimpfungen liebte er mich über alles. Inzwischen hatten wir auch unser Bedürfnis entdeckt, mit anderen Sex zu haben. Ich erinnere mich noch an das erste Mal, als wir mit einem anderen Paar nach Hause gingen. Als er von einem muskulösen Typ durchgefickt wurde, hielt ich es vor Eifersucht kaum aus, fand aber die Situation gleichzeitig auch ungeheuer geil. Später animierte ich Peter oft dazu, mit anderen Sex zu haben, um ihn dann hinterher mit Verachtung und Ignoranz zu strafen. Peters Masochismus provozierte immer wieder diese schreckliche Situation.

Ich fühlte mich aber nicht besonders wohl in der Rolle des Sadisten und wollte Peter loswerden. Ich schrieb ihm von München aus einen Brief und erklärte ihm, warum ich Schluß machen wollte. Dabei heulte ich wie ein Schloßhund. Eigenartig, wie sich Liebe und Ratio tragisch trennte. Ich verachtete ihn, war aber doch abhängig von ihm, von seiner zarten, warmen Haut, seinem schönen, traurigen Gesicht. Peter kam nach dem Brief sofort nach München und wollte um mich kämpfen. Wir liebten uns wieder. Dann brachte ich ihn in Berlin bei einem Freund unter, konnte aber die Trennung nicht lange ertragen, besuchte ihn täglich, kontrollierte seine Treue und raste vor Eifersucht. Dann erlaubte ich ihm, wieder zu mir zu ziehen. Wir bezogen eine kleine Wohnung im vierten Stock der Claudiusstraße im Tiergarten. Ich richtete sie kitschig ein, und für eine Zeit waren wir wieder glücklich.

Inzwischen hatte ich nach den geschnittenen Bildern des Schwulenfilms den Kommentartext geschrieben, der dem Film erst seinen eigentlichen Inhalt und die Schärfe geben sollte. Es gab zwei Sprecher, einen, der wie in einer Seifenoper sehr kitschig, fast parodistisch den Weg durch die schwule Szene Berlins beschrieb, und einen, der bissig die Szenen analysierte und die konservative Haltung vieler Schwuler angriff, gesprochen von der provozierend hohen Stimme von Volker Eschke. Erst jetzt wirkte der Film fast unerträglich und provozierend.

Produzenten und Fernsehleute bei der Bavaria bekamen bei der Abnahme einen Schock. Hätte ich nicht die Unterstützung des Dramaturgen Werner Kließ gehabt, der den Film konsequent verteidigte und durchboxte, und die Solidarität des WDR-Fernsehspielchefs Günter Rohrbach, dann hätte der Film nie das Licht der Welt erblickt.

## Friedrich Kröhnke

# Grenzgänger

*Liebe ist kein Kinderspiel*

»Rosenplüt«, sagt Kautz morgens am Telefon zu dem Verleger seiner Knabengedichte, »Davids Mutter will mich kennenlernen. Was soll ich tun?«

»Bring ihr eine Ananas mit«, rät Rosenplüt, »oder besser noch: eine Kokosnuß. Etwas, was sie dort nicht zu sehen kriegt sonst. Ich hab mal der Ruth Berlau eine Kokosnuß mitgebracht und damit große Wirkung erzielt.«

Kautz kauft in einem Gemüseladen an der Langenscheidtbrücke eine Kokosnuß. Und weil er vorgestern dabei war, als David und Sven ihre Pfennige zusammenkratzten, um sich eine Schachtel Alte Juwel zu leisten, und weil neben dem Obstgeschäft ein Tabakladen ist, geht er auch dort hinein und kauft eine Schachtel Davidoff und ein Davidoff-Feuerzeug. Beides wirkt sehr gediegen und trägt zudem und vor allem den Namen des Jungen.

Kautz kauft zum ersten Mal in seinem Leben: eine Kokosnuß, ein Feuerzeug, Zigaretten der Marke Davidoff.

Er spürt etwas Neues, das kannte er nicht: Freude daran haben, Dinge zu kaufen.

Mittags sitzt er in einem der Cafés des Nikolaiviertels und freut sich auf David, mit dem er sich vorgestern »auf übermorgen« verabredet hat. Er schreibt eine Postkarte voll von Triumph an seinen Bekannten von der Komischen Oper. Stimme der DDR bringt Weihnachtslieder, die der Kinderchor des Berliner Rundfunks vorträgt.

Sie sind am Tierpark verabredet.

»Wir Berliner Jungens«, hat David bei ihrer ersten Begegnung gesagt, »haben ja drei schöne Orte: das SEZ, den Alex und den Tierpark.«

Es ist fünf vor drei, Kautz setzt sich im U-Bahnhof auf eine Bank und wartet.

Der Junge kommt von hinten. Er gibt dem Mann die Hand, er hält ihm etwas hin, »ich hab was für dich«.

Kautz nimmt eine Schachtel Süßigkeiten entgegen, eine Art Pralinen, deren altmodische Verpackung er gleich öffnet, um ein Stück zu probieren und eines David zu geben.

Die Bonbonniere heißt Die fruchtigen Zwölf.

»Eben hat ein größerer Junge versucht, mir das Base-cap zu roppen«, berichtet David. Von dieser Sitte hat Kautz schon vorgestern zu hören bekommen: daß die Jungen hier ständig damit rechnen, daß ein Stärkerer ihnen etwas Schönes, das es nicht zu kaufen gibt, einfach wegreißt, was Roppen genannt wird. Nicht wie in den großen Städten im Westen, wo die armen Jugendlichen zu diesem Zweck in die Viertel der Reichen gehen. Sondern untereinander.

Weil sie es einmal beschlossen haben und schon da sind, gehen sie in den Tierpark, obwohl es heftig regnet. Ohne Schirm.

Ein Zoo im Dezember bei Regen. Aber sie sind wohlgemut, und David raucht stolz Davidoff. Dabei sichert er nach links und rechts, ob ein Erwachsener etwa sehen könnte, daß er roocht. Das wäre Kautz bei einem Vierzehnjährigen im anderen Teil der Stadt nicht vorstellbar.

»Wenn die Bullen es mitkriegen …«, sagt David.

»Haben die nichts Wichtigeres zu tun?« fragt Kautz.

Sie treten in das sogenannte Alfred-Brehm-Haus. Die Raubtiere brüllen.

So etwas hat er noch nie gehört: Die Löwen und Tiger brüllen, laut, klagend, drohend, immer wieder, und sie beide sind in dem großen Raubkatzenhaus ganz allein.

Empören sich die Tiere über das scheußliche Wetter? Oder erwarten sie nur die gewohnte Fütterung? Unheimlich ist das, auch wie sie hinter den Gittern auf und ab gehen. Kautz rezitiert hallend in dem halbdunklen Saal: »… und hinter tausend Stäben keine Welt …«

Sie wandeln ganz allein in der feuchten heißen Luft zwischen den tropischen Pflanzen des Gewächshauses.

Als einzige Gäste sitzen sie in dem neuen Café des Tierparks. Und weil er so glücklich ist, weil David ihm gegenübersitzt und überhaupt über alles, ruft Kautz:

»Da soll noch einmal einer sagen, es gebe hier keine schönen Cafés!«

Er schenkt David seinen Puma-Rucksack: »Ich kauf mir einen neuen.« Die Kokosnuß ist darinnen, »mit einem schönen Gruß an deine Mutter!«

»Wir können auch noch zu mir gehen«, sagt David im Regen, »meine Mutter ist nicht da.«

Aber Kautz muß an diesem Tag zu einer Versammlung der Beschäftigten der Gedenkstätte und anderer Museen, er muß sich dort blicken lassen, er braucht seinen Job.

Sie fahren mit der U-Bahn zum Alex, mit der S-Bahn zur Friedrichstraße. Dort laufen sie weiter im Regen herum.

Auf dem Postamt schreiben sie eine Karte an Kautz' Freundin Zorka zu ihrem Geburtstag: immer abwechselnd jeder ein Wort.

»Ick find et total jut«, sagt David, »so mit dir durch die Stadt zu gondeln.«

»Es müßte freilich die ganze Stadt sein«, sagt Kautz.

»Du kannst dir ja drüben vorstellen«, sagt David, »wenn du da gehst, ich wär neben dir.«

So kommen sie über die Weidendammer Brücke. Kautz erzählt, was der gußeiserne Adler im Brückengeländer mit dem Sänger Biermann zu tun hat.

David hat von einem Wolf Biermann noch nie gehört. David war, als der in Ost und West Schlagzeilen machte, ein Kleinkind.

»Jahrelang«, grinste Kautz, »war das der einzige Bürger dieses Staates, von dem ich wußte. Außer meiner Großtante in Plauen.«

David will in einen Intershop schauen. Die Intershops an der Friedrichstraße sind verteilt; in verschiedenen Gebäuden kleinere Läden, einer für Jeans-Hosen, einer für Computer und

Zubehör und so weiter. Einer befindet sich, nur mit dem Lift zu erreichen, in einem Seitentrakt des Hotels Metropol, im 13. Stock. »Aber jetzt muß ich los.«

Im Eingang jenes Pavillons an der Seite des Bahnhofs Friedrichstraße, in dem, wer ausreisen darf, wie in einer Höhle verschwindet, halten sie den Verkehr auf der Spur »für Diplomaten« auf, weil es dem Knaben eingefallen ist, sie müßten einander dort am »Tränenpalast« fotografieren. Männer mit Aktenkoffern, Afrikaner und Asiaten in gediegenen Anzügen müssen solange warten. Dann geben sie einander die Hand. Aber Kautz ist schon fast an der Sperre, da kehrt er um, rennt in den S-Bahnhof hinein, in dem er David, stolz den Puma-Rucksack tragend, die Treppe hochwatschelnd findet, und gibt ihm, was er an Blechgeld noch übrig hat. Das soll der Kleine ab jetzt für ihn immer bewahren.

Kautz geht über die Grenze, fährt zum Platz der Luftbrücke und begibt sich zum Gewerkschaftshaus.

Am nächsten Morgen fährt er früh vom Bahnhof Friedrichstraße aus nach Westdeutschland. Er bleibt im Niemandsland, und während er wartend auf dem Bahnsteig steht, folgsam »den weißen Strich auf dem Boden nicht überschreitet«, bis die Grenzer mit ihren Hunden alle Waggons des abfahrbereiten Zugs durchkämmt haben, blickt er durch das milchige Glas, das ihn von der Hauptstadt trennt, auf das noch erleuchtete Treppenhaus des Metropol mit seinem Intershop. Da war ich gestern mit ihm.

Alles erinnert jetzt an ihn. Unter einer Fotografie desselben Hotels Metropol frühstückt er, unterwegs Richtung Hannover, in der Mitropa. Man begreift, daß Kautz verliebt ist.

## Alexander Ziegler

# Die andere Mauer

*Nicht jeder Annäherungsversuch glückt*

16. November 1974. Matthias ist der jüngste Sohn eines deutschen Politikers. Siebzehn, Gymnasiast. Seine Leidenschaft für das Theater verbindet uns, sonst nichts oder nur wenig, jedenfalls sind wir uns in den zwei Jahren, die wir uns kennen, nie sehr nahe gekommen. Nun fliegen wir – heimlich, seine Eltern dürfen nichts davon wissen – übers Wochenende zusammen nach Berlin. Zwei Theateraufführungen stehen auf dem Programm: »Draußen vor der Tür« von Borchert – Matthias hat das Stück in der Schule besprochen – und, als Nachtvorstellung im »Forum«-Theater, die vieldiskutierte »Publikumsbeschimpfung« von Handke. Mein erster Eindruck, auf der Fahrt vom Flughafen zum Hotel, Berlin habe sich in den letzten Jahren stark verändert, erweist sich bald schon als Trugschluß: Nicht die Stadt, sondern ich selber, die Umstände meines Hierseins haben sich gewandelt. Vor zwölf Jahren war ich zum letztenmal in der geteilten Stadt, doch ich bin nicht mehr derjenige von 1962, auch wenn der Kuchen bei Kranzler noch genauso üppig wie damals schmeckt und die Polizisten am Bahnhof Zoo noch immer beide Augen zudrücken, wenn halbwüchsige Gammler im Schlafsack auf dem Fußboden vor dem Zeitungskiosk pennen.

Im Zentrum von West-Berlin leben fast eine Million Menschen auf wenigen Quadratkilometern zusammengepfercht. Man kann in dieser Stadt sehr allein sein, das weiß ich von früher. Damals habe ich das Gefühl einer fast beglückenden Einsamkeit genossen, habe es besonders stark empfunden, wenn ich jeden Morgen zu Fuß von Charlottenburg nach Spandau ging, wo ich im Filmatelier zu tun hatte. Jeden Morgen denselben Weg, zweiundvierzig Minuten, das weiß ich noch, entlang der S-Bahn-Linie, vorbei an überladenen Autobussen, düsteren Hinterhöfen und stinkenden Kaschemmen, in denen nachts gespielt, gesoffen und gehurt wurde. Ein paar dutzendmal ging ich diesen Weg, allein, morgens und abends, pünktlich wie ein Beamter, und ich hatte schon damals das Gefühl, in Berlin müsse man allein sein, auf dieser traurigen Stadt mit ihrer aufgesetzten Fröhlichkeit laste ein Fluch der Einsamkeit wie nirgendwo sonst auf der Welt, nur empfand ich damals diese Einsamkeit nicht als Qual, sondern als eine vorübergehende Einschränkung, als ein besonderes Merkmal dieser Stadt, wo ich viele Bekannte und keine Freunde hatte. Damals hatte man, quer durch die Stadt, eine Mauer errichtet, die den Osten vom Westen trennen sollte, und umgekehrt.

Diesmal gibt es für mich noch eine andere Mauer, die ich für viel schrecklicher und viel gefährlicher halte, weil es nicht in der Macht des Menschen liegt, sie niederzureißen oder zu bezwingen. Diese Mauer gibt es nicht nur in Berlin, doch hier bin ich zum erstenmal mit ihr konfrontiert; jetzt, an diesem 16. November, wird mir gleichzeitig meine eigene Ohnmacht bewußt, ohne daß ich in der Lage wäre, dagegen anzukämpfen. Ich meine die Mauer, die sich uns durch die Unmöglichkeit, einander im Gespräch zu begegnen, in den Weg stellt. Ich beginne zu erkennen, daß die denkenden Menschen während der ersten Hälfte dieses Jahrhunderts gelitten haben unter der Unmöglichkeit, miteinander zu reden, zu kommunizieren. Was daraus resultierte, kann man in den Geschichtsbüchern nachlesen. Aber ich habe auch gelernt, daß man diese Form des Verstehens nicht erzwingen kann – jetzt, an diesem Wochenende in Berlin, an der Seite von Matthias. Kommunikation ereignet sich oder ereignet sich nicht.

Seit Monaten hoffe ich, die Unzulänglichkeit meiner sprachlichen Ausdrucksmöglichkeiten, die mich am Erklimmen (nicht am Bezwingen) dieser Mauer hindert, zu überwinden, doch kaum habe ich einen Schritt getan, bricht die Sprosse der Leiter, auf der ich mich mühsam nach oben bewege, entzwei: ich falle zurück, tiefer hinunter meist, als wo ich zum Aufstieg angesetzt hatte. Dennoch bin ich überzeugt von der Fähigkeit des Menschen, Unausgesprochenes zu hören. Doch oft steht die Mauer selbst stummem Verstehen im Wege.

Die Nacht kann sehr still sein. Vielleicht ist es aber gerade diese Stille, die es mir ermöglicht, mich, zumindest auf dem Papier, dem Du auf der anderen Seite der Mauer mitzuteilen.

Heute nachmittag, gleich nachdem wir ins Hotel kamen, glaubte ich für den Bruchteil einer Sekunde, die Mauer erklommen zu haben. Das war, als Matthias eine Sektflasche öffnete und ich mich aus der Schußlinie des Korkens verdrückte – da sagte er »Feigling« zu mir. Nur dieses eine Wort, doch es war das erstemal überhaupt, daß er etwas ganz Persönliches, sehr Privates zu mir sagte, wenn gewiß auch nicht absichtlich, aber es berührte mich dennoch, denn es klang vertrauter und aufrichtiger als alles, was wir uns in den zwei Jahren, die wir uns kannten, je gesagt hatten.

Das war vor zwölf Stunden. Die Theateraufführungen sind absolviert. Danach ein schrecklich wirres, schrecklich unsinniges Gespräch im Dachrestaurant des Hotels: Verlegenheitsfloskeln, wie Matthias sie nur braucht, wenn er vor mir fliehen will, aus Furcht, wir könnten miteinander ins Gespräch kommen und über etwas anderes reden als über Jusos, Peter Stein oder Faßbinder. Dann, wie eine Erlösung: »Ich möchte jetzt schlafen.«

Zunächst ging Matthias ins Badezimmer, um zu duschen. Ich blieb auf dem Bettrand sitzen und wartete. Worüber würden wir sprechen, wenn er zurückkam?

Er kam lange nicht. Statt der Brause vernahm ich aus dem Badezimmer ein leises, kurzes, unterdrücktes Stöhnen, ich hörte ihn pfeifen, die Klosettspülung betätigen, gleich danach den Wasserhahn, dann stand er vor mir im Zimmer mit nacktem Oberkörper, schälte sich aus seinen hautengen Samtjeans und sagte: »Ich bin müde. Eigentlich schlafe ich bereits im Stehen.«

Ich wartete nicht, bis er sich ins Bett legte, sondern verschwand im Badezimmer. Ich sah gleich, daß er nicht geduscht hatte. Während ich dann unter der Dusche stand, mich einseifte und die lauwarmen Wasserstrahlen über mein Gesicht rannen, stellte ich mir vor, wie das vorhin gewesen sein mußte, als Matthias sich fast zwanzig Minuten im Badezimmer aufhielt, ohne zu duschen. Ich sah ihn vor mir auf dem Rand der Badewanne sitzen, die muskulösen Schenkel, von blondem Flaum bedeckt, in einem Dreißig-Grad-Winkel gespreizt, die Augen geschlossen, die Lippen fest zusammengepreßt, damit niemand ihn hören konnte, so onanierte er, gleichmäßig mit der rechten Hand, vor sich hin, zaghaft zuerst, dann immer heftiger, hemmungsloser. Erst beim Orgasmus ein leichtes Aufstöhnen, einen Moment Stille, Händewaschen, zurück ins Zimmer, möglichst unbekümmert, so als ob nichts gewesen wäre.

Mit einemmal spürte ich, daß ich erregt war. Ich drehte den Hahn der Brause etwas stärker auf, die Wasserstrahlen schossen nun auf mich herab, klatschten in die Badewanne. Ich schloß die Augen, griff mit der rechten Hand an mein Glied und begann, während ich mich auf Matthias konzentrierte, langsam und gleichmäßig daran zu reiben, bis, nur Sekunden später, der Samen in die Badewanne spritzte und sich sogleich mit den Wasserstrahlen aus der Brause vermischte. Als ich ins Zimmer zurückkam, lag Matthias bereits im Bett und schlief.

Das war vor zwei Stunden. Ich bin noch immer wach, höre seinen gleichmäßigen Atem, ich sehe erneut die Mauer vor mir, unbezwingbarer noch als gestern; ich blicke an ihr hoch und lasse das Grau ihrer Trostlosigkeit vor meinen Augen verschwimmen. Ich möchte zu ihm sagen: *Trust me.* Auf englisch möchte ich es zu ihm sagen, weil er, ohne daß ich den Grund dafür kenne, oft englisch spricht, auch mit seinem Vater. Warum tue ich es nicht? Was hindert mich daran, ihm zu sagen: *Vertrau mir!* Die Furcht vor seiner Antwort, die ich längst kenne? Die Furcht, in ihm die Illusion von der Existenz eines »selbstlosen Menschen«, für den er mich wohl hält, zu zerstören? Die Furcht, ihm irgendwann eingestehen zu müssen, daß er für mich durch sein Da-Sein bereits viel mehr getan hat, als ich je für ihn tun könnte? Die Furcht, seine Unterlegenheit, wie sie gelegentlich im Gespräch zwischen uns zum Ausdruck kommt, könnte sich dann in Überlegenheit verwandeln? Die Furcht vielleicht auch vor der Möglichkeit, die Mauer, die meine Gedanken von den seinigen trennt, könnte eines Tages über die Leiter des Mitleids erklommen werden?

Andri aus dem Stück »Andorra« von Max Frisch kommt mir in den Sinn: »Ich habe meinen Namen in die Luft geworfen wie eine Mütze, und herunter fällt ein Stein, der mich tötet.«

Die Angst vor diesem Stein ist es, die mich daran hindert, zu sprechen.

Die Angst ist immer größer als die Liebe.

*Trust me.*

Ich möchte ihm den Himmel zeigen und die Hölle ersparen.

Eigentlich, wird mir plötzlich klar, müßte ich dankbar sein für die Mauer, an der meine Gedanken ungehört erlöschen. Ich wünschte, er würde mir weh tun, viel stärker, als er es, freilich ohne es zu ahnen, schon getan hat. Er müßte vielleicht zu mir sagen: »Du Scheißkerl, was willst du eigentlich von mir? Ich bin nicht schwul! Merkst du denn nicht, daß wir nichts, aber auch gar nichts gemeinsam haben? Ich schlafe mit Mädchen, oder ich wichse, wenn ich geil bin, aber mit einem Mann – so was tue ich nicht, nie und nimmer. Und wenn du mich tausendmal nach Berlin einlädst.«

Verächtlich müßte es sich anhören. Zum Beispiel. Er könnte aber auch bloß sagen: »Du tust mir ja so leid. Du – mit deinen Gefühlen, die mir so fremd sind und die ich nie werde verstehen können.«

Aber er sagt nichts. Er steht jenseits der Mauer, teilnahmslos, lächelnd. Er fängt jedes Wort, das für ihn gedacht sein könnte, jede Regung, die an ihn gerichtet ist, wie einen Tischtennisball ab und läßt es, sehr gekonnt, Annahme verweigert, an mich zurückgehen.

Morgen früh werden wir wie geplant zusammen nach Frankfurt fliegen, Matthias wird mit dem Zug nach Bonn weiterfahren, ich werde die Swissair-Maschine nach Zürich besteigen. Er wird lächeln, wenn er mir die Hand gibt, und er wird sagen: »Es war schön. Vielen Dank. Bis bald!« Und es würde ihn kaum berühren, wenn er wüßte, daß ich auch vor unserem nächsten Wiedersehen Angst habe.

Friedrich Kröhnke

# Wissenswertes aus dem Zoologischen Garten

## *Flamingos in der Nacht*

daß nämlich nach Schließung der Pforten und dem Anbruch der Nacht, wenn die Bären ins Bärenhaus und die Robben ins Robbenhaus und was kreucht in sein Insektarium und was fleucht in seinen Käfig gekehrt ist, wenn der Tiger von seiner Frau heimgezerrt worden ist und der Leu sich die Fußnägel schneiden läßt und Affen sich kichernd Videos out of Africa anschauen – daß dann die gesamten weitläufigen Anlagen ausschließlich den Flamingos gehören, die nun die längste Zeit nur an ihrem Teich herumgestanden haben, sondern jetzt schlechthin überall einherstelzen und durcheinanderschwätzen – daß sie, die nicht eingesperrt und weggeführt werden, nunmehr überall ihre Schnäbel hineinstecken, in fremder Leute und in ihre eigenen Angelegenheiten, und lautstark untereinander zu klären bemüht sind, wer auf dem schlankesten Bein steht und wer das schönste rosa Röckchen trägt – daß es, mit einem Wort, höchst begreiflich ist, daß all die anderen Damen und Herren der Anlage ihre kleinen Jungen nachts umsonst an der Tür jaulen und sie nicht mehr fort lassen zu den wunderlichen Herren der Nacht, die im Tageslicht und im Verwaltungsbericht so wenig gelten.

## Charlotte von Mahlsdorf

# Schlag auf Schlag

*Strenge Bestrafung zugesichert*

»Freund, 47, sucht Freund für gegenseitige Hiebe mit Rohrstock, Rute oder Peitsche. Bitte hier anschreiben.« Die Nachricht in der alten Bahnhofsklappe, noch aus Kaisers Zeiten mit gußeisernen Konsolen und alten Blenden, entflammte mich. Ich kritzelte eine Antwort, gab Uhrzeit und Erkennungszeichen an. Ein paar Tage später spazierte ich, scheinbar uninteressiert, die Hände auf dem Rücken – das Erkennungszeichen – in der Nähe des Bahnhofs Ostkreuz auf und ab. Da sah ich ihn: trotz seines Alters jungenhaft wirkend, groß, schlank und drahtig-sportlich. Eine Mischung aus sorglosem Gassenjungen und graziler Katze. Gleichzeitig strahlte er jene Sicherheit aus, die mich an Männern immer gereizt hat.

Schon sehr früh mochte ich Sex härterer Gangart. Schon in der Schule reckte ich meinen Hals, wenn Mitschüler mit dem Rohrstock versohlt wurden, obwohl sie mir auch leid taten. Pfiff das dünne Stöckchen durch die Luft, hielt ich den Atem an – in einer Mischung aus Scham, Schande und erotischen Gefühlen genoß ich es, selbst etwas mit dem Rohrstock auf den Hintern zu bekommen. Nahm der Lehrer mich am Kragen und mußte ich mich bücken, wußte ich zwar, daß der erste Schlag brannte wie Feuer, aber der zweite und dritte schmerzten schon nicht mehr. Sie waren für mich eher aufregend.

Die Böswilligen, die Philister und Moralapostel schreien, sobald sie etwas nicht verstehen – und was verstehen sie schon! –, pfui, das geht über unseren Horizont, also muß es krank sein, etwas Perverses, weg damit! Sollen sich doch die Psychologen mit meiner Art, Sexualität auszuleben, beschäftigen, ich geißle mich nicht ständig mit der Frage, warum ich so geworden bin, wie ich bin. Es macht mir Spaß, ich schade mit dem, was ich tue, niemandem, im Gegenteil, also, warum soll es etwas Schlechtes sein?

Mit klopfendem Herzen fuhr ich mit Jochen, meiner Eroberung von der Bahnhofsklappe, nach Mahlsdorf. Er war ganz verrückt auf Rollenspiele. Eines will ich erzählen: Ich holte meine Sammlung an kurzen Hosen aus dem Schrank – Cordsamthose, Nietenhose, Jeanshose, Badehose, Lederhose – und breitete sie auf dem Bett aus, während er auf Zettelchen Nummern von 1 bis 6 schrieb, die er den verschiedenen Hosen zuordnete. Die nächste Zettelsammlung war bestimmt für die verschiedenen Zuchtinstrumente – dünner Rohrstock, dicker Rohrstock, Rute, Peitsche, Siebenstriemer. Mit zwei Würfeln knobelten wir Zuchtinstrument und Hose aus. Dann multiplizierten wir die beiden Zahlen miteinander: Das Ergebnis legte die Anzahl der Schläge fest, die er mir oder ich ihm verpaßte. Wobei mir der passive Part immer lieber war, wohl auch mehr meinem Wesen entspricht. »Mein Gott, du handhabst ja den Rohrstock wie eine Jungfer im Mädchenpensionat«, zog Jochen mich auf, wenn ich ihm nicht Zuchtmeister genug war.

Siebenundzwanzig Jahre, bis zu seinem Tod 1987, war ich mit ihm zusammen. Er war Sportlehrer und in den dreißiger Jahren ein bekannter Tennisspieler. Im Dritten Reich hatte er eine Sandkastenbekanntschaft geheiratet, eine Lesbe, um vor den Nazis sicher zu sein.

Jochen beherrschte mich, und ich ließ mich gern beherrschen. Er beriet mich, machte Bauzustandsphotos von meinem Museum und ermahnte mich, jede Rechnung aufzubewahren. Von selbst wäre ich nie auf so etwas gekommen. Den Haushalt mit weiblicher Hand in Ordnung zu halten ist das eine, aber für Papierkram bin ich zu schusselig, das liegt mir einfach nicht. Als braves Weib tat ich, was Jochen mir sagte. Ich sah in meinen Männern das, was ein Mädel in der damaligen Zeit in einem Mann sah. Ich fühlte mich beschirmt, konnte auf sie zählen, wenn ich in Not war, und deshalb faszinierten sie mich.

## Napoleon Seyfarth

# Je länger je lieber

*Besuch in einem seltsamen Spielzeugladen*

Kulturvoller ging es da auf meiner zweiten Berliner Party zu, auf die mich ein angehender Musiklehrer mitgenommen hatte. Er war aus irgendwelchen Gründen nach einer Nacht voller Hiebe verliebt in mich. Er wollte mich beeindrucken und erzählte mir von einem Mitglied der *Berliner Philharmoniker*, mit dem er sehr gut – platonisch natürlich, wie er nachschob – befreundet sei.

Und dieser habe in der Osterwoche Geburtstag und veranstalte eine Party.

Die Wohnung lag in der Kantstraße. Was heißt Wohnung. Es war ein kleiner Palast, der sich über acht Zimmer erstreckte. Und sie hatte Stil. Keinen bemühten Stil, sondern echten Stil. Und echte Stilmöbel. Daß man als Musiker so viel Geld verdient!

Der Wohnungsbesitzer war mit einem Drucker vom *Springer Verlag* befreundet, der ziemlich wenig sprach. Wahrscheinlich wollte er angehörs der sehr stilvollen Kommunikation nicht unangenehm auffallen.

Es war sehr viel von Ges-Moll die Rede und sehr viel von Cis-Dur. Der Opernsänger Soundso habe in der Oper Soundso die Rolle des Soundso verpatzt, weil er den Ton eine Vierteloktave zu tief gesungen habe. Man war entsetzt ob dieser Katastrophe und stocherte mit abgespreizten Fingern in dem thailändischen Krabben-, Pardon, Langustensalat herum.

Der geduckte Drucker war auf mich aufmerksam geworden, da ich – in Gedanken schon in der *Knolle* weilend – der Konversation kaum folgte. Er vermutete wahrscheinlich, daß ich von dem Thema genausowenig verstünde wie er. Er glaubte, einen Bündnispartner gefunden zu haben.

Als ich nach dem Weg zum Klo, Pardon, zum Kabinett fragte, ergriff er freudig die Gelegenheit, mich zu begleiten.

In dem ansonsten sehr geschmackvoll und sehr teuer eingerichteten Bad – Carrara Marmor – fiel mir sofort der Gummischlauch auf, der zwischen den beiden vergoldeten Löwen, welche als Armaturen dienten, integriert war.

Auf der anschließenden Führung, mit der wir uns der Debatte um Christa Ludwigs Stimmprobleme entzogen, erklärte mir der Drucker, daß diese Vorrichtung zum Spülen und Säubern des Darmes vor gewissen Faustprozeduren gedacht sei. Ich behauptete, ebenso gelogen wie unfachkundig, daß ich persönlich Champagnerspülungen vorzöge, da dabei der Alkohol des moussierenden Getränkes von der Darmschleimhaut absorbiert würde und dem Ganzen die Krönung verliehe. Der Drucker war so beeindruckt, daß er mir das Schlafzimmer zeigen wollte.

In eine der Wände des Schlafzimmers, dessen Stil natürlich Empire war, war eine Tapetentür eingelassen, hinter der sich die ehemalige Dienstmädchenkammer verbarg. Am Fenster stand eine Büste, die den grimmig dreinschauenden Beethoven darstellte. Als der Drucker die Tapetentür aufdrückte, konnte ich den grimmigen Beethoven verstehen.

Die ehemalige Dienstmädchenkammer war jetzt eine Dienstburschenkammer. Weniger kultivierte Leute hätten sie als Folterkammer bezeichnet. Der ungefähr fünf Quadratmeter kleine Raum war mit Leder tapeziert. Der Fußboden war genoppt und aus Gummi. Er spiegelte sich in den Spiegelkacheln, die an der Decke angebracht waren.

Von der Decke hing eine Vorrichtung an silbrigen Stahlketten, die aus Leder gefertigt war und die der Drucker als »Sling« bezeichnete. An der Wand kündeten aufgehängte Polaroidfotos davon, zu was dieser Sling nützlich war.

An die fünfzig Herren, so viele Fotos waren ungefähr in einem Biedermeierholzbildrahmen zu entdecken, waren in diesem Sling bewegt worden. In einer Stellung, wie man sie von gynäkologischen Stühlen her gewohnt war. Einige der Ärsche und einige der Gesichter, die zwischen den Knien hervorlugten, kamen mir bekannt vor. Der Drucker erzählte voller Stolz, wer wann wieviel was auf und in den Arsch bekommen habe.

Ich war beeindruckt von der Vielzahl der Dildos, die auf einem rechteckigen Ledertischchen aufgereiht lagen. Das Tischchen war nicht Louis-Seize. Das Tischchen war Horstprimeur. Es war nicht in einem Antiquitätenladen in der Motzstraße, sondern in *Horst's Lederladen* in der Rankestraße erworben worden.

Die Unterseiten der Dildos schlossen exakt mit der Kante des Tischchens ab. Sie waren der Größe nach aufgereiht. Vom säuglingspimmelgroßen bis zur Größe eines Bauarbeiterunterarmes. Daneben befand sich ein Silberschälchen, das außer Toys, wie der Drucker es ausdrückte, also Spielsachen wie Brustwarzenklammern, auch ein Sortiment von Schwanzringen in allen vorstellbaren Größen enthielt.

Schwanzringe sind runde Gegenstände aus Metall, Leder oder Gummi, die über Hodensack und Penis gestreift werden, um das vorwärtspulsierende Blut am Rückfluß zu hindern, so daß Schwachgeschwelltes stolz anschwillt oder stark angeschwollen bleibt.

Neben dem Schälchen aus Silber stand ein viereckiges Glasgefäß. Das heißt, daß es ein Glasgefäß war, erfuhr ich erst später. Denn es war mit etwas überzogen, das mich an die brokatenen Telefonüberzüge meiner Großmutter erinnerte. In der Hülle verbarg sich eine Familienflasche mit Poppers, jener Chemikalie, die bei intensivem Schnüffeln die Herzen beschleunigt und die Ärsche entspannt. Wie Küken um die Henne waren rund um diese Flasche kleine Silberfläschchen verteilt, die darauf harrten, aus der großen Flasche nachgefüllt zu werden.

An der Wand gegenüber den Polaroidfotos hingen Peitschen. Exakt im 60-Grad-Winkel und der Größe nach geordnet. Angesichts der Ordnung, die diese Kammer ausströmte, wäre meine Mutter vor Neid erblaßt.

Ich erblaßte am nächsten Morgen, als wir beim Frühstück saßen. Eine grauhaarige Frau, deren Kleidung den Schluß nahelegte, daß es sich dabei um die Person der Zugehfrau handeln müsse, setzte sich mit an den Frühstückstisch. Also hatte man in diesem Palast doch demokratische Gepflogenheiten.

»Was war denn heute nacht wieder los?« fragte sie. »Ich mußte heute morgen zwei Stunden lang die Kammer putzen.« Als der Hausherr die Frau mit »Mutti« ansprach, wußte ich sofort, woher die Ordnung der ehemaligen Dienstmädchenkammer rührte, die jetzt zur Knechtskammer umfunktioniert war. Ich verliebte mich in eine Stadt, wo solches möglich ist.

## Detlev Meyer

# Sehnsucht nach Samt

*»Wer träf nicht gern 'nen bessren Herrrn, den Mann im Mond, den Prinz vom Stern.«*

»Wach mit den Eulen.« Dorn dreht wieder an seinem Film. Noch zwei, drei Sequenzen, und er hat die Nacht im Kasten – als B-Movie.

Man könnte auch sagen, er zieht um die Häuser. Von der Hazienda des Horrors zum Châtelet des Schreckens. In jedem Haus sind die Spiegel verhängt, weil jemand zu beweinen ist. Jemand, den man noch anzutreffen hoffte bei lebendigem Leibe.

Vielleicht sollte ich ganz einfach ins Bett gehen, denkt Dorn, das wird heute doch nichts. Zwischen Duschen und Föhnen ist mir der Frohsinn abhanden gekommen. Warum habe ich das Haus verlassen? Weil ich einen Zug durch die Gemeinde machen wollte, aber das darf ich wohl nicht ungestraft in den Mund nehmen. Ich mache daraus einen »Trauerzug« und eine »Trauergemeinde«, einen Kalauer, der mit sich selbst Mitleid hat.

Ich will es anders sagen, mit einem Lied vielleicht: Wer träf nicht gern 'nen bessren Herrn, den Mann im Mond, den Prinz vom Stern. Die erste Krise der Nacht ist überwunden. Ein bißchen dichten, und schon kommt Stimmung auf.

Stabreime tun ihm gut, also formuliert Dorn: Eines Tages, da die Heiterkeit die Herrschaft über die Homosexuellen antrat ... Weiter kommt er nicht. Er hört schon die Einwände, daß er wie Erik Ode sei, z. B., immer die eine Rolle spiele, nicht wegkomme von diesem Thema, das – also wirklich, lieber Dorn –, kein Thema mehr sei usw. Eines Tages wird Dorn zurückschlagen, und die Worte dafür hat er sich auch schon zurechtgelegt. Im großen Saal der Akademie der Künste zu Berlin wird er folgenden Satz vom Podium ins Parkett schleudern: Wenn meine Literatur schwul ist, dann ist »Der Butt« von Günter Grass, Sie verzeihen, Herr Präsident, ein heterosexuelles Kochbuch. Das Publikum wird toben und ihn auf den Händen ins Kleist-Kasino tragen und Blumen streuen vor jeden seiner abwegigen Schritte.

Guten Mutes und gestärkt von seinem göttlichen Humor wagt er sich in »Tom's Bar«. Bevor die Tür hinter ihm ins Schloß fällt, ist die zweite Krise der Nacht mit hineingeschlüpft und wirft ihren Schatten auf die eben noch lichte Gestalt des Dichters.

Herzlich willkommen, klirren die Ketten, und die Stiefel ächzen: Viel Spaß!

Dorn kämpft: Irgendwo lebt ein Samt-und-Seide-Fetischist, der milde Manieren hat und ein schlichtes Herz. Den werde ich treffen irgendwann.

»Mein Täubchen, mein Seelchen«, schon heute nacht möchte Dorn die Koseworte loswerden, aber unter »Na, du geile Sau« macht es hier niemand, auch Dorn nicht.

Wäre es nicht so pervers, er ginge in den Volkspark und hielte Händchen mit Viktor. Wie man sich versteigen kann, denkt Dorn, Hände halten ... Mit welcher Hand denn? Die rechte schwingt die Peitsche, die linke führt die Poppersflasche zur Nase. Kinder, sind wir schlimm!

Dorn setzt sich an die Bar und schreibt auf einen Bierdeckel: Als die Flüge nach New York erschwinglich wurden, gab es die Liebe billig.

Dorn beginnen die Augen zu schmerzen vom permanenten Durchblick. Weiter schreibt er auf den Deckel: Warum darf nicht auch er Blinder sein im Reiche des Einäugigen? Damit meint er natürlich sich, das »Ich« jedoch fließt ihm nicht aus der Feder. Er ist sehr scheu, wenn er über sich schreibt, und erfindet Namen für sich: Tasso Tarzan oder Harry Graf Einsiedel oder Lucy Lehmann, der lichtscheue Lyriker. Schriebe er auch nur ein einziges Mal »Dorn« aufs Papier, ihm fiele die Hand ab und er verlöre das Augenlicht.

Ja, Dorn ist ein scheuer Mensch.

Zugegeben, er beherrscht das Anmachen wie kaum ein zweiter, aber das ist ja auch nichts Persönliches, da geht es um eine möglichst harmonische Ergänzung von Techniken und Spielarten, nicht um den Menschen. Dorn erschrickt. Ist dem so?, fragt er den Barkeeper. Dem ist so, antwortet der, und gemeinsam haben sie die dritte Krise der Nacht überwunden.

Frank Goyke

# Ein Kommissar mit Herz

*Neues von der Polizei*

Das Geschenk für den Frischling Hans-Joachim Tangermann, den Jüngsten in seinem Kommissariat, hatte Dietrich Kölling die größten Schwierigkeiten bereitet. Nachdem er in einem Stadtmagazin gelesen hatte, daß es in der Bleibtreustraße einen schwulen Buchladen gab, oder einen Buchladen für schwule Literatur, oder einen Buchladen für Literatur mit schwulen Inhalten, hatte er sich dieser ungewöhnlichen Institution sukzessive angenähert. Im ersten Anlauf war er zweimal vorbeigegangen, schließlich hatte er seinen Mut zusammengerafft und den Laden betreten. Ein Verkäufer hatte ihn angelächelt, Dietrich Kölling hatte sich bereits zum Gehen umgewendet, aber dann war ihm eingefallen, daß auch andere Verkäufer potentiellen Kunden entgegenlächelten. Mit schweißnassen Händen hatte er in ein paar Büchern geblättert und sie mit seinen Fingerabdrücken verziert, aber überhaupt nicht wahrgenommen, wovon sie handelten. Unter Aufbietung seiner letzten Kräfte hatte er die Abteilung für die Bildbände erreicht. Ein Fotobuch mit den Abbildungen von sporttreibenden Knaben war ihm als Sonderangebot für das Fest offeriert worden, Dietrich Kölling war auch gewiß, daß es Tangermanns Kragenweite entsprach, aber er war nicht in der Lage gewesen, es zu kaufen. Der Verkäufer hätte bestimmt wissend gelächelt und insgeheim den alten Knacker bemitleidet, der sich an den Bildern von Knaben erregte. Der Pädophilie verdächtigt zu werden, hätte Dietrich Kölling jedoch nicht ertragen. Er hatte nichts dagegen, daß Tangermann junges Fleisch begehrte; die obskursten Liebesgelüste waren schon über seinen Schreibtisch gegangen. Dennoch, ein solches Buch konnte er nicht bis zur Kasse schaffen, obwohl er fest entschlossen war, es Tangermann zu schenken.

Es gab einen Ausweg aus der Krise: den Schwulenbeauftragten der Berliner Polizei. Dietrich Kölling telefonierte mit ihm. Der Mann, selbst heterosexuell wie ein Deckhengst, zeigte sich verständnisvoll. Dietrich Kölling war bereits am Aufatmen, aber dann war der Hammer gekommen. Der Schwulenbeauftragte war bereit, das Buch zu kaufen, jedoch nur, wenn Dietrich Kölling ihn begleitete. Dazu war er immerhin bereit, aber daß er nun auch noch an einem Seminar für Polizeibeamte teilnehmen sollte, die Probleme im Umgang mit schwulen Kollegen hatten, war ihm zu viel. Er hatte nicht die geringsten Probleme im Umgang mit seinem homosexuellen Nesthäkchen. Erst als der Referatsleiter ihn bekniet hatte, war er bereit gewesen, sich der Prozedur zu unterziehen. Der Referatsleiter war ja immerhin sein Chef.

Hans-Joachim Tangermann würde wohl ein so schwer errungenes Geschenk nicht zu würdigen wissen. Dietrich Kölling schaute sich noch einmal die Fotos an. Niedlich waren diese Bengels ohne Frage, und trotzdem war das alles nicht normal. Obwohl es ein Sonderangebot war, hatte das Buch fast fünfzig Mark gekostet. Und Dietrich Kölling würde einen noch höheren Preis zahlen, in einer Runde graumelierter Kollegen sitzen und Fragen nach der eigenen latenten Homosexualität beantworten müssen; so jedenfalls stellte er sich das Seminar vor.

Mit einer Schere wappnete sich Dietrich Kölling für den Kampf gegen das Geschenkpapier. Er maß den Bildband mit den Augen und schnitt ein seiner Ansicht nach großzügiges Stück von dem Papier, auf dem Engel tirilierten. Als er das Buch einschlagen wollte, erwies das Papier sich als zu klein. Es war unmöglich, das Buch unter den singenden Engeln vollständig zu verbergen, und das war der Sinn des Verpackens; ansonsten konnte Dietrich Kölling die sportlichen Knaben offen herumliegen lassen. Dazu entschloß er sich auch. Tangermann würde auch angesichts eines unversiegelten Präsents das Maß an Überraschung heucheln, das nun einmal zu Weihnachten gehörte.

## Mario Wirz

# Requiem für einen Lebenden

*Das Ende der Illusionen ist noch lange nicht das Ende des Glücks*

Berlin und die Nächte und die Männerwildnis. Auf der Straße. In den Parks. Auf den Klappen. In der U-Bahn. In den schwulen Bars und Diskotheken, in denen Männer mit Männern tanzten. Wenn es ein Ghetto war, dann zog ich es der prallen Öffentlichkeit der Fruchtbaren und Zeugungswilligen vor. Wenn es Anonymität war, dann berauschte sie mich mehr als die Bratkartoffel-Vertrautheit derer, die in der Falle der Gewohnheit vor sich hin vegetierten. Wenn ich ein »promiskes Ferkel« war, dann mit Lust und ohne Sehnsucht nach den verlogenen Treuegelöbnissen der sich monogam Anödenden. Nacht für Nacht suchte sich mein Körper einen anderen Körper. Ein neuer Name, eine neue Wohnungseinrichtung, ein neuer Kiez. Kein Bezirk, in dem ich nicht gewildert habe. Von Kreuzberg bis Schöneberg. Von Charlottenburg bis Spandau. Von Zehlendorf bis Lichtenrade. Von Wedding bis Friedenau. Jeder neue Name bedeutete ein neues Frühstücksangebot am anderen Morgen. Von Müsli bis Leberwurst und Marmelade. Von Spiegelei bis Lachs und Sekt.

Vielleicht war ich anfangs verwundert, daß nicht alle schwulen Männer so schön und begabt waren wie Tennessee Williams und Klaus Mann. Von einer elitären Gemeinschaft hatte ich in der Kleinstadt geträumt. Von einer Welt der Auserwählten, die ihre eigenen Gesetze schufen.

Vielleicht war ich enttäuscht, daß es mehr schwule Bankangestellte und Versicherungsvertreter gab als Genets und Baldwins. Sehr bald aber erkannte ich, daß mein kleiner Stern am Horizont ihrer Unauffälligkeit um so heller strahlte. Ich profitierte von meinem Status als Schauspielschüler, der meine eckige Magerkeit und meine Akne ausglich, die sich spätpubertär auf meinem Gesicht austobte. Die schummrigen Bars mit den roten Vorhängen, dem Plüsch und den goldumrahmten Spiegeln wurden meine Bühne. Abends kehrte ich von der Schauspielschule in mein möbliertes Zimmer zurück, das jetzt in der Bleibtreustraße war. Nie hielt ich es lange allein mit mir aus.

Mein Zimmer. Mein Sofa. Mein nächtliches Kopffrattata. Ich denke rückwärts und male ein Bild von mir, das meine Geschichte versteckt. Lauter Schwarzweißerinnerungen. Wie möchte der vierunddreißigjährige Sofamensch den Zwanzigjährigen sehen? Rückwärts laufen und mir lebendige Jahre herbeidichten.

Der nächtliche Detektiv ist korrupt und retuschiert die Kopf-Fotos. Erfinde ich mir jetzt nachträglich einen pausbäckigen Anfang, der mein Ende tröstet? Kein Happy-End, aber glückliche Erinnerungen an glückliche Zeiten. Mir geht es dreckig, ich fühle mich elend, ich bin allein, ich werde sterben, aber ich habe gelebt. Ist es das, was ich mir beweisen muß?

Den nächtlichen Detektiv zwingen, über mich nachzudenken, ohne alle Widersprüche glattzubürsten.

Das Telefon klingelt nicht. Der Schnee fällt nur noch in meinem Kopf. Schwarzer Schnee, aufgewühlt, Nachtschnee, Sofaschnee. Sitzen und starren und von den Flocken begraben werden, bis alles verschwunden ist, bis nichts mehr denkt und sich erinnern kann.

Der Wintermorgen und Jan mit der Trompete am Fenster. Der Tod schneit alles zu, der Tod macht alles still.

Ich werde ins Gras beißen, das schnell über mich und meine Kurzgeschichte wachsen wird, die ich nicht verstanden habe. Requiem für einen Lebenden. Meine mori-bunte Operette. Lach dich doch gleich tot, Sofamensch.

Der Viruswolf heult durch die Nacht. Der Viruswolf ist gefräßig. Der Viruswolf wartet auf mich. Wenn auch der Tod eine Entwicklung braucht, werde ich ihn um seine Geschichte betrügen. Ich werde mich verbrennen lassen und meinen Weg zur Asche verkürzen. Etwas Schnelles, das zu meinem Lebenslauf paßt.

Ein Profi-Trauernder vom Beerdigungsinstitut soll meine Asche über die ruhelosen Orte meines Lebens streuen. Über alle Endstationen, von Anfang an. Über meinen Hinterhof. Über die Parks und Klappen dieser Stadt, die meine Schritte verwalten. Den schwankenden Gang, mein atemloses Laufen, den Fall, meinen Sturz. Über alle schwulen Bars und Diskotheken, nächtliches Theaterstück für mein gelerntes Stichwort. Treibhaus für das Gerücht »Männlichkeit«, das sich in uns fortpflanzt und komische Monster gebiert.

Auch unter meinesgleichen gebärdete ich mich männlich und pflegte das Image von einem, der lieber fickt als ficken läßt, was nur die halbe Wahrheit war. Es hat lange gedauert, bis ich mir den Luxus gönnte, mit Lust auf dem Bauch zu liegen. Die Lehren der verklemmten Wichser, in deren Schule ich das Alphabet der Lustverachtung gelernt hatte. Verinnerlicht hatte ich ihren wilhelminischen Abscheu vor den analen Freuden, ihr hysterisch-historisches Igittigitt.

Arme Irre. Ihr wißt nicht, um welches Vergnügen ihr euch bringt. Fickt weiterhin eure Statussymbole und laßt euch von ihnen ficken.

# III

# Leb wohl, Berlin

Heinz Heger

# Berlin liegt bei Oranienburg

*Einer kommt davon*

Einer meiner Mithäftlinge, dem man trotz seines verhärmten Gesichtes und ausgemergelten Körpers noch immer den Intellektuellen ansehen konnte, war zudem ein Jude. Unter dem rosa Winkel trug er den gelben und zwar so, daß beide Winkel einen Davidstern bildeten. Er hatte doppelt schwer zu leiden unter den Schikanen der SS und der »grünen« Capos, da er nicht nur schwul, sondern auch noch ein Jude war.

Er war Berliner, damals 25 Jahre alt, und kam aus einem sehr vermögenden Haus. Seine Eltern, deren einziger Sohn er war, waren schon längst in irgendeinem KZ liquidiert worden, nachdem sie ihre Zustimmung gegeben hatten, daß ihr Vermögen in Deutschland vom Deutschen Reich »sichergestellt« werde. Eine Farce, denn die Nazis hätten auch ohne diese Zustimmung die Realwerte und Gelder der beiden beschlagnahmt.

Der Sohn aber hatte in der Schweiz und in Portugal beachtliches Vermögen liegen und sogar noch etliches dazu geerbt. Er hatte sich freikaufen wollen und wollte fast sein halbes Vermögen dafür opfern und dem Deutschen Reich überlassen, falls er aus Deutschland ausreisen dürfe.

Doch sein in der Schweiz sitzender Vermögens- und Nachlaßverwalter wollte nur ihm persönlich in Zürich die Bankkonten und Hinterlassenschaften übergeben, obwohl mit allen amtlichen Vollmachten versehene deutsche Beauftragte des Reiches sich um die Vermögenssicherstellung bemühten. Der Schweizer Notar aber kannte seine Pappenheimer; er weigerte sich ganz entschieden, einer Vermögensübertragung nach Deutschland zugunsten seines Klienten zuzustimmen. Er wollte verhindern, daß auch dieses Vermögen von den Nazis »sichergestellt« und sein Klient weiter im KZ bliebe. So ging der Kampf des Schweizer Notars um Leben und Geld seines Auftraggebers immer: hier Geld – da Ausreisegenehmigung.

Von diesen Verhandlungen mußte aber unser SS-Blockführer Wind bekommen haben, denn er wußte auch, daß »sein« schwuler Jude ein enormes Auslandsvermögen hatte. Nach dem Abendappell, während der sowieso nur knappen Freizeit der Häftlinge, aber auch sehr oft in der Nacht, holte er sich »seinen« Juden und ließ ihn ein bis zwei Stunden im Schnee robben oder nachts in der eisigen Kälte Dutzende und aber Dutzende Kniebeugen im Nachthemd machen, bis der arme Teufel vor Erschöpfung zusammenbrach und liegenblieb.

Dann hob der SS-Blockführer ihn hoch und redete intensiv auf den Erschöpften ein, er möge ihm einen Teil seines Auslandsvermögens vermachen und dies auch vom Schweizer Notar bestätigen lassen. Wenn er dies tue, werde er ihn in Ruhe lassen und ihm einen leichten Hausarbeiterposten zuteilen.

Doch der Berliner Jude ging nie auf diesen Handel ein und so wurde er weiter geschunden und gefoltert. »Ich darf nichts unterschreiben, denn wenn ich es tue, schlägt er mich tot, damit ich kein Zeuge seiner Erpressung sein kann«, sagte er zu mir, als er mir einmal aus seinem Leben erzählte, »solange aber der SS-Mann die Hoffnung hat, daß ich doch noch meine Zustimmung geben könnte, quält er mich zwar, aber er läßt mich am Leben. Und ich will weiterleben!«

Ganze vierzehn Tage mußte er noch die Folterungen und Quälereien des SS-Blockführers über sich ergehen lassen. Von einer Erschöpfungsohnmacht in die andere fallend, körperlich und seelisch ein Wrack, weigerte er sich mit einer sturen Hartnäckigkeit etwas zu unterschreiben, was ihm den sicheren Tod gebracht hätte. Doch plötzlich hatte seine Qual ein Ende, er wurde von einem Gestapokommando abgeholt und weggebracht.

Die Verhandlungen seines Schweizer Notars hatten also Erfolg gehabt – was ich meinem ehemaligen Leidensgenossen von ganzem Herzen gönnte – und der Tauschhandel: hier Jude – da Geld, hatte stattgefunden.

## Napoleon Seyfarth

# Loving Memory

*Eine Erinnerung an Jürgen Baldiga*

Gibt es Liebe auf den nullten Blick? Liebe vielleicht nicht, aber gewiß Sympathie. Zum ersten Mal sah ich Jürgen Baldiga bei einer Ausstellung. Zwar war er nicht körperlich anwesend. Aber ich nahm ihn wahr – im Bild einer kokett in der Badewanne sitzenden Greisin. Ihre in welkes Fleisch eingebetteten Augen strahlten mehr Sex aus, als die straffen Körper der sie umgebenden Jünglingsfotos.

»Der fotografiert nicht mit der Kamera, sondern mit der Seele«, schoß es mir damals durch den Kopf. Und, nach der Betrachtung einiger seiner an Caravaggio gemahnenden Bilder: »Der ist durch und durch katholisch.« Ich witterte eine Wahlverwandschaft.

*Und es begab sich zu der Zeit da* – das ZDF eine Reportage über das Leben mit und Sterben an Aids drehen wollte. In der Eingangsszene sollten zwei Männer auf dem Friedhof ihre künftige Grabstelle aussuchen: Jürgen und ich.

Der Tonmeister wurde während der Dreharbeiten schier wahnsinnig – ich entdeckte eine weitere Gemeinsamkeit mit Jürgen. Neben der katholischen Prägung, die Scharfsichtige in unseren Werken entdecken können, einem – nur an der Oberfläche schrill und makaber wirkenden – eher gelassenen und loslassenden Umgang mit Sterben und Tod und unser beider Liebe zur Sprache, die wir in Bild- oder Schriftsprache umsetzten, war uns eine ganz fürchterliche »Spreche« gemein. Ich habe selten wieder einen Menschen getroffen, mit dem ich mich wortlos so gut verstand, aber »sprechlich« so schlecht verständigen konnte.

Ich weiß nicht mehr, wie viele Anläufe wir machen mußten, bis die mit O-Ton gedrehte 50-Sekunden-Sequenz »gestorben« war – ein in diesem Zusammenhang sehr treffender Fachausdruck. Entweder wir nuschelten beide; oder Jürgen sprach klar und ich war nicht zu verstehn; oder ich sprach klar und Jürgen verschluckte seinen Text; oder aber wir beide sprachen klar artikuliert – dann gab es entweder einen Lichtwechsel oder die S-Bahn rumpelte auf dem nahen Bahnhof Großgörschenstraße ein.

Gegen Ende des Drehtages schien alles perfekt zu laufen. Der Regisseur war überglücklich und winkte uns an der Kamera vorbei. Die Kamera selbst richtete ihr Objektiv auf die Grabstelle. Plötzlich tauchte eine Frau in Kittelschürze mit einer Gießkanne auf und machte sich am Grab zu schaffen. Die Dame konnte, vom öffentlich-rechtlichen Medieninteresse sichtlich geschmeichelt, ihrer Erregung nicht mehr Herr werden und winkte in die Kamera. Bei allen im Team keimte der Gedanke an rituellen Rentnerinnenmord. Wir unterdrückten unsere Triebe und setzten einen neuen Drehtag an, bei dem dann alles auf Anhieb klappte.

Unumstritten sei Jürgen Baldiga gewesen, hat Tom Kuppinger einmal in einem Artikel diagnostiziert. Und das will in der mit Neid, Mißgunst und übler Nachrede wahrhaftig nicht geizenden Schwulen-Szene schon etwas heißen. Vielleicht hing diese Unumstrittenheit auch damit zusammen, wie er auf Leute zuging, ja, eindrang. Keinem anderen vor ihm hätte ich erlaubt, mich nackt mit meinem verkrüppelten Arm zu fotografieren. Das Porträt, das er von mir fertigte, ist so gut gelungen, daß ich mich täglich bemühe, ihm ähnlicher zu werden. Ihm hätte ich auch erlaubt, mich auf dem Sterbebett zu fotografieren.

Berlin, März 1997

## Guido Bachmann

# Wannsee

*Kleist flieht vor sich selbst in den Tod*

Heinrich von Kleist, der seit seiner zuerst heimlichen, dann allgemein bekannt gewordenen Verbindung mit Henriette Vogel, Gattin des General-Rendanten Friedrich Vogel, in ärmlichen Verhältnissen lebte, weil die von ihm herausgebrachte Zeitung »Berliner Abendblätter« wegen des beträchtlichen Verlustes an Abonnenten eingegangen war, kam an einem nebligen und kalten Nachmittag Ende November des Jahres 1811 mit einer Kutsche von Berlin her in die Nähe Potsdams, wo er beim Gastwirt Stimming anhalten ließ und aussteigend Henriette behilflich war, die, seine Hand nehmend, sich unschlüssig umblickte. Dem Wirt, der schwer atmend, so dass grauer Hauch aus den geöffneten Lippen drang, unter der Tür stand, sagte Kleist, er wolle, bis auf weiteres, hier Quartier, zwei Zimmer im oberen Stockwerk des Hauses, nehmen. »He«, rief der Wirt, und noch einmal zum mistführenden Taglöhner Riebisch: »He, Riebisch, fache Er ein Feuer an, und schaffe Er das Gepäck der Herrschaften hinauf!« Kleist flüsterte seiner vermummten Begleiterin etwas ins Ohr und liess den Lohnkutscher, der Riebisch Gepäckstücke reichte, stehen. Er trat, die Frau stützend, in die Gaststube ein und befahl, nachdem er eine Pfeife mit Tabak gestopft und angeschmaucht hatte, Kaffee zu bringen, in den er sich Rum schüttete. Die Hand des Gastes, bemerkte der Wirt, misstrauisch das Paar beobachtend, zitterte, als Kleist sich übers schwarze Haar strich, das, auf der breiten Stirn gezackt, bis zu den Brauen reichte und im Nacken gekräuselt war.

Den Kaffee kaum getrunken, stand Kleist hastig auf und verliess mit Henriette die Gaststube. Oben, wo Riebisch unterdessen geheizt hatte, schloss Kleist die Tür, öffnete einen Sack und entnahm demselben ein grosses Pistol mit der Kolbe etwa eineinviertel Fuss lang, den Lauf nach mit der Aufschrift Lazarius Comminazzo bezeichnet, wog die Waffe in der Hand, nahm sie in Anschlag und zielte gegen Henriette, dergestalt, dass sie, zurückweichend, die Hände hob und stammelte: »Mein Heinrich, mein Süsstönender, mein Hyazinthenbeet, meine Aeolsharfe, mein Sünder, mein Gewünschtes, meine süsse Sorge, mein Wald, mein Schwert, meine rechte Hand, meine Träne, meine Himmelsleiter, mein zarter Page, mein Kristall, meine Belohnung, mein Werther, mein Weihrauch und Myrrhen, meine Dornenkrone, mein armer kranker Heinrich, mein zartes weisses Lämmchen, meine Himmelspforte«, und dergleichen mehr, bis sie, Speichel in den Mundwinkeln und ihre kunstvoll hochgetürmten, zu beiden Seiten auf die nun entblössten, weissen Achseln fallenden Haare zerzaust, dem Zielenden, dessen hellblaue Augen tränten, entgegenstürzte und vor ihm niederkniete. Kleist biss die Zähne so fest zusammen, dass die Pfeifenspitze entzweibrach. Er warf Pistol und Tabakspfeife weg und presste Henriettes Kopf gegen seinen Leib. »Mein Kindchen«, besänftigte er sie, »wir müssen in die Gaststube, wir müssen fröhlich sein, wir dürfen uns nichts anmerken lassen, jetzt, mitten im Triumphgesang, den meine Seele in diesem Augenblick des Todes anstimmt – nichts anmerken lassen! Meine ganze, jauchzende Sorge kann nur sein, den Abgrund, tief genug, zu finden, um mit dir hinabzustürzen. Ein Strudel, ein Strudel von nie empfundener Seligkeit hat mich ergriffen, und ein Grab mit dir ist mir lieber als die Betten aller Kaiserinnen der Welt.«

»Gut«, sagte sie, »gut«, stand auf, »gut, mein Heinrich, meine Syringsflöte, gut.« Während sich Henriette zurechtmachte, ordnete Kleist Briefsachen, hob das Pistol auf, nahm ein zweites, versteckte beide im Nebenzimmer und stieg endlich mit Madame Vogel in die Gaststube hinunter, wo ihnen der Wirt abermals Kaffee reichte.

Sie gingen eine gute Stunde spazieren. Als sie einig wurden, wo sie gemeinsam sterben wollten, kehrten sie zum Gasthof zurück. Dort wartete noch immer der Kutscher. Kleist lohnte ihn ab. Erstaunt wegen des hohen Betrages, der ihm ausgehändigt wurde, verzog der Kutscher die Lippen. Er stieg auf den Bock, und das Pferd, als erschräke es, zog heftig an. Die Räder knirschten. Noch immer grinsend, in die schwarze Kapuze gehüllt, wandte sich der Kutscher um und zeigte seine langen gelben Zähne.

Kleist, hineingehend, verlangte das Abendbrot. Er bestellte drei Bouteillen Wein, zerstreute, indem er wilde Spässe trieb, des Wirtes Bedenken und folgte Henriette ins Zimmer nach, wo er das Essen, das man später brachte, nicht anrührte.

Henriette weinte. Kleist wollte sie umarmen und trösten. Er ging ihr entgegen und zertrat auf halbem Weg mit dem runden Schlappstiefel die am frühen Nachmittag weggeworfene Tabakspfeife. Er rief aus: »Meine Lieblingspfeife, verdammt!«

»Ach«, entgegnete Henriette, »darauf kommt es jetzt nicht mehr an.« Kleist bückte sich und berührte die zerbrochene Pfeife. Er bestätigte, dass es jetzt tatsächlich nicht mehr darauf ankomme, liess die Pfeife liegen und empfand, als er sich aufrichtete und Henriette ansah, Abscheu gegen sie. Seine Augen trübten sich. Henriette, die es bemerkte, fragte, ob er sich anders entschliesse. »Ich?« Er starrte sie an und stampfte, »ich? Ich einen anderen Entschluss fassen?«

»Du hast es mir versprochen! Versprochen! Du erinnerst dich! Damals. Ja, wir spielten Beethoven.«

»Nein, wir sangen.«

»Gut. Wir sangen«, kreischte sie, »wir sangen, gut! Und was hast du gesagt? Was? Was sagtest du? Dass es zum Erschiessen schön sei, zum Erschiessen schön! Du gewährtest mir eine Bitte, du versprachst es, du hast es versprochen, mir, mir! Ich bin die erste, die dich darum bat! Alle anderen wollten nicht, nur ich, ich will, ich will, und jetzt willst du – – willst du?« Kleist, mit hängenden Armen, murmelte: »Ich bin ein Mann, der sein Wort hält.« Henriette eilte auf ihn zu. Doch Kleist stiess sie weg. Sie taumelte nach hinten und stiess gegen den

Tisch, auf dem, neben dem Nachtessen, das Schreibzeug lag. Erregt flüsterte sie: »Wem hast du es noch versprochen? Wem? Wem? Wem? Schon in Thun? Jungen Männern, wie? Allen Jünglingen, mit denen du nackt badetest? Mit allen wolltest du sterben, nicht wahr? Und auch mit Marien, die du angeblich meinetwegen verlassen? Ja? Aber ich, ich bin krank, mir ist es ernst, krank, krank, der Krebs frisst mich auf, Heinrich, du, ich, du weisst es, du, ich, du weisst es, ich verfaule, mein bester Kleist, mein Herr Heinrich, du Canaille! Ach«, weinte sie plötzlich, »wir haben es uns so schön vorgestellt, so«, sie hielt inne und suchte nach einem Wort, »so erhaben«, dies betonend: »So erhaben!«

Kleist gab keine Antwort, ging hin und her, hämmerte sich mit der Faust an die Stirn und befahl nach einer Weile dem herbeizitierten Hausdiener, er möge vier Lichter bringen, die während der ganzen Nacht brannten. Es fröre ihn, sagte Kleist, es fröre ihn, obwohl im Ofen das Feuer brannte, es fröre ihn.

Henriette, stundenlang bewegungslos und gerade auf dem Stuhl sitzend, sprang auf, als Kleist unversehens schrie: »Komm, Vögelein, komme, setze Sie sich, Voglerin, ich will Ihr ein Billet diktieren! Denn ich habe Ihrem, gestern an den Werten Herrn Gemahl und General-Rendanten der kurmärkischen Landfeuersozietät geschriebenen Brief noch einiges nachzutragen. Schreibe Sie: ›Nun, mein guter, vortrefflicher Vogel, die letzte Bitte, welche ich dir vorzutragen habe. – Trenne Kleist ja nicht von mir im Tode, und mache doch die Anlagen seines gehörig anständigen Begräbnisses, zu deren Wiedererstattung schon Verfügungen von seiner Seite getroffen sind.‹ Hast du das? Bist du jetzt zufrieden? Bon. Dann trinken wir Kaffee.«

»Jetzt? Um diese Zeit?« wandte Henriette ein. »Oui, Madame, um diese Zeit!« brüllte Kleist und veranlasste, dass die Dienstmagd, Jungfer Feilenhauer, zwar verschlafen, Kaffee brachte, worauf Henriette, allein, denn Kleist war im Nebenzimmer, sagte, es geschähe auf ihr Verlangen, dass man zwischen drei und vier Uhr früh Kaffee bringen müsse.

Die vier Lichter erhellten das Zimmer. Im Ofen brannte das Feuer. Kleist ging wieder hin und her. Unruhig sein grosser Schatten an der Wand. Henriette erschrak, weil sich Kleist plötzlich bückte und dem braunlackierten Kistchen, das sie leer vermutete, Papiere entnahm, die er zitternd an die Brust presste. »Was?« fragte sie, »was? Du – du hast nicht alles verbrannt bei mir?« Ihre grossen Augen unter den starken Brauen wurden gläsern vor Furcht. Kleist, mit aufgerissenem Mund, stumm, schüttelte den Kopf. Henriette streckte die Hand aus und stand langsam auf. »In Paris, vor sieben Jahren, den Guiskard, ich – ich vernichtete ihn, Pest, ich vernichtete ihn, zerfetzen, verbrennen, ich konnte nicht, ich kann nicht, ich knirschte mit den Zähnen, eine furchtbare Entsagung, und Pfuel, ich liebte ihn, auch Brockes, auch Brockes, mit dem ich in Würzburg, um – um – nein, nein ich sage es nicht, Brockes und Pfuel und andere, viele andere, alle waren jung und jetzt, ich kann nicht, ich komme nicht los davon, es ist lächerlich, ich bin vierunddreissig, es ist lächerlich, immer wieder«, so stammelte er, vor dem eigenen grossen Schatten stehend, unzusammenhängende Sätze, bis Henriette, was Kleist, wie von einem Fausthieb getroffen, zusammenfahren liess, langsam sagte: »Heinrich, mir graut vor dir!« »Ha!« schnaubte er, »ha, er hat es gut. Ich wollte ihm den Lorbeer rauben, schon früher, dem Kerl in Weimar, der jetzt den Strahl zerlegt, den seine Jugend sonst warf. Ich aber kann nicht. Hier hab ich's in den Händen. Ich kann nicht, ich kann nicht. Hier in den Händen der Beweis meines Unvermögens! Jahrelang daran geschrieben, an meinem ekelhaften Roman, in dem alles steht, in dem ich aufstehe, in dem ich mich angrinse, wo ich über mich hinauswachse, ein Gespenst, mein Gespenst, das mich beutelt, packt, würgt, mein verfluchtes Ich hier, hier, hier! Aber ich zerfetze es, ich zerreisse, zerfetze«, was er tat, indem er, wie toll, dergestalt, dass seine Finger sich am scharfen Papierrand blutig schnitten, die Bogen zu zerreissen begann, und: »Zerreissen, zerreissen und zerfetzen, vernichten, dieses Leben, diese Geständnisse, diese Erlebnisse im Dunkel, das leuchtet vor Schmerz und Blut, diese verpassten Gelegenheiten, alles zerreissen, zerfetzen, zermalmen, dieses Papierleben, diese Jugend, ja, Winter, weiche, lieblicher Greis, der die Gefühle ruhigt zu Eis, hahahaha! Frühling? Frühling? Nichts schmilzt, nein, nichts, weder die Ströme noch – – nein, nichts, ich widerrufe. Meine sieben Dramen – – alle zerreissen, nein, nicht Penthesilea, sie tat es richtig, ich weiss, ich weiss, sie sagte: ›So! So! So! So! Und wieder. – Nun ist's gut.‹

Was? Was? Du stehst? Warum fällst du nicht? Warum stehst du lebend da? Warum starrst du mich an? Nicht wahr, ich bin kein Mann, nur ein Hypochonder, nicht wahr? Einer, der jedermann darum bittet, gemeinsam mit ihm zu sterben. Aber ich kann nicht allein. Ich darf nicht allein sterben. Nicht allein! Steh nicht da und starre! Rasend – ach – – du ekelst mich an! Warum bin ich nicht mit Pfuel gestorben? Taumel, Taumel, wie habe ich mir vorgestellt zu sterben, tausendfach den Tod, und immer wieder der Tod, und jetzt, wo ich weiss, gewiss, ich werde es tun, ja, ich werde es tun, ich bin ein Mann, der sein Wort hält, du gottverdammte Hure, ich werde dich niederknallen, ich werde es tun, gemeinsam mit dir verfaulen, in dich verkrallt, in die Fäulnis deines Gebärmutterkrebses hineinfaulen, diese gemeinsame fürchterliche Verwesung, ohne Gott, ohne Kant, ohne Brockes, ohne Pfuel, ohne Strassenjunge in Prag, ohne Gefängnis, ohne Lues, nur dieses Verfaulen, Verrotten im gemeinsamen Grab, dieser fürchterliche Beischlaf ohne Ende mit einem – furchtbar! mit einem Weib im Tod! Keinen sicheren Weg des Glücks zu finden und ungestört, auch unter den grössten Drangsalen des Lebens, ihn zu geniessen.

Kein Weg, kein Ausweg! Aber ein langer krummer Irrweg, Frankfurt, Potsdam, Rheinfeldzug, Würzburg, Dresden, Göttingen, Mainz, Strassburg, Paris, Bern, Thun, Leipzig, Berlin, Châlons-sur-Marne, Aspern, Prag – – – Städte, Städte, Leichen, Militär, Gefängnisse, Krankheit, und immer wieder diese Zusammenbrüche – immer das letzte Mal, und immer wieder von vorn, immer wieder anfangen, ein Nie-Wieder schreien, endgültig, unausweichlich, unwiderruflich. Mein Leben auf dem Papier, die furchtbarste Leiche. Zerrissen, zerfetzt! Die Fetzen verbrennen! Alles verbrennen! Alles, alles verbrennen.

Das papierene Umsonst verbrennen.« Und er raffte die Papiere zusammen und zerknüllte sie und öffnete den Ofen und sah zu, wie das Papier sich fältelte, sich aufbäumte, Flammen spie, einschrumpfte, aschig in die Höhe stob, schwarz verkohlt, knisternd.

Er brach zusammen und umschlang Henriettes Beine. »Alles verbrannt«, schluchzte er, »alles ist verbrannt. Mein Leben verbrannt, mein Lebensroman verbrannt, meine Zierde verbrannt, meine Hoffnung verbrannt, meine Männlichkeit verbrannt, ausgeglüht – – Wolken, eine düstere Pracht. Hermes, mein Psychopompos hat mich verlassen. Graue Mauer, die durchrissen ist. O wie die Schönheit meines nur geträumten Gottes schmerzte, und sie durchbohrte mich, ein Pfeil, dessen Spitze in einem betäubenden Gift getränkt ist. Meine Wünsche aber verdunkelten sich im Schatten meiner Begierde. Stinkendes Ausschwitzen meines Lasters. Ach, des schwarzen Ergusses.«

Henriette, müde, öffnete langsam ihr Kleid, streifte es ab, stand, weiss, vor Kleist, der auf den Knien, winselnd, zurückwich und immer wieder sagte: »Nein nein nein nein nein«, stand so vor Kleist, ihr Haar eine finstere Flamme, stand, eingeknickt vor Scham, stand tränend und wartete. Aber Kleist, die zerbrochene Pfeife in der Hand, schloss die Augen, flüsterte: »Noch nicht, noch nicht, ich kann nicht«, floh ins Nebenzimmer und verriegelte die Tür. Lautlos weinend klopfte Henriette. Sie bat: »Heinrich, mein Hoffen und Harren, meine Wiedergeburt, meine Seele sollst du haben!«

Lange lag sie vor der Tür, und ihre Hand wurde heiss. Als sie hörte, wie sich Kleist erbrach, stand sie auf. Der Ofen war erloschen. Nur zwei Lichter brannten noch. Schaudernd vor Kälte befahl Henriette Kaffee. Jungfer Feilenhauer brachte ihn und leistete Henriette hilfreiche Hand beim Schnüren.

Als Kleist plötzlich heftig an der Tür pochte, rief sie: »Bonjour, mon enfant, un moment, s'il te plaît, mon cher ami!« Jungfer Feilenhauer machte einen Knicks und entfernte sich.

Kleist, eintretend, ging, ohne Henriette zu beachten, an den

Tisch, wo er stehend an seine Stiefschwester Ulrike in einem Zug den Brief folgenden Inhalts schrieb:

Ich kann nicht sterben, ohne mich, zufrieden und heiter, wie ich bin, mit der ganzen Welt, und somit auch, vor allen anderen, meine teuerste Ulrike, mit Dir versöhnt zu haben. Lass sie mich, die strenge Äusserung, die in dem Brief an die Kleisten enthalten ist, lass sie mich zurücknehmen; wirklich, Du hast an mir getan, ich sage nicht, was in Kräften einer Schwester, sondern in Kräften eines Menschen stand, um mich zu retten: die Wahrheit ist, dass mir auf Erden nicht zu helfen war. Und nun lebe wohl; möge Dir der Himmel einen Tod schenken nur halb an Freude und unaussprechlicher Heiterkeit dem meinigen gleich: das ist der herrlichste und innigste Wunsch, den ich für Dich aufzubringen weiss.

Stimmings bei Potsdam
d. – am Morgen meines Todes

Dein Heinrich

Henriette schaute ihm über die Schulter und sagte laut: »Deine Heiterkeit will mich nicht so heiter dünken.« Kleist streute ohne Antwort Sand aufs Papier, pustete, faltete den Brief, machte die zur Beförderung bestimmten Schriftstücke für den Boten fertig und trank den kalt gewordenen Kaffee. Um neun Uhr kam das Mädchen und reinigte die Kleider.

In der Gaststube, wo sich Kleist und Henriette gemäss ihrer Verabredung lustig gebärdeten und einander mit Kindchen anredeten, fragte gegen Mittag der Wirt Stimming, was den Herrschaften beliebte am Abend speisen zu wollen. Kleist antwortete: »Wir bekommen heute abend zwei Fremde, die müssen recht gut essen.« »Ach nein«, sagte Henriette, »ich dächte, wir liessen es, sie können auch mit einem Eierkuchen vorlieb nehmen wie wir.« »Nun«, sagte Kleist, »dann essen wir morgen mittag desto besser«; und Henriette wurde bleich; und beide wiederholten: »Auf den Abend kommen zwei Gäste.« Kleist, der wusste, dass der Gemahl Vogel in Begleitung des Kriegsrates Peguilhen kommen würde, händigte dem Wirt scherzend die Briefschaften aus, mit der Order, ein Bote solle unverzüglich die Briefe nach Berlin bringen.

Kleist und Henriette gingen in den Hof, trieben Schabernack, ja, Kleist, übermütig, sprang und hüpfte sogar über die Kegelbahn und schrie: »Alle Neune fallen sie!« und hiess Henriette ein Gleiches zu tun, was sie indessen ablehnte. Vielmehr tändelte sie in der Küche und bestellte Kaffee. Kleist entfernte sich hastig, eilte in sein Zimmer und kniete. Er suchte die zerbrochene Pfeife, fand sie aber nicht mehr. Er holte die zwei Pistolen, lud sie vorsichtig, legte sie in ein Körbchen, das er mit einem weissen Tuch bedeckte und kehrte in die Küche zurück, wo er für acht Groschen Rum befahl. Er zog die Rechnung, die er am Morgen verlangt, bezahlt und dann quittiert zurückerhalten hatte, hervor, betrachtete sie sinnend und versorgte sie wieder. Unvermittelt machte er den Vorschlag, man solle einen Tisch und zwei Stühle zum Wannsee tragen, denn er gedenke, dort Kaffee zu trinken. Frau Stimming machte Einwände: es sei zu umständlich. Doch Kleist bestand darauf. Endlich willigte die Stimming ein und sagte, sie wolle inzwischen die Zimmer reinigen. Kleist lehnte erschrocken ab und meinte, dass lieber darin alles so bleiben möge.

Nachdem sich das Paar die Zeit vertrieben und hin und wieder gefragt, ob der Bote wohl schon in Berlin sei, ging es, Hand in Hand, über die Wilhelmsbrücke auf die Chaussee, wo ihm, eine Karre Mist stossend, die den Weg versperrte, der Tagelöhner Riebisch begegnete. Kleist sagte barsch: »Ziehe Er die Karre aus dem Weg, damit die Dame passieren kann«, und Riebisch tat so, wofür er einen Groschen erhielt. Er schaute den Davoneilenden nach. Sein Weib kam ihm entgegen und sagte: »Riebisch, stell dir doch die Tollheit vor, die beiden Menschen wollen dort oben Kaffee trinken – mitten im Winter!« Riebisch brummte, dass sie doch dafür bezahlt werde, also könne sie den Kaffee bringen, und er karrte seiner Wege. Der Wirt hiess ihn später, einen Tisch und zwei Stühle zum Hügel beim Wannsee hinauftragen. Der Tagelöhner gehorchte, schleppte Tisch und Stühle und fand das Paar beim Hügel. Kleist schüttete Rum in den Kaffee und sagte zu Riebisch:

»Alter Vater, sage Er doch dem Herrn, dass er mir diesen Buddel noch halb voll Rum fülle und herschicke!« Henriette warf ein: »Liebes Kind, willst du heute noch mehr Rum trinken, du hast ja schon genug Rum getrunken.« Kleist besann sich einen Augenblick und sagte dann trocken: »Nun, liebes Kind, wenn du nicht willst, will ich auch nicht. Dann lasse Er es nur sein, alter Vater, und bringe Er nichts her.«

Henriette gab der alten Riebisch, die den Kaffee gebracht hatte, Milch zu trinken und meinte, als sich die Alte beschmutzte, kreischend vor Lachen: »Sehe Sie einmal, was Sie sich für einen Milchbart gemacht hat!«

Kleist, verwirrt, sagte, man möge einen Bleistift bringen, packte Henriette an der Hand und zischte: »Willst du wohl lustig sein? Lustiger sein, verdammt!« Und Henriette lachte schrill, und beide, springend, schäkernd, jagend, tobten den Hügel hinunter zum Wannsee und spielten Zeck. Die Alten blickten dem jungen Paar belustigt nach und gingen zum Gasthaus zurück. Als die Riebisch den Bleistift brachte, hüpften ihr Kleist und Henriette entgegen. Kleist reichte der Tagelöhnerin eine Tasse, in der einige Geldstücke lagen und sagte freundlich, während sein Gesicht zuckte: »Mütterchen, da ist der Tassenkopf, den nehme Sie mit, und wasche Sie ihn aus und bringe ihn wiederum.« Die Alte ging.

Kleist öffnete das Körbchen und entnahm demselben ein grosses Pistol, mit der Kolbe etwa eineinviertel Fuss lang, den Lauf nach mit der Aufschrift Lazarius Comminazzo bezeichnet, wog die Waffe in der Hand, nahm sie in Anschlag und zielte gegen Henriette, dergestalt, dass sie, zurückweichend, die Hände hob und stammelte: »Mein Heinrich, meine Freude im Leid, mein – –«

»Genug«, unterbrach sie Kleist, »genug! Ich bin ein Mann, der sein Wort hält.« Er feuerte, und Henriette, in die linke Brust getroffen, sank in die Grube und starb. Kleist packte ihre Schultern und lehnte die Leiche an die Grubenwand. Dann faltete er seinem Opfer die Hände. Jetzt, jetzt! Ich schaffe es, jetzt kann ich, jetzt«, nahm die zweite Waffe, keuchte, umklammerte den harten Lauf, stiess die Mündung zwischen die Lippen, keuchte,

keuchte: »Jetzt«, und spürte die heisse Umklammerung, sah Feuer, seine Mutter, eine Haarnadel, Robert Guiskard, und vernahm noch den Schuss und sah sich versinken im hellroten Knall.

Nach kurzer Zeit kehrte die Riebisch mit der leeren, gewaschenen Tasse zurück. Sie fand die beiden Leichen beim Wannsee in einer Grube liegen. Fuss an Fuss, die Gesichter gegeneinander, die Oberkörper rückwärts gebogen und an die Grubenwand gelehnt, sassen sich die Entleibten gegenüber und starrten sich an.

Die Riebisch schrie auf, liess die Tasse fallen, lief ins Gasthaus zurück und zitterte immer noch, als der Ehemann Vogel und seine Begleiter eintrafen. Vogel gebärdete sich untröstlich, nahm eine Prise und begab sich um elf Uhr zur Ruhe. Anderntags liess er sich eine Locke seiner Gattin überreichen und reiste nach Berlin zurück.

Am Mittag aber kam der andere Herr, welcher mit dem Vogel ebenfalls abgereist war, zurück, veranlasste, dass am Tatort ein tiefes Loch gegraben werde und sagte, zwei Särge würden von Berlin hergebracht.

Unterdessen öffnete der Teltowsche Kreisphysikus Dr. Sternemann die Leiche Kleists, zwang ihm mit viel Mühe und Not den Mund auseinander, zersägte den Kopf, entfernte das dreiviertel Lot wiegende Stück Blei aus dem Gehirn, diagnostizierte, dass Kleist an Erstickung durch das Schiesspulver gestorben war, fand verdeckte, schwarze Galle und gab zu Protokoll, dass Kleist dem Temperamente nach ein Sanguino cholericus in summo gradu gewesen und gewisse harte hypochondrische Anfälle oft habe dulden müssen, was hieraus auf einen krankhaften Gemütszustand des Denati von Kleist mit Recht schliessen lasse.

Er nahm nicht teil, als man das Paar in zwei Särgen abends um zehn Uhr im tiefen Loch verscharrte. Als sich jedoch alle Beteiligten entfernt hatten, kam vom Wannsee her, aus dem dichten Nebel, eine Gestalt, die in einen schwarzen Kapuzenmantel eingehüllt war. Es war der Kutscher, der, von Berlin her, sowohl Kleist und Henriette, als auch, heute, zwei Särge gebracht. Er beugte sich nieder und stiess grinsend seinen Finger in die nachtkalte Erde.

Er stieg auf den Bock, und das Pferd, als erschräke es, zog heftig an. Die Räder knirschten. Noch immer grinsend, in die schwarze Kapuze gehüllt, wandte sich der Kutscher um und zeigte seine langen gelben Zähne.

# Anhang

# Biotop Berlin

## Nachwort

*von Hans Stempel und Martin Ripkens*

»Wer« – so schreibt unser Gewährsmann Magnus Hirschfeld im Jahre 1904 – »das Riesengemälde einer Weltstadt wie Berlin nicht an der Oberfläche haftend, sondern in die Tiefe dringend erfassen will, darf nicht den homosexuellen Einschlag übersehen, welcher die Färbung des Bildes im einzelnen und den Charakter des Ganzen wesentlich beeinflußt.« Und diesem erhellenden ersten Satz seines Buches ›Berlins Drittes Geschlecht‹ folgen unmittelbar andere Sätze über die Reichshauptstadt als Biotop für Schwule, die bei aller Sachlichkeit von kaum verhohlener Sympathie getragen sind.

Heute sind wir darüber verblüfft. Wenn wir überhaupt an eine Hauptstadt der Schwulen denken, würden wir dann nicht weitaus eher New York oder San Francisco nennen? Bei näherem kritischen Hinsehen werden wir allerdings gewahr, daß der Ruhm New Yorks als Heimstatt homosexueller Freiheit erst 1969 mit der Stonewall-Affäre anhob – jenem Aufstand beherzter Schwuler gegen Übergriffe der Polizei, der seitdem zunehmend weltweit als ›Christopher-Street-Day‹ gefeiert wird. Und San Francisco, wo wenig später hoffnungsfrohe Homos damit begannen, einen ganzen Stadtteil zu sanieren und zu übernehmen: dieses Castroville trägt eingestandenermaßen inzwischen Züge eines, wenngleich freiwilligen, Ghettos.

Bleiben wir also in Europa und werfen einen Blick auf London, Paris oder Amsterdam. Da läßt sich zunächst mit Erleichterung feststellen, daß London längst nicht mehr jene Hauptstadt der Heuchelei ist, die es zu Zeiten Oscar Wildes noch war. Aus keiner Stadt sind in den letzten drei Jahrzehnten in Sachen Film, Theater und Literatur für die Schwulen-Emanzipation so viele ermutigende Impulse gekommen. Im Alltag allerdings liegt noch manches im argen, und das erlebt nicht nur, wer eine einschlägige Sauna besuchen möchte. So lebt bezeichnenderweise Quentin Crisp, internationale Kultfigur, Autor einer ebenso kühnen wie komischen Autobiografie und Mittelpunkt von Jack Golds mutigem Film ›Wie man sein Leben lebt‹, längst nicht mehr in seiner Geburtsstadt, sondern in Manhattan.

Wenden wir uns also Paris zu – jener Metropole, der Jean Cocteau schon 1928 in seinem ›Livre Blanc‹ zurufen konnte: »Das Laster liegt bei der Gesellschaft und nicht in meinem aufrechten Gang.« Es ist wahr: eine intellektuelle Ächtung der Homosexualität hat es hier im 20. Jahrhundert, nicht zuletzt dank mutiger Männer wie Cocteau und Gide, nur äußerst verschämt gegeben, und für Künstler und andere namhafte Personen der Zeitgeschichte war ihr Schwulsein nur selten ein Problem. Doch was wir heute Subkultur nennen, blühte in Paris lange in eher versteckten Zirkeln als in einer mit Gelassenheit reagierenden Öffentlichkeit. Noch der im Dezember 1991 an Aids verstorbene Fotograf und Schriftsteller Hervé Guibert – das Titelbild unseres Buches stammt von ihm – wußte davon in seinen frühen Texten und seinem von Patrice Chéreau inszenierten Film ›Der verführte Mann‹ ein bitteres Lied zu singen. Und wie sieht es in Amsterdam aus, dieser wunderbar offenen Stadt, die nicht wenigen deutschen Schwulen während der restriktiven Adenauer-Ära eine Zuflucht und Insel der Seligen war? Selbst diese so liberale Stadt war lange von einem sehr spezifischen Puritanismus geprägt und hat erst im letzten halben Jahrhundert zu ihrer vollen Gelassenheit gefunden – einer Gelassenheit, die es in Berlin noch nie gegeben hat und möglicherweise auch niemals geben wird.

Womit wir wieder bei Berlin wären: einem Biotop für Schwule, das immer schon gefährdet war und dies bleiben wird. Für alle Zeiten das traurigste Kapitel indes ist die Stigmatisierung vieler Schwuler während der Nazi-Zeit mit dem Rosa Winkel und ihre Ermordung in den KZs. Aber wir wissen auch, daß selbst während dieser dunkelsten Epoche der deutschen Geschichte das schwule Leben in Berlin nie völlig erlosch. Man lese etwa, was Manfred Herzer darüber 1984 in ›Eldorado‹, dem Begleitbuch zur gleichnamigen Ausstellung im Berlin Museum schreibt. Und mag das Bild jener Zeit, das in unserer Anthologie der niederländische Autor Jaap Harten malt, auch eher satirisches Wunschdenken sein, so ist der Bericht des schwulen Juden Gad Beck ein eindrucksvolles Dokument für Mut und Menschenwürde.

Doch blenden wir kurz zurück in die Geschichte. Schon vor der Jahrhundertwende setzte Magnus Hirschfeld im Jahre 1897 mit der Gründung seines »Wissenschaftlich-humanitären Komitees« ein großes Ausrufungszeichen und markierte gleichsam das Gelände, in dem sich das Biotop entwickeln konnte. Einen weiteren entscheidenden Schritt tat er mit der Gründung des ersten Sexualwissenschaftlichen Instituts im Jahre 1919. Der Beitrag von dem zunächst wohl etwas befremdeten Christopher Isherwood ist ein besonders schönes Beispiel für die Anerkennung, die Hirschfeld verdientermaßen gezollt wird. Im übrigen war der Autor von ›Leb wohl, Berlin‹ keineswegs der einzige ausländische Schwule, der mit neugieriger Sympathie das Biotop Berlin studierte. Seine Freunde Stephen Spender und Wystan Hugh Auden waren mit von der Partie, der amerikanische Maler Marsden Hartley und sein heute weltberühmter Kollege Francis Bacon tummelten sich hier ebenso wie der von Klaus Mann so sehr geliebte René Crevel oder André Gide, und der Däne Herman Bang förderte schon früh Hirschfelds Unternehmungen.

Nirgendwo sonst wie im vorhitlerischen Berlin – der kurze Auszug aus Döblins Alexanderplatz-Roman wirft ein Schlaglicht – gab es eine solche Fülle an Büchern und Zeitschriften, in denen Homosexualität thematisiert wurde, nirgendwo sonst eine solche Anzahl an Lokalen und anderen Treffpunkten, nirgendwo sonst eine so freie thematische Auseinandersetzung auf der Bühne und in der bildenden Kunst. Und schon 1919 entstand, wiederum unter Mitwirkung von Hirschfeld, der erste Film mit dem Titel: ›Anders als die Andern‹ – ein eminent aufklärerisches Stück Kino, heute leider nur noch bruchstückhaft erhalten und in allem das Gegenstück zu Veit Harlans üblem Melodram ›Anders als du und ich‹ aus den fünfziger Jahren. Mit Curt Morecks ›Führer durch das lasterhafte Berlin‹, heute ein Sammlerstück nicht zuletzt wegen der Zeichnungen von Christian Schad, tauchte dann 1930 – zumindest in weiten Teilen – ein erster *Gay Guide* auf. Dort ist zu lesen: »Berlin ist sicher nicht lasterhafter als Paris oder London oder eine andere Stadt der Welt, nur ist man hier teils weniger verschämt, teils weniger heuchlerisch.«

Selbst nach dem Zusammenbruch 1945 lebte die Stadt als Schwulen-Biotop bald wieder auf. Schon im Herbst des gleichen Jahres wurde im amerikanischen Sektor ein erster Tuntenball gefeiert, obwohl der von den Nazis noch verschärfte Paragraph 175 weiterhin galt. Er wurde erst 1968 in der DDR, ein Jahr danach in der BRD abgeschafft. Doch von den frühen Fünfzigern bis zu diesem Zeitpunkt bot Berlin all denen ein Willkommen, die ihre Homosexualität im übrigen Deutschland nur heimlich ausleben konnten oder wollten. Radikal offen berichtet davon der Anarchist und Pädo Peter Schult in seiner 1978 erschienenen und auch heute noch aufregenden Autobiografie ›Besuche in Sackgassen‹. Höchst ironisch behandelt diese Libertinage Horst Krüger in ›Hyperion am Bahnhof Zoo‹.

Das Jahr 1968 war auch für die Schwulen-Bewegung ein Jahr des Aufbruchs, Ausgangspunkt für Entwicklungen, die selbst von den konservativen Kräften nicht aufgehalten werden konnten. Rosa von Praunheims Film ›Nicht der Homosexuelle ist pervers, sondern die Situation, in der er lebt‹ – schon im Titel stolz Cocteaus berühmten Satz aus dem Jahre 1928 aufnehmend –, sorgte 1972 für die wohl fruchtbarste Aufregung, nicht nur unter den Schwulen selbst. Und als Berlin 1987 bei ihrer 750-Jahr-Feier der Stadtgründung wieder einmal den schwulen Teil ihrer Geschichte unter den Teppich kehrte, da organisierte der 1985 gegründete ›Förderverein Freunde eines Schwulen Museums in Berlin‹ eine Ausstellung unter dem provozierenden Titel ›750 Warme Berliner‹ und legte im Verlag rosa Winkel dazu auch noch ein gleichnamiges Buch vor. Heute ist das Schwule Museum Berlin eine international akklamierte Einrichtung. Dies gilt auch für die 1978 gegründete erste Schwulenbuchhandlung Deutschlands: Prinz Eisenherz.

Von ihr ist in Frank Goykes Text ›Ein Kommissar mit Herz‹ die Rede, wo es so gewollt gewunden heißt: »Nachdem er in einem Stadtmagazin gelesen hatte, daß es in der Bleibtreustraße einen schwulen Buchladen gab, oder einen Buchladen für schwule Literatur, oder einen Buchladen für Literatur mit schwulen Inhalten, hatte er sich dieser ungewöhnlichen Institution sukzessive angenähert. Im ersten Anlauf war er zweimal vorbeigegangen, schließlich hatte er seinen Mut zusammengerafft und den Laden betreten.« Solche Hemmungen hat, möchten wir hoffnungsvoll schließen, heute wohl nicht einmal mehr die Polizei.

# Verzeichnis der Autoren und Quellen

Bachmann, Guido:
1940 in Luzern geboren, lebt in Basel. Musiklehrer, Schauspieler, Schriftsteller. Die Romane ›Gilgamesch‹ (1966), ›Die Parabel‹ (1978) und ›Echnaton‹ (1982) bilden das Hauptwerk, die Trilogie ›Zeit und Ewigkeit‹, ein erotisches Pandämonium, in dem sich heutige Erfahrungen in historischen Bildern spiegeln.
*Wannsee** (S. 194)
Aus: Wannsee. 1967 Eremiten-Presse, Stierstadt, © 1984, Lenos Verlag, Basel.

Beck, Gad:
1923 in Berlin geboren, wo er wieder wohnt. Überlebte die Nazi-Zeit im Untergrund. Engagierte sich nach Kriegsende für das damalige Palästina, wohin er – wiederum illegal – auswanderte. Kehrte in den sechziger Jahren nach Deutschland zurück und baute den Deutsch-Israelischen Studentenbund auf. Leitete zehn Jahre die Berliner Jüdische Volkshochschule.
*Abschied von Manfred* (S. 93)
Aus: und gad ging zu david.
© 1995, Edition diá, Berlin.

Berkes, Ulrich:
1936 in Halle geboren, lebt in Berlin. Zunächst Dreher, Fräser, Lehrer. Lyriker, Erzähler. Neben den Lyrikbänden ›Ikarus über der Stadt‹ (1976) und ›Tandem‹ (1984) schrieb er das vielschichtige Tagebuch ›Eine schlimme Liebe‹ (1987). »Das ist eine Sprache, die gewachsen ist in einer herben Landschaft ohne schneidende Kälte und hektische Hitze.« (Andreas Reiman)
*Habitat mit Art** (S. 150)
Aus: Ein Ort, überall. 1994, magnus-Medien-Verlag, Berlin. © beim Autor.

Breitbach, Joseph:
1903 in Koblenz geboren, starb 1980 in Paris. In den zwanziger Jahren Vizepräsident eines Warenhauskonzerns und zugleich Mitglied der KPD. Überlebte im französischen Untergrund. Journalist, Erzähler, Dramatiker. »Er wird zornig, wenn er Regeln entdeckt, die das Leben zu regeln vorgeben, in Wirklichkeit jedoch Leben reglementieren, ersticken, verdächtigen.« (Hans Bender)
*Der Schuß im Tiergarten** (S. 54)
Aus: Die Rabenschlacht. © 1973, S. Fischer Verlag, Frankfurt/Main.

Döblin, Alfred:
1878 in Stettin geboren, starb 1957 in Emmendingen bei Freiburg im Breisgau. Kassenarzt in einem Berliner Arbeiterviertel. Mitbegründer der expressionistischen Zeitschrift ›Der Sturm‹. Emigrierte 1933 nach Frankreich, von dort in die USA. Als ein zentrales Werk gilt die Romantrilogie ›November 1918‹, die er erst 1950 abschloß.
*Berlin is doch keen Dorf nich! (S. 17)*
Aus: Berlin Alexanderplatz. 1929, S. Fischer Verlag, Berlin, © 1961, Walter Verlag, Zürich.

Goyke, Frank:
1961 in Rostock geboren, lebt in Berlin. Theaterwissenschaftler,

Krimiautor. Erste Veröffentlichungen in der Zeitschrift ›TEMPERAMENTE‹. Erfinder des Hauptkommissars Dietrich Kölling. »Jede Großstadt hat das Verbrechen, das sie verdient.« (Frank Goyke)
*Ein Kommissar mit Herz* (S. 182)
Aus: Dummer Junge, toter Junge. © 1995, Schwarzkopf & Schwarzkopf Verlag, Berlin.

Haffner, Ernst:
Über den Journalisten Ernst Haffner, der in den zwanziger Jahren in Berlin lebte, waren keine biographischen Daten zu finden. Sein vermutlich einziges Buch ›Jugend auf der Landstraße Berlin‹ rezensierte Siegfried Kracauer: »Ich muß gestehen, daß ich selten Schilderungen des ›Milieus‹ gelesen habe, die so spannend geschrieben sind. Sie spiegeln unbekannte Zustände naturgetreu wider, beruhen spürbar auf eigener Anschauung und begnügen sich zum Glück nicht mit unzusammenhängenden Wirklichkeitsausschnitten.«
*Der Westen leuchtet* (S. 19)
Aus: Jugend auf der Landstraße Berlin. 1932, Bruno Cassirer Verlag, Berlin. © konnte nicht ermittelt werden.

Harten, Jaap:
1930 geboren als Jacobus Cornelius Harten in Blaricum, Holland, lebt in Amsterdam. Ausbildung als Schauspieler. Lyriker, Erzähler. Arbeitete im niederländischen Museum für Literatur.
*Wenn Hitler das gewußt hätte* (S. 85)
Aus: Die tätowierte Loreley. © 1990, Verlag rosa Winkel, Berlin.

Heger, Heinz:
Andreas J. Meyer vom Merlin Verlag teilt mit: »Der Verfassername ›Heinz Heger‹ ist ein Pseudonym, allerdings beruhend auf einer real existierenden Person. Der Verfasser starb 1976. Sein Geburtsdatum ist uns nicht bekannt. Er war, wie auch aus dem Buch ersichtlich, Österreicher.« »Der erste, ausführliche Bericht eines schwulen KZ-Insassen.« (Richard Plant)
*Berlin liegt bei Oranienburg* (S. 189)
Aus: Die Männer mit dem rosa Winkel. © 1972, 1989, Merlin Verlag, Hamburg.

Hirschfeld, Magnus:
1868 in Kolberg geboren, starb 1935 als Emigrant in Nizza. Praktischer Arzt und Sanitätsrat. 1897 Mitbegründer des »Wissenschaftlich-Humanitären Komitees«, Leiter des Instituts für Sexualforschung bis zur Zerstörung 1933.
*Feste Verhältnisse* (S. 67)
Aus: Berlins Drittes Geschlecht. © 1991, Verlag rosa Winkel, Berlin.

Isherwood, Christopher:
1904 in Wyberslegh, GB, geboren, starb 1986 in Santa Barbara, Kalifornien. Lebte von 1929 bis 1933 in Berlin. Seit 1946 amerikanischer Staatsbürger. Romancier, Dramatiker. Seinen verschlüsselten Roman ›Goodbye To Berlin‹ enträtselte er 1976 mit seinem autobiographischen Bericht ›Christopher And His Kind‹.
*Gruppenbild mit Magnus* (S. 59)
Aus: Christopher und die Seinen. © 1992, Bruno Gmünder Verlag, Berlin.

Kröhnke, Friedrich:
1956 in Darmstadt geboren, lebt in Berlin. Essayist, Erzähler. Nach seiner Dissertation ›Jungen in schlechter Gesellschaft‹ (1981) schrieb er zahlreiche Erzählungen, in deren Mittelpunkt Jungen stehen, die keine Kinder mehr sind, aber auch noch keine Männer.
*Dieser Berliner Sommer** (S. 145)
Aus: Dieser Berliner Sommer. © 1989, Verlag rosa Winkel, Berlin.
*Wissenswertes aus dem Zoologischen Garten* (S. 172)
Aus: Leporello. © 1989, Verlag rosa Winkel, Berlin.
*Grenzgänger* (S. 162)
Aus: P 14. © 1992, Ammann Verlag & Co., Zürich.

Krüger, Horst:
1919 in Magdeburg geboren, lebt in Frankfurt/Main. Essayist, Erzähler. 1939/1940 Gestapohaft, wegen »Vorbereitung zum Hochverrat«. 1952 bis 1967 Redakteur beim Südwestfunk. »Ein politischer Moralist, der die Hoffnung auf Besserung der menschlichen Gattung nicht aufgegeben hat.« (WAZ)
*Hyperion am Bahnhof Zoo** (S. 146)
Aus: Zeitgelächter. Ein deutsches Panorama. © 1973, Hoffmann und Campe Verlag, Hamburg.

Lampe, Friedo:
1899 in Bremen geboren, wurde 1945 in Kleinmachnow von einem sowjetischen Soldaten erschossen, der ihn für einen SS-Mann hielt. Essayist, Erzähler. »Seine Sätze sind überschaubar; sie klingen gut. Sie schwingen. Er setzt Farbflecke wie Sisley.« (Hans Bender)
*Lustgarten 20.30 abends** (S. 72)
Aus: Das Gesamtwerk. © 1955/1983, Rowohlt Verlag, Hamburg.

Lemke, Jürgen:
1943 in Bohsdorf-Vorwerk (Lausitz) geboren, lebt in Berlin. Studium der Volkswirtschaft, dann Dozent für Ökonomie. Dramatiker, Dokumentarist schwuler und lesbischer Lebensformen.
*Ein Prolet erzählt* (S. 98)
Aus: Ganz normal anders, Auskünfte schwuler Männer. © 1989, Aufbau-Verlag, Berlin.

Mackay, John Henry:
1864 in Greenock, Schottland, geboren, starb 1933 in Berlin. Erzähler, Essayist, Lyriker. Wurde berühmt durch die ›Bücher der namenlosen Liebe‹, die er 1913 unter dem Pseudonym Sagitta mit dem fiktiven Verlagsort Paris veröffentlichte.
*Der Ahnungslose* (S. 11)
Aus: Der Puppenjunge. 1926 unter dem Pseudonym Sagitta als Manuskript gedruckt. © konnte nicht ermittelt werden.

Mahlsdorf, Charlotte von:
1928 geboren als Lothar Berfelde, lebt gegenwärtig in Porla, Schweden. Antiquitätensammler. Mutter des Gründerzeitmuseums. Träger des Bundesverdienstkreuzes. Erzähler. »Sie lebt in ihren Geschichten wie in einer Glaskugel.« (Jürgen Lemke)
*Schlag auf Schlag* (S. 173)
Aus: Ich bin meine eigene Frau. © 1992, Edition diá, Berlin.

Mann, Klaus:
1906 in München geboren, starb 1949 in Cannes. Erzähler, Essayist, Dramatiker. Gründete bereits 1933 in Amsterdam die antifaschistische Zeitschrift ›Die Sammlung‹. Emigrierte schließlich in die USA

und kehrte als US-Korrespondent nach Deutschland zurück. Sein letzter Essay ›Die Heimsuchung des europäischen Geistes‹ ist heute noch aktuell.
*Konjunktur für Talmi* (S. 43)
Aus: Der fromme Tanz. 1926, Gebrüder Enoch Verlag, Hamburg. © 1986, Rowohlt Taschenbuch Verlag GmbH, Reinbek.
*G. G. macht Karriere* (S. 79)
Aus: Treffpunkt im Unendlichen. 1932, S. Fischer Verlag, Berlin © 1992 Rowohlt Verlag, Reinbek.

Meyer, Detlev:
1950 in Berlin geboren, lebt dort. Zunächst Bibliothekar, dann Entwicklungshelfer. Fulbright-Stipendium, Alfred-Döblin-Stipendium. Lyriker, Erzähler. Die Trilogie ›Biographie der Bestürzung‹ gilt als sein erzählerisches Hauptwerk. »Wenn Tränen inflationär werden, ist Lachen wohl die einzige Rettung aus hilfloser Trauer. Im Reich der Poesie hieße dergleichen: die Todesfuge in einen Cancan verwandeln.« (FAZ)
*Gift** (S. 107)
Aus: Grüne Nelken. 1996, MännerschwarmSkript Verlag, Hamburg. © beim Autor.
*Berliner Benimm* (S. 138)
Aus: David steigt aufs Riesenrad. © 1987, Eremiten-Presse, Düsseldorf.
*Sehnsucht nach Samt* (S. 179)
Aus: Im Dampfbad greift nach mir ein Engel. Biographie der Bestürzung. 1985, Eremiten-Presse, Düsseldorf, © 1997, Männerschwarm-Skript Verlag, Hamburg.

Praunheim, Rosa von:
1942 als Holger Mischwitzky in Riga geboren, lebt in Berlin. Filmemacher, Autobiograph. Seine polemische Dokumentation ›Nicht der Homosexuelle ist pervers, sondern die Situation, in der er lebt‹ (1970) führte zur Gründung der ersten politischen Schwulengruppen in der Bundesrepublik.
*Feuer unterm Arsch* (S. 156)
Aus: Fünfzig Jahre pervers. © 1993, 1995, Verlag Kiepenheuer & Witsch, Köln.

Roth, Joseph:
1894 in Brody (Galizien) geboren, starb 1939 in Paris. Österreichischer Essayist und Erzähler. Lebte in den zwanziger Jahren in Berlin, emigrierte 1933 nach Österreich, von dort nach Frankreich. »Er stritt für die Toleranz und schrieb für die Humanität.« (Hermann Kesten)
*Hoheit lassen bitten* (S. 38)
Aus: Das Spinnennetz. © 1967, 1988, Verlag Kiepenheuter & Witsch, Köln.

Salomon, Ernst von:
1902 in Kiel geboren, starb 1972 in Winsen an der Luhe. Kadett, Freikorpskämpfer, Komplize bei der Ermordung Rathenaus. Essayist, Erzähler, Drehbuchautor. Sein Rechtfertigungsversuch ›Der Fragebogen‹ wurde 1951 ein Bestseller.
*Kadettenanstalt Lichterfelde* (S. 27)
Aus: Die Kadetten. © 1933, Rowohlt Verlag, Berlin.

Schönstedt, Walter:
1909 in Bernburg geboren, um 1950 verlieren sich seine Spuren in den USA. Debüt als Arbeiterdichter mit dem Roman ›Kämpfende Jugend‹ (1932). Emigrierte über die Schweiz in die USA, wo er sich als Journalist und Erzähler

gegen die Nazis engagierte. Als Captain der US-Army zählte er zu den Anregern und Redakteuren der legendären Gefangenenzeitschrift ›Der Ruf‹.
*Die Ware Liebe* (S. 49)
Aus: Motiv unbekannt. 1933, Universum-Bücherei für alle, Berlin. © konnte nicht ermittelt werden.

Seyfarth, Napoleon:
1953 als Hans Joachim Seyfarth in Oggersheim (Pfalz) geboren, wo auch der Philosoph Ernst Bloch das Licht der Welt erblickte. Lebt in Berlin und wird auf dem St. Matthäus-Friedhof, Abteilung Q-W, Grab 344, begraben werden. Avancierte durch seinen radikalen autobiographischen Roman ›Schweine müssen nackt sein‹ zu einem Star der schwulen Szene. Sein Motto: »Es gibt ein Lieben mit dem Virus. Es gibt ein Lachen mit dem Tod.«
*Je länger je lieber* (S. 175)
*Berlin ist wie Zigarettenrauchen* (S. 120)
Aus: Schweine müssen nackt sein. © 1991, Edition diá, Berlin.
*Loving Memory* (S. 192)
Aus: Jürgen Baldiga Fotografien. Hrsg. von Ulmann-Matthias Hakert und Aron Neubert. © 1997, Edition Objektiv Jürgen Zehnpfennig, Köln.

Siemsen, Hans:
1891 in Mark bei Hamm geboren, starb 1969 in Essen. Freier Journalist, Erzähler. Mitarbeiter der »Weltbühne«. Ging 1934 ins Exil. Gab anonym den Nachlaß von Joachim Ringelnatz heraus. »Du bist zart und weich/Und ein Mann von hohem Geschmack./ Dieses Gedicht ist ein freundlicher Schnack./ Aber wir treffen uns wieder/Im Himmelreich.« (Joachim Ringelnatz)
*Paul ist gut** (S. 74)
Aus: Paul ist gut. 1926, DVA, Berlin und Leipzig. © Karl Rentergent, Köln.

Sollorz, Michael:
1962 in Berlin geboren, lebt dort. Zunächst Dachdecker, Zirkusarbeiter. Journalist, Erzähler, Hörspielautor. Motto: »Ich balanciere immer auf dem Gleichheitszeichen zwischen Sex und Leben und versuche, nicht herunterzufallen.«
*Geliebter Spinner* (S. 133)
Aus: Abel und Joe. © 1994, Verlag rosa Winkel, Berlin.

Speyer, Wilhelm:
1897 in Berlin geboren, starb 1952 in Riehen bei Basel. Erzähler, Dramatiker, Jugendbuchautor (›Der Kampf der Tertia‹). Befreundet mit Erika und Klaus Mann. Thomas Mann ermöglichte ihm 1939 die Flucht von Frankreich in die USA und zahlte 1949 seine Rückfahrkarte nach Europa.
*Schlaf gut* (S. 23)
Aus: Sonderlinge. 1929, Ernst Rowohlt Verlag, Berlin. © Gaby Speyer, Hastings-on-Hudson, U.S.A.

Wirz, Mario:
1956 in Marburg/Lahn geboren, lebt in Berlin. Zunächst Schauspieler. Erzähler, Lyriker. »Der da um Fassung ringt, beginnt zu feilschen um eine Morgensonne und einen Abendhimmel.« (Richard Pietraß)
*Das Kino im Kopf* (S. 143)
Aus: Biographie eines lebendigen Tages. © 1994, Aufbau-Verlag, Berlin.

*Requiem für einen Lebenden* (S. 184)
Aus: Es ist spät, ich kann nicht atmen. © 1992, Aufbau-Verlag, Berlin.

Zarek, Otto:
1898 in Berlin geboren, gestorben 1958. Erzähler und Dramatiker, protegiert von Thomas Mann. Emigrierte 1933 über Ungarn nach Großbritannien. Kehrte 1954 nach Deutschland zurück. Veröffentlichte in der Emigration die Biographien ›Moses Mendelsohn‹ und ›Kossuth‹.
*Treffpunkt Bahnhof Zoo* (S. 76)
Aus: Begierde, Roman einer Weltstadtjugend. © 1930, Paul Zsolnay Verlag, Berlin-Wien-Leipzig.

Ziegler, Alexander:
1944 in Zürich geboren, wo er 1987 starb. Schauspieler, Dramatiker, Erzähler. Weit mehr als durch seinen Roman ›Die Konsequenz‹ wurde der Autor durch die gleichnamige Verfilmung bekannt, inszeniert von Wolfgang Petersen. Bei der Fernsehausstrahlung 1979 schaltete sich der Bayrische Rundfunk aus dem gemeinsamen ARD-Programm aus.
*Die andere Mauer* (S. 166)
Aus: Kein Recht auf Liebe. © 1978, Schweizer Verlagshaus AG, Zürich.

Zinn, Dorit:
1940 in Dessau geboren, lebt in Darmstadt. Zunächst medizinisch-technische Assistentin. Erzählerin, Hörspielautorin.
*Spurensuche* (S. 128)
Aus: Mein Sohn liebt Männer. © 1992, Fischer Taschenbuch Verlag, Frankfurt/Main.

Bei den mit * gekennzeichneten Titeln handelt es sich um Originaltitel. Alle anderen sind frei gewählt.

# Eine Liebe wie eine andere auch

**Ach Kerl**
**ich krieg dich nicht aus meinem Kopf**

Männerliebe in deutschen Gedichten
unseres Jahrhunderts

Herausgegeben von
Hans Stempel und Martin Ripkens
dtv 20015

»Erstaunlich, was die beiden Lyrik-Kenner von bekannten wie unbekannten Dichtern (nicht nur schwulen) gefunden und unter einleuchtenden Kolumnen ans Licht gezogen haben, so daß Korrespondenzen und Fixpunkte hervortreten.«

*Wolfram Schütte,*
*Frankfurter Rundschau*